THE SECRET OF REACHING AND STAYING AT THE PEAK OF SUCCESS.

नींव ९० फॉर टीन्स्

बेस्ट कैसे बनें

सरश्री

की शिक्षाओं पर आधारित

नींव नाइन्टी

नींव 90 फॉर टीन्स- बेस्ट कैसे बनें

© Tejgyan Global Foundation

All Rights Reserved 2014
Tejgyan Global Foundation is a charitable organisation with its headquarter in Pune, India.

सर्वाधिकार सुरक्षित

इस पुस्तक के कॉपीराईट्स तेजज्ञान ग्लोबल फाउण्डेशन के साथ आरक्षित हैं तथा प्रकाशन अधिकार विशेष रूप से वॉव पब्लिशिंग्ज् प्रा.लि. को सौंपे गए हैं। यह पुस्तक इस शर्त पर विक्रय की जा रही है कि प्रकाशक की लिखित पूर्वानुमति के बिना इसे व्यावसायिक अथवा अन्य किसी भी रूप में उपयोग नहीं किया जा सकता। इसे पुनः प्रकाशित कर बेचा या किराए पर नहीं दिया जा सकता तथा जिल्दबंद या खुले किसी भी अन्य रूप में पाठकों के मध्य इसका परिचालन नहीं किया जा सकता। ये सभी शर्तें पुस्तक के खरीददार पर भी लागू होंगी। इस संदर्भ में सभी प्रकाशनाधिकार सुरक्षित हैं। इस पुस्तक का आंशिक रूप में पुनः प्रकाशन या पुनः प्रकाशनार्थ अपने रिकॉर्ड में सुरक्षित रखने, इसे पुनः प्रस्तुत करने की प्रति अपनाने, इसका अनूदित रूप तैयार करने अथवा इलेक्ट्रॉनिक, मैकेनिकल, फोटोकॉपी और रिकॉर्डिंग आदि किसी भी पद्धति से इसका उपयोग करने हेतु समस्त प्रकाशनाधिकार रखनेवाले अधिकारी तथा पुस्तक के प्रकाशक की पूर्वानुमति लेना अनिवार्य है।

First Edition	: Apr 2014
Reprint	: Oct 2014
Reprint	: Dec 2015
Publisher	: Tejgyan Global Foundation, Pune
Publisher	: WOW publishings Pvt. Ltd., Pune

Neev 90 For Teens
by **Tejgyan Global Foundation**

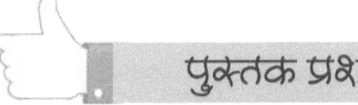

पुस्तक प्रशंसा

Praise for the book

आज के हर इंसान को इस पुस्तक की जरूरत है, चाहे वह बच्चा हो या बूढ़ा। मैंने देखा है कि जिन बच्चों की परवरिश में कमी होती है, ऐसे बच्चे सदा कमजोर रहते हैं। ऐसा इंसान हर परीक्षा में उत्तीर्ण हो जाता है, अफसर भी बन जाता है लेकिन उसकी नींव होती ही नहीं, वह सब ऊपर का 10% होता है। वह अंदर से खोखला रह जाता है, उसकी 90% नींव खोखली होती है। सरश्रीजी ने बहुत बढ़िया बताया है कि **'जिसकी नींव मजबूत है उसके सामने कितने भी तूफान आ जाएँ, वह तूफानों को भी थप्पड़ मार सकता है।'** कमजोर नींववाला इंसान जब नेता बन जाता है, अफसर बन जाता है, टीचर या डॉक्टर बन जाता है तो देश की क्या हालत होती है, यह आप जानते हैं।

यह जीवन की किताब है, बुनियाद की किताब, फाउण्डेशन ऑफ लाईफ है। यह किताब हर यूनिवर्सिटी, स्कूल, रोटरी क्लब, लायन्स क्लब, मार्केट असोसिएशनस्, गवर्नमेंट डिपार्टमेंट्स हर जगह पहुँचनी चाहिए।

यह किताब पढ़कर नौजवान पीढ़ी, जो हमारे देश का भविष्य है, सीख पाएगी कि नींव बनती कैसे है! यह किताब अपने आपमें एक आंदोलन है। जब यह आंदोलन चलेगा तब हमारे राष्ट्र का निर्माण होगा। इस किताब की पूरे विश्व को जरूरत है। दुनिया बदल सकती है इसी पुस्तक की बुनियाद से।

डॉ. किरन बेदी

First Indian woman IPS officer, First women police commissioner,
Ramon Magsaysay award winner.

सरश्री का जो तेजज्ञान है, वह है 'द सिस्टम ऑफ विजडम'। यह 'सिस्टम ऑफ नॉलेज है, सिस्टम ऑफ इन्फॉर्मेशन नहीं।' मुझे लगता है पहली बार दुनिया में सुकरात (Socretes) के बाद ऐसा ज्ञान बताया गया है। मैं शिक्षा के क्षेत्र में काम करता हूँ। क्या आपको पता है कि ऐसी कौन सी शिक्षा है जो हमारे आंतरिक अवस्था को बदल सकती है, हमारे चरित्र में परिवर्तन ला सकती है? सरश्री की **'नींव नाइन्टी, नैतिक मूल्यों की संपत्ति'** यह किताब एक ऐसी किताब है जो हमारे चरित्र में परिवर्तन ला सकती है। सरश्री की अनेक किताबें, उनका ज्ञान, उनके प्रवचनों में इतनी शक्ति है कि इंसान बदल जाता है।

डॉ. विजय भटकर

Bachelor of Engineering in 18 years of age, Padmashree award winner
for Supercomputing, Maharashtra Bhushan Award winner.

सरश्री द्वारा रचित युवाओं के लिए अन्य श्रेष्ठ पुस्तकें

Other Books For Teens

- विचार नियम - द पॉवर ऑफ हॅपी थॉट्स
- निर्णय और जिम्मेदारी - वचनबद्ध निर्णय और जिम्मेदारी कैसे लें
- स्वसंवाद का जादू - अपना रिमोट कंट्रोल कैसे प्राप्त करें
- धीरज और स्वीकार का चमत्कार
- वर्तमान का जादू
- स्वामी विवेकानन्द - द इंडियन मॉन्क
- संपूर्ण लक्ष्य - संपूर्ण विकास कैसे करें
- संपूर्ण सफलता का लक्ष्य
- रचनात्मक विचार सूत्र - जीवन में न्यूटर्न-यूटर्न लाने की युक्ति
- आपके जीवन का पहला इंटरवल - अपनी क्षमता बढ़ाएँ
- स्वास्थ्य त्रिकोण - स्वास्थ्य संपन्न
- प्रार्थना बीज - विश्वास बीज एक अद्भुत शक्ति
- खुशी का रहस्य - सुख पाएँ, दुःख भगाएँ : ३० दिन में
- रिश्तों में नई रोशनी
- स्वयं का सामना - हरक्युलिस की आंतरिक खोज
- सन ऑफ बुद्धा
- कैसे करें ईश्वर की नौकरी - एक जिम्मेदार इंसान की कहानी, समझ मिलने के बाद
- कैसे लें ईश्वर से मार्गदर्शन - जो कर हँसकर कर

यह पुस्तक समर्पित है
आप सभी युवाओं को
जो अपने चरित्र, गुणों, जोश और
होश की शक्ति से अपने जीवन
और विश्व को नई ऊँचाई पर
ले जा रहे हैं।

सी.डी. (CD's) द्वारा उपलब्ध

युवाओं के लिए मार्गदर्शन

- सफलता का आसान नियम - दोस्ती कैसे, किससे करें
- निर्णय लेने की कला - वचनबद्ध निर्णय और जिम्मेदारी कैसे लें
- भय, क्रोध, तनाव, चिंता, नफरत, बोरडम, परेशानी से मुक्ति कैसे पाएँ
- वर्तमान में कैसे रहें
- विचार नियम - द पॉवर ऑफ हैपी थॉट्स
- प्रभावशाली लीडर कैसे बनें
- स्वीकार का जादू - तुरंत खुशी कैसे पाएँ Instant Happiness
- स्वसंवाद का जादू - अपना रिमोट कंट्रोल कैसे प्राप्त करें
- आत्मविश्वास कैसे प्राप्त करें - Greatest Vibration on Earth
- जो कर हँसकर कर - अपनी मदद करने के लिए ईश्वर की मदद कैसे करें
- जीवन में कैसे खेलें, खिलें, खुलें - How to blossom in life
- आओ जीना सीखें - 13 Lessons of Life
- सदा खुश कैसे और क्यों रहें - दुःख में खुश रहने की कला
- सरल लेकिन शक्तिशाली जीवन कैसे जीएँ
- पूर्ण इंसान कैसे बनें - मैच्युरिटी कैसे प्राप्त करें
- रिश्तों में मधुरता कैसे लाएँ
- रिश्तों में सुधार कैसे हो
- रिश्तों में संवाद मंच और तेजप्रेम
- आत्मविश्लेषण - हर दिन खोज
- बोरडम से मुक्ति
- एक लक्ष्य, दो रास्ते, तीन शक्तियाँ
- पॉवर ऑफ न्यू - नए की शक्ति, नए की जीत
- सुस्ती से मुक्ति के ७ कदम
- जीवन का पहला इंटरवल
- अवसर की शुक्ति, अस्वर से मुक्ति
- संपूर्ण जीवन मंथन

विषय सूची

प्रस्तावना	**आप एक आईसबर्ग हैं**	9
	नींव नाइन्टी + टॉप टेन + छिपा शून्य = संपूर्ण चरित्र का तोहफा	

खण्ड -१   नींव नाइन्टी की समझ और महत्त्व   15

१ आपकी नींव नाइन्टी — 17
  बेस्ट कैसे बनें

२ आपकी नींव नाइन्टी किससे बनी है — 25
  आपकी पुस्तक की इंडेक्स

३ नींव नाइन्टी और मैच्युरिटी -१ — 34
  शारीरिक, मानसिक, बौद्धिक मैच्युरिटी

४ नींव नाइन्टी और मैच्युरिटी -२ — 45
  सामाजिक, आर्थिक, आध्यात्मिक मैच्युरिटी

५ नींव नाइन्टी का प्रशिक्षण जरूरी क्यों है — 55
  चरित्र बिगड़ने से सावधान

६ नींव नाइन्टी कमजोर होने के 7 कारण — 61
  स्वस्थ मनन करें

७ नींव नाइन्टी कमजोर होने के 5 परिणाम — 75
  असफल जीवन ऐसा होता है

खण्ड -२   नींव नाइन्टी बेस्ट बनने के 12 उपाय   81

८ बेस्ट देखना — 83
  हर एक में गुण देखें- पहला उपाय

९ बेस्ट सुनना — 93
  मिला हुआ फीडबैक सही तरह से लें - दूसरा उपाय

१० बेस्ट लक्ष्य — 98
  लाभ और लक्ष्य में सही चुनाव करें - तीसरा उपाय

११	बेस्ट बोलना	106
	हर गलती से सीखें - चौथा उपाय	
१२	बेस्ट मनोरंजन	117
	अनहेल्दी एंटरटेनमेंट से सावधान रहें - पाँचवाँ उपाय	
१३	बेस्ट मित्र	126
	आपके फ्रेंड्स कैसे हैं? - छठवाँ उपाय	
१४	बेस्ट बल	138
	चार बल प्रबल बनाएँ - सातवाँ उपाय	
१५	बेस्ट पढ़ना	153
	महान हस्तियों की ऑटोबायोग्राफीज़ पढ़ें - आठवाँ उपाय	
१६	बेस्ट प्रशिक्षण	158
	चार मजबूत कदम उठाएँ - नौवाँ उपाय	
१७	बेस्ट आदत	166
	निरंतरता - सफलता का पासवर्ड - दसवाँ उपाय	
१८	बेस्ट आज़ादी	173
	नो गेन विदाउट अण्डरस्टैण्डिंग पेन - ग्यारहवाँ उपाय	
१९	बेस्ट वनवास	180
	मिनी वनवास से आज़ादी प्राप्त करें - बारहवाँ उपाय	

खण्ड -३	टॉप टेन और छिपा शून्य	185
२०	टॉप टेन की समझ	187
	टॉप टेन का दुरुपयोग न करें	
२१	छिपा हुआ भी छपा हुआ है	192
	शून्य में जीना सत्य है	
	परिशिष्ट	197-208

प्रस्तावना
आप एक आईसबर्ग हैं
You are an iceberg

नींव नाइन्टी + टॉप टेन + छिपा शून्य
= संपूर्ण चरित्र का तोहफा

ऊपर लिखे हुए सूत्र (formula) को पढ़कर आप यही सोच रहे होंगे कि 'यह क्या है?' यह उलझन आपके पुस्तक पढ़ने से हल होगी।

इसे हम आईसबर्ग के उदाहरण से समझ सकते हैं। आईसबर्ग्स यानी विशाल हिमशिलाएँ, जो समुद्र में तैरती रहती हैं। आईसबर्ग की खासियत यह है कि उसका नब्बे प्रतिशत हिस्सा पानी के नीचे छिपा रहता है और केवल दस प्रतिशत हिस्सा ही पानी के ऊपर रहता है।

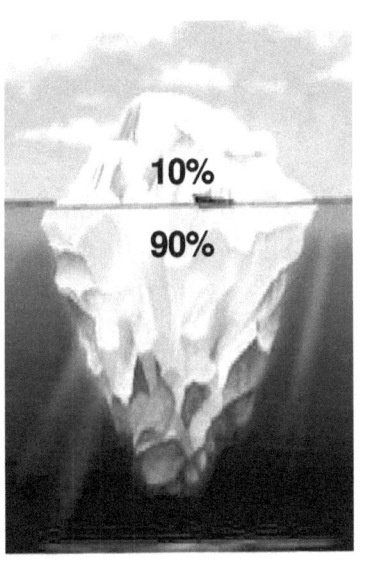

क्या अब आपको समानता समझ में आई? क्या अब आप इस पहेली को समझने के करीब पहुँचे?

इंसान का जीवन भी आईसबर्ग जैसा ही होता है, जिसका नब्बे प्रतिशत हिस्सा अंदर रहता है और केवल दस प्रतिशत ही बाहर दिखता है।

आईसबर्ग का जो नब्बे प्रतिशत हिस्सा पानी के नीचे छिपा हुआ होता है, उसी के बल पर दस प्रतिशत ऊपरी हिस्सा पानी पर तैरता है। इसी तरह इंसान के अंदर जो नब्बे प्रतिशत हिस्सा छिपा होता है, उसी के बल पर उसका दस प्रतिशत ऊपरी हिस्सा चलता है। यही नब्बे प्रतिशत हिस्सा है नींव नाइन्टी, जो हमारे अंदर है, जो हमारे अर्धचेतन मन (subconscious mind), चेतन मन (conscious mind), हमारी आदतों, हमारे गुणों-अवगुणों और हमारे चरित्र में है। टॉप टेन का मतलब है वह दस प्रतिशत हिस्सा, जो सबको दिखता है यानी हमारा हुलिया, हमारा व्यवहार और हमारे कार्य।

आईसबर्ग के उदाहरण में एक और बात जोड़ी जा सकती है। आईसबर्ग्स विशाल हिमशिलाएँ हैं, जिन्हें बनने में कई वर्ष, यहाँ तक कि कई सदियाँ लग जाती हैं। उसी प्रकार इंसान का जीवन भी है। इंसान के जीवन को बनने में भी कई वर्ष, यहाँ तक कि कई दशक (decades) लग जाते हैं। हर दिन, हर महीने इंसान अपने जीवन को सँवारने का प्रयास करता है। प्रश्न यह उठता है कि आप अपने जीवन को किस तरह सँवार रहे हैं? वाकई आप सँवार रहे हैं या बिगाड़ रहे हैं? आपका ध्यान अपने चरित्र पर है या फिर सिर्फ शरीर पर है? नींव नाइन्टी यानी इंसान का चरित्र। टॉप टेन यानी इंसान का शारीरिक पहलू।

अब बचता है, छिपा शून्य। छिपा शून्य इंसान के अंदर छिपा ईश्वर (self) है, जिसे अलग-अलग जाति, देश, धर्म में अलग-अलग नाम दिए गए हैं। जैसे परमात्मा, अल्लाह, गॉड इत्यादि। इस छिपे शून्य को हम रचनाकार यानी क्रिएटर के नाम से भी जानते हैं। हम अपने छिपे शून्य से जुड़कर, अपने

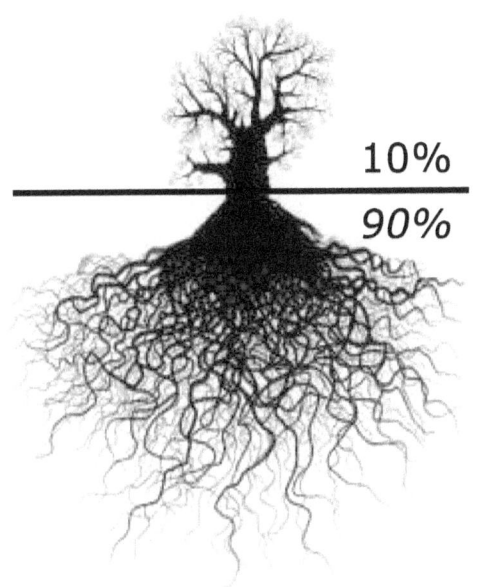

जीवन के सभी पहलुओं (aspects) का विकास कर सकते हैं। अपनी छिपी हुई अनंत संभावनाओं को खोलकर मनचाही सफलता पा सकते हैं।

हम सभी जानते हैं कि जिस पेड़ की जड़ जमीन में जितनी गहरी और मजबूत होती है, पेड़ उतना ही विशाल और मजबूत होता है। पेड़ की जड़ नींव नाइन्टी का प्रतीक है। जिन पेड़ों की नींव कमजोर होती है, वे छोटे तूफानों में ही उखड़ जाते हैं। इंसान के साथ भी ठीक यही होता है। जिसकी नींव नाइन्टी मजबूत होती है, वह कठिनाइयों के बावजूद सफलता के शिखर तक पहुँचता है। जिस इंसान की नींव नाइन्टी कमजोर होती है, वह कठिनाई के सामने आते ही मैदान छोड़कर भाग जाता है। अब यह आपको तय करना है कि आप अपनी नींव नाइन्टी को कितना मजबूत बनाना चाहते हैं।

अच्छी चीजों के लिए हमें खुद प्रयास करने पड़ते हैं। बुरी चीजें अपने आप उग आती हैं। इसी तरह जीवन में भी अगर हम अच्छे गुण लाना चाहते हैं तो उनके लिए हमें मेहनत करनी होगी, अनुशासन में रहकर, सजग रहना होगा। यदि

हम सजग न रहे तो हमारे भीतर दुर्गुणों के आने में देर नहीं लगेगी क्योंकि घास-पात की तरह वे भी अपने आप उग आते हैं। इसी तरह हममें भी जो कमी, गलती या दोष बाहर दिखता है, दरअसल वह ऊपर से ठीक नहीं हो सकता। **उसके लिए हमें अंदर जाना होगा, अपनी नींव नाइन्टी को ठीक करना होगा तभी हमारा टॉप टेन सही हो पाएगा।** वरना 'आप' 'शाप' बनकर रह जाएगा।

एक बार एक इंसान कंप्यूटर पर लिखे पत्र का प्रिंट निकाल रहा था। प्रिंट निकालने के बाद उसे एक गलती दिखाई दी। उसने गलती से 'आप' की जगह 'शाप' टाइप कर दिया था। उसने तुरंत कलम उठाई और कागज पर गलती सुधार दी। फिर उसने दूसरा प्रिंट निकाला। उसे बड़ी हैरानी हुई कि गलती हूबहू मौजूद थी। उसने दोबारा गलती को सुधारा और फिर तीसरा प्रिंट निकाला। आखिरकार कंप्यूटर के एक जानकार ने उसे बताया कि अगर उसे गलती को सुधारना है तो सुधार बाहर नहीं बल्कि कंप्यूटर के अंदर टाइप किए हुए पत्र में करना होगा।

आपकी नींव नाइन्टी मजबूत होने के बाद बाकी का जो १० प्रतिशत रूप (top ten) बचा है, वह खुद-ब-खुद लोगों को अच्छा लगने लगेगा। गाँधीजी या छत्रपति शिवाजी को आज आप किस तरह से देखते हैं! उनका नाम सुनकर आप उनके शरीर पर नहीं रुकते, आप उनके शरीर के पार चले जाते हैं। आप उनके जीवन की सुंदरता, आत्मबल और परोपकार से प्रभावित होते हैं, जिस कारण आप उनके गुणों की सराहना करते हैं। आप उनके टॉप टेन को नहीं देखते हैं बल्कि उनकी नींव नाइन्टी के चाहनेवाले (fans) होते हैं क्योंकि वही सत्य है।

हर महान इंसान नींव नाइन्टी पर काम करके ही महान बना है। उसने अपने भीतर वे गुण लाए, जो सफल होने के लिए आवश्यक थे तब जाकर उसे सफलता मिली। आज-कल होता यह है कि इंसान सफल तो होना चाहता है लेकिन अपने

अंदर अच्छे गुणों को लाने की कोशिश नहीं करना चाहता। युवतियाँ हीरोइनों जैसी सुंदर दिखना तो चाहती हैं लेकिन वे स्वस्थ खान-पान, स्वस्थ सोच और स्वस्थ व्यायाम नहीं अपनाना चाहतीं। वे टॉप टेन तो चाहती हैं लेकिन नींव नाइन्टी पर मेहनत नहीं करना चाहतीं। युवक भी फिल्मी हीरो जैसा बनना चाहते हैं लेकिन नींव नाइन्टी पर मेहनत नहीं करना चाहते।

हालाँकि हमें अच्छे-बुरे की थोड़ी-बहुत समझ तो है परंतु हम कई जगहों पर गलत सलाह देते हैं और कई बार हम सही सलाह देने और लेने में चूक जाते हैं। लोग सलाहें देते रहते हैं, यह तो लेनेवाले पर है कि वह उस सलाह पर कितना अमल करता है।

आज जरूरत इस बात की है कि हर इंसान दूसरों को सही राह दिखाए लेकिन उससे भी अधिक जरूरत इस बात की है कि हर इंसान स्वयं सही राह पर चले। दूसरों को सही राह दिखाना तो आसान लगता है लेकिन खुद उस पर चलना उतना आसान नहीं होता है।

यह पुस्तक आपको बहुत कुछ दे सकती है लेकिन आप कितना ले पाते हैं, कितना ग्रहण कर पाते हैं, यह आप पर निर्भर है। यह न सोचें कि अभी तो हम छोटे हैं, अभी तो पूरी उम्र पड़ी है। यह न भूलें कि हर महान इंसान कभी आपकी उम्र का रहा है। सुकरात से लेकर बिल गेट्स तक हर इंसान उसी दौर से गुजरा है, जिस दौर से आप गुजर रहे हैं। किशोरावस्था* से ही उन्होंने अपनी नींव नाइन्टी पर काम किया, जिसका फल उन्हें बाद में मिला। आप भी अगर अभी से अपनी नींव नाइन्टी पर काम करना शुरू कर देंगे तो उसका फल आपको भी जरूर मिलेगा।

...सरश्री

---

*बाल्य और युवा अवस्था के बीच की अवस्था।

पुस्तक का लाभ कैसे लें

How to read this book

१. यह पुस्तक सरश्री द्वारा लिखित 'नींव नाइन्टी' इस मूल पुस्तक से विशेषतः आज के युवाओं के लिए लिखी गई है। इसमें सरश्री की टीचिंग्स में शामिल जीवन के सबसे मुख्य पहलू पर प्रकाश डाला गया है। इसका लाभ युवा हो रहे किशोरों के साथ-साथ पैरेंट्स भी ज़रूर लें, जिससे उन्हें अपने बच्चों को गाईड करने और समझने में सहायता मिलेगी।

२. चार खण्डों में विभाजित इस पुस्तक में कुल २१ भागों का समावेश किया गया है। इसके पहले खण्ड में नींव नाइन्टी की समझ तथा महत्त्व बताया गया है। जिसमें विषय को समझाने के लिए इंसान की तुलना एक पुस्तक से की गई है।

३. मैच्युरिटी की परिभाषा (definition) अलग-अलग लेवल पर अलग-अलग दिखाई देती है। जिससे कई बार कनफ्यूजन भी होता है। इसे बहुत ही सरल भाषा में जानकर, खुद में मैच्युरिटी बढ़ाने के लिए पढ़ें भाग ३ और ४।

४. नींव नाइन्टी कमज़ोर होने के कारणों और परिणामों को जानें भाग ६ और ७ में।

५. पुस्तक के दूसरे खण्ड में कमज़ोर नींव नाइन्टी को मज़बूत बनाने के लिए १२ उपाय दिए गए हैं। इन उपायों का लाभ लेकर आप विकास का रास्ता तय कर सकते हैं।

६. यदि आपका टॉप टेन प्रभावी है तो मिले हुए इस सुंदर शरीर को वरदान कैसे बनाएँ, जानें खण्ड ३, भाग २०।

७. अपने अंदर के छपे और छिपे हुए शून्य से आपकी पहचान कराएगा खण्ड ३, भाग २१।

८. पुस्तक पढ़ते हुए यदि कोई शब्द समझ में न आए तो उसे बाजू में रखकर, आगे पढ़ना जारी रखें।

खण्ड - १
नींव नाइन्टी की समझ और महत्त्व
Why to build your character?

जितना बड़ा हमारा लक्ष्य होगा,
उतनी ही मजबूत हमारी नींव भी होनी चाहिए।

1
आपकी नींव नाइन्टी
Your Neev Ninety
बेस्ट कैसे बनें

हम कई बार लाइब्रेरी या बुकशॉप में शेल्फ पर सलीके से रखी हुई पुस्तकें देखते हैं। पुस्तकों के कवर और उन पर छपे टाईटल या सुंदर जिल्द (jacket) से प्रभावित होकर उन्हें उठा लेते हैं। पुस्तकों के बैक कवर पर लिखा मैटर पढ़ते हैं ताकि हमें यह जानकारी मिले कि अंदर के पन्नों में क्या-क्या लिखा है।

ठीक यही हमारे साथ भी होता है। हम किसी इंसान के सुंदर चेहरे, हुलिए या व्यवहार से इम्प्रेस होकर उसके साथ दोस्ती बढ़ाना चाहते हैं। अकसर हम पुस्तक का बाहरी कवर देखकर यह जानने की कोशिश करते हैं कि वह पुस्तक हमारे लिए कितनी उपयोगी हो सकती है। लेकिन ध्यान रहे, पुस्तक

का कवर उसका केवल 10 प्रतिशत हिस्सा होता है, 90 प्रतिशत जानकारी तो उसके अंदर के पन्नों में होती है। इसी तरह आपका बाहरी रूप भी केवल 10 प्रतिशत महत्त्व रखता है और आपका आंतरिक रूप 90 प्रतिशत।

कई बार पुस्तक के प्रकाशक किसी साधारण पुस्तक का प्रचार करने के लिए उसका बड़ा सुंदर कवर बनाते हैं और बैक कवर पर बड़ा सुंदर रिव्यू भी लिखते हैं ताकि लोग उस पुस्तक के प्रति आकर्षित होकर उसे खरीद लें। इसी तरह हम भी कई बार अपने आंतरिक रूप को छिपाने के लिए अपने चेहरे, शरीर और व्यवहार को गुड लुकिंग बनाते हैं ताकि लोग हमसे आकर्षित हों। लेकिन यह बात हमेशा याद रखें कि जैसे ही कोई पुस्तक के अंदर के पन्ने पढ़ता है तो उसे समझ में आ जाता है कि वह पुस्तक कितनी अच्छी है। ठीक इसी तरह किसी इंसान से मेलजोल बढ़ाने पर सामनेवाले को समझ में आ जाता है कि उसका जीवन कितना सही है और उसका असल चरित्र (character) कैसा है।

इंसान एक जीती-जागती पुस्तक है, इसे पढ़ना सीखें। हर इंसान को पढ़कर आप जीने के हजारों तरीके सीख सकते हैं। कुछ इंसानों को पढ़कर आपको जीने के नए और बेहतरीन तरीके मिल सकते हैं तो कुछ लोगों को पढ़कर जीने के पुराने या दु:खद तरीके मिल सकते हैं। इसलिए आप स्वयं से यह सवाल पूछें कि

'मुझे पढ़कर लोगों को किस तरीके का जीवन जीना सीखना चाहिए?'

'मेरी पुस्तक पर क्या नाम लिखा होना चाहिए?' यानी आपकी पुस्तक का टाईटल क्या होना चाहिए?

'मुझे पढ़कर लोग बोर हो जाएँगे या जीवन जीने का तरीका सीखेंगे?'

'आज मुझे पढ़कर लोग जीवन जीने का कौन सा तरीका सीख रहे हैं? और फ्यूचर में मैं अपने जीवन से लोगों को क्या सिखाने के लिए रोल मॉडेल बनूँगा?'

ये सवाल आपको अंदर से पूरी तरह जाग्रत कर देंगे। जब आप इन सवालों के जवाब डिसाइड कर लेंगे तब आपके जीवन को एक दमदार दिशा मिलेगी।

आपको कहाँ जाना है?

कहीं हमारी पुस्तक का टाईटल 'गोलमाल'* तो नहीं है? कुछ लोगों की पुस्तकों पर *हेरा-फेरी*', '*बदमाश कंपनी*', '*बेशरम*' या '*फ्रेंड्स विथ बेनिफिट्स*' लिखा होता है यानी कोई उन पर भरोसा नहीं कर सकता। ऐसे लोगों से आप सदा दूर रहना चाहेंगे। चोरी, हेरा-फेरी, जुआ, चार सौ बीसी करनेवाले अनेक चरित्रहीन, दिशाहीन, विवेकहीन, लक्ष्यहीन लोग समाज में जीते हुए देखे जा सकते हैं। समाचार पत्रों का पचास प्रतिशत से ज्यादा हिस्सा तथा टी.वी. न्यूज चैनल के समय का भी बहुत सारा हिस्सा इन लोगों को समर्पित होता है। ऐसे लोग समाज, देश और विश्व के लिए अभिशाप होते हैं।

लोगों की पुस्तक का शीर्षक '*सत्यमेव जयते*'* भी हो सकता है और '*डॉन*' भी। इन अलग-अलग शीर्षकों के माध्यम से वे अपनी पुस्तक रूपी जीवन

---

*यह जरूरी नहीं कि आपकी पुस्तक का नाम किसी फिल्म का ही नाम हो, आपकी जीवन रूपी पुस्तक की परिभाषा *(definition)* बताने के लिए कोई भी शब्द हो सकता है।

द्वारा समाज में शांति या अशांति फैला रहे हैं। कुछ लोगों की पुस्तक का नाम 'अनाड़ी नंबर १' होता है। अब प्रश्न यह उठता है कि आप अपनी पुस्तक का नाम क्या रखना चाहेंगे?

ये फिल्मों* के नाम केवल उदाहरण के तौर पर दिए गए हैं। अब आपकी पुस्तक का नाम आपको कैसे दिशा देगा? किस पुस्तक का शीर्षक कैसे निर्धारित किया जाता है? यह समझें।

आप जो काम करते हैं, उससे ही आपका चरित्र यानी आपकी पुस्तक का शीर्षक निर्धारित होता है। इंसान द्वारा सुबह से लेकर रात तक होनेवाली शारीरिक अथवा मानसिक क्रियाएँ, जो उस पर अथवा उसके साथ रहनेवालों पर असर करती हैं, वे कर्म कहलाती हैं। इसका अर्थ है कि इंसान के मन में उठनेवाले भाव, विचार, वाणी और उसके द्वारा की गई क्रियाएँ ये सभी कर्म हैं क्योंकि इन सब बातों का उस पर तथा उसके आस-पड़ोस पर असर होता है। आपके कर्मों का असर बताता है कि आपकी पुस्तक का शीर्षक क्या होगा। यदि इंसान के कर्मों का असर बुरा है तो उसकी पुस्तक का नाम 'खलनायक', 'लफंगे' 'गुंडे' 'लूटेरा' या 'गैंगस्टर' होगा। यदि आपके कर्मों का असर दूसरों पर अच्छा पड़ रहा है तो आपकी पुस्तक का नाम 'नमक हलाल', 'मिस्टर इंडिया', 'अवतार', 'सत्याग्रह', 'ब्रेव' या 'इन टाईम' होगा।

इस अध्याय में आपको कई नाम सुझाए जा रहे हैं, जिनके आधार पर आप अपनी पुस्तक का शीर्षक तय कर सकते हैं। अर्थात एक शब्द में आप अपना चरित्र बयान कर सकते हैं। पुस्तक का नाम यदि इंसान को जीने का मकसद दे सकता है तो नाम में सब कुछ आ सकता है।

कुछ इंसानी पुस्तकों पर 'स्पाईडर मैन', 'हनुमैन' (हनुमान), 'सुपर मैन', 'आयरन मैन', 'बैट मैन', 'मुकद्दर का सिकंदर', 'हम हैं राही प्यार के' 'भाग

---

*पुस्तकों (Character) को फिल्मी नाम देना मात्र उदाहरण है, ये नाम आप पुस्तकें, गाने या फिर किसी इंसान पर भी तय कर सकते हैं।

मिल्खा भाग', '*उड़ान*' या '*क्रांतिवीर*' भी लिखा हो सकता है। इसका अर्थ ये सारे लोग अपनी सेवा और शक्ति से बुराई को हटाकर विश्व का कल्याण करना चाहते हैं।

जो लोग हमेशा भूतकाल में रहते हैं उनकी पुस्तकों पर '*यादें*', '*गुमनाम*', '*गुमराह*' ऐसे शीर्षक लिखे होते हैं यानी ये लोग वर्तमान और सच्चाई से कोसों दूर रहते हैं।

भविष्य में रहनेवाला '*कलकत्ता एक्सप्रेस*' में रहता है। उसकी पुस्तक पर '*कल-करता*' ऐसा शीर्षक लिखा होता है। ये लोग आज की नहीं बल्कि '*बीस साल बाद*' की दुनिया में रहते हैं। '*मुंगेरीलाल के हसीन सपने*' देखनेवाले लोग हवाई किले तो बनाते हैं मगर उस किले की नींव यानी बुनियाद बनाना भूल जाते हैं। जबकि होना यह चाहिए कि भूत और भविष्य में न रहते हुए उन्हें वर्तमान में अपनी नींव नाइन्टी मजबूत बनानी चाहिए।

इंसान जीवन को जैसे ले रहा है, वैसा शीर्षक उसकी पुस्तक (जीवनी) पर लिखा होगा। आप तय करें कि अगर आपको नंबर वन पुस्तक बनानी है तो शीर्षक कौन सा रखना चाहिए, विषय कौन सा होना चाहिए। आपको अपना विषय चुनना होगा।

'सर्वोत्तम डॉक्टर' यह भी पुस्तक का नाम हो सकता है। अगर आप डॉक्टर बनने जा रहे हैं तो आप ऐसी पुस्तक (सर्वोत्तम डॉक्टर) बनना चाहेंगे, जो आनेवाले डॉक्टरों के लिए प्रेरणास्रोत (inspiration) बन सके।

आपकी पुस्तक का नाम 'सर्वोत्तम शिक्षक', 'अच्छे व्यवसायी', 'सच्चा वकील', यह भी हो सकता है। इस तरह पुस्तकों के अलग-अलग उद्देश्यों के अनुसार बहुत सारे शीर्षक हो सकते हैं।

पुस्तकों में सब-टाईटल भी होते हैं। कई बार आप दो-दो किरदारों में होते हैं। ऐसे में सबटाईटल भी दिए जा सकते हैं। इसके अतिरिक्त आप उसमें

हाइलाईटर भी डाल सकते हैं, महत्वपूर्ण मुद्दों को अधिक प्रभावकारी ढंग से प्रस्तुत कर सकते हैं। आप तय करें कि आपको क्या चाहिए, आपकी पुस्तक के कवर पर कौन सा टाईटल हो? बस इस बारे में ईमानदार रहें कि पुस्तक का जो टाईटल हो, वही विषय अंदर लिखा हो।

कभी-कभी कुछ पुस्तकें ऐसी होती हैं, जिनका कवर तो नहीं होता मगर इसके बावजूद वे बेहतरीन पुस्तकें सिद्ध होती हैं। ऐसी पुस्तकें कई बार रद्दी में मिल जाती हैं।

लोग नहीं जानते कि सोचना और सीखना भी एक कला है और यह सीखने योग्य बात है। हम कैसे सीखें, किसी भी विषय में महारत कैसे हासिल करें, यह हमें सीखना चाहिए। फिर चाहे वह साइकिल चलाना सीखना हो या कोई भाषा सीखनी हो। अगर किसी पुस्तक का कवर फटा हुआ है तो भी वह पुस्तक बेस्ट सिद्ध हो सकती है इसलिए सिर्फ पुस्तक के कवर (top ten) पर न जाएँ। ऐसी पुस्तकें दिखने में मामूली सी लगती हैं। मगर उनमें किसी का जीवन बदलने की ताकत होती है। ठीक वैसे ही कुछ लोग ऊपर से बहुत ही साधारण से दिखते हैं पर उनका चरित्र बड़ा मजबूत होता है।

जैसा कि हम जानते हैं पुस्तक के कवर पेज पर उस पुस्तक के लेखक का नाम लिखा होता है। ठीक उसी तरह इंसान का भी एक नाम और उपनाम (surname) होता है। सरनेम से आपके परिवार, जाति, वर्ण (caste, subcaste, race etc) इत्यादि का पता चलता है। जिस तरह किसी मशहूर लेखक की कोई साधारण सी पुस्तक भी लोग खरीद लेते हैं, उसी तरह किसी अच्छे खानदान के चरित्रहीन इंसान को भी महत्त्व मिल जाता है। लेकिन ध्यान रहे, यह ज्यादा समय तक नहीं चलता क्योंकि पुस्तक का कवर तो अच्छा है लेकिन उसके अंदर का मैटर अच्छा नहीं है।

आप चाहे किसी भी परिवार से हों, आपको अपनी पुस्तक अंदर से

आकर्षक और उपयोगी बनानी है। इस मामले में एक प्रसंग पर गौर करें।

> जब डेल कंपनी के संस्थापक माइकल डेल टेक्सस यूनिवर्सिटी में पढ़ रहे थे तब उनके माता-पिता अचानक उनसे मिलने पहुँच गए। उन्होंने देखा कि कंप्यूटर बेचने के चक्कर में लड़का पढ़ाई नहीं कर रहा है तो पिता ने गुस्से से पूछा, 'आखिर तुम जिंदगी में करना क्या चाहते हो?' माइकल डेल ने कहा, 'मैं IBM से प्रतियोगिता (compete) करना चाहता हूँ!' उन्होंने अपने जीवन की पुस्तक पर यह शीर्षक लिख दिया था। फिर उन्होंने अंदर भी उतनी ही श्रेष्ठ सामग्री लिखी। अंतत: 1996 में माइकल डेल बिलियनैर बने और IBM को हराने का उनका सपना भी पूरा हो गया। माइकल डेल ने अपनी पुस्तक के कवर पर 'जीत' लिख दिया था और उन्होंने इसे सार्थक बनाने के लिए पूरी मेहनत से काम किया।

अपने जीवन की पुस्तक के टाईटल के बारे में सोचें कि अब तक के आपके जीवन के आधार पर आप इसका कौन सा टाईटल डिसाईड करना चाहते हैं।

टाईटल डिसाईड करने के बाद यह सवाल पूछें कि 'क्या दूसरे लोग भी मेरे जीवन के इस टाईटल से सहमत होंगे? हम अपना मूल्यांकन (evaluation) अपने इरादों से करते हैं, न कि कामों से। दूसरी ओर, दूसरे लोग हमारा मूल्यांकन हमारे कामों से करते हैं। इसलिए स्वाभाविक है कि हम अपने अब तक के जीवन के बारे में अच्छी राय रखते हुए कोई अच्छा टाईटल देना चाहेंगे लेकिन क्या दूसरे इससे सहमत होंगे?

अब यह तय करें कि क्या आपको अपने जीवन की पुस्तक पर लिखा वर्तमान शीर्षक पसंद है? अगर पसंद नहीं है तो आप उसे बदलने की दिशा में काम कर सकते हैं। **सफलता का मूल सूत्र है, 'अंत को ध्यान में रखकर

काम शुरू करना चाहिए।' यानी पहले यह विचार करें कि हमारे जीवन के अंत में हम अपनी पुस्तक पर कौन सा शीर्षक पसंद करेंगे। हमारे परिवारवाले, हमारे मित्र, पड़ोसी, कलीग्स्, परिचित, रिश्तेदार आदि एक वाक्य में हमारा कैसा वर्णन करेंगे? इस तरह सोचने पर आपकी आँखें खुल जाएँगी और आप अपने वर्तमान शीर्षक को बदलना चाहेंगे। सोच-विचार करें, मनन करें, विचार मंथन करें और अपने जीवन की पुस्तक के लिए राईट टाईटल डिसाईड करें, साथ ही प्रेजेंट और फ्यूचर टाईटल भी तय करें।

मंथन का अर्थ क्या है? जब हम दही को मथते हैं तब उसमें से मक्खन निकलता है। यानी मक्खन छिपा हुआ होता है और बिना मंथन के बाहर नहीं निकलता। इस मक्खन से ही असली घी प्राप्त होता है।

ठीक उसी तरह जब हम विचार मंथन करते हैं यानी अपने विचारों को मथते हैं तब असली घी यानी असली जवाब प्रकट होने लगते हैं। हर सवाल का जवाब तो आपके अंदर ही है। वास्तव में मनन करते-करते मंथन शुरू होता है और मंथन करते-करते आपके अंदर से ही आपकी समस्याओं के समाधान, सवालों के जवाब मिलने लगते हैं।

मंथन की शक्ति का उपयोग करके आप भी अपने जीवन पर मंथन करके अपनी पुस्तक के लिए उपयुक्त शीर्षक तय करें।

मनन की शुरुआत कैसे करनी है, यह समझ में न आए तो आप खुद से यह सवाल पूछकर इसकी शुरुआत कर सकते हैं :

कब? क्या? क्यों? कौन? किसे? कैसे? कहाँ?

एक दोपहर अपने लिए निकालें और अपनी पुस्तक का शीर्षक तय करें।

2
आपकी नींव नाइन्टी किससे बनी है?
What is your Neev Ninety made of?
आपकी पुस्तक की इंडेक्स

जैसा आप जानते हैं, हर पुस्तक में एक विषय सूची (index) होती है। पुस्तक में दो-दो इंडेक्स नहीं होती।

ठीक इसी तरह आपके जीवन में भी एक ही इंडेक्स होनी चाहिए, जो यह बतलाए कि हमारा जीवन कैसा है। यदि दो इंडेक्स हों तो पढ़नेवाला डाऊट में आ सकता है या कनफ्यूज्ड हो सकता है।

कई लोग इस मामले में झूठे होते हैं। हाथी के दाँत की तरह उनकी इंडेक्स एक दिखाने के लिए होती है और दूसरी हकीकत में होती है। जो इंडेक्स दिखाई जाती है, वह हाथी की दाँत की तरह मूल्यवान होती है लेकिन अंदर की इंडेक्स यानी

अंदर के दाँत उतने मूल्यवान नहीं होते। जो इंडेक्स में लिखा होता है, वह पुस्तक के अंदर लिखा नहीं होता है। सब गोलमाल होता है, घुमा-फिराकर लिखा गया होता है।

इस तरह का जीवन जीनेवाले इंसान यानी पुस्तकें रहस्य और रोमांच के ऊँचे-ऊँचे वादे और दावे तो करती हैं लेकिन रद्‌दी के काम में भी नहीं आती। यह तो वही हुआ कि इंडेक्स में लिखा हो, 'ईमानदारी' और इंसान काम बेईमानी के करे।

क्या आज आप किसी को बता सकते हैं कि 'मैं इस-इस तरह जीने जा रहा हूँ। ऐसी-ऐसी परिस्थिति आने पर भी मेरे जीवन के कुछ सिद्धांत हैं, उन पर ही मैं चलनेवाला हूँ, इन नीति-नियमों, आज्ञाओं में मैं रहनेवाला हूँ। फिर चाहे कुछ भी हो जाए, किसी भी तरह की मुसीबत आ जाए, इन सिद्धांतों (अपने लिए बनाए गए प्रिंसिपल्स्) से मैं हटनेवाला नहीं हूँ। जो चीजें मेरे चरित्र को गिरा सकती हैं, उनसे मैं दूर रहूँगा। अगर शराब पीने से मेरा चरित्र गिरेगा तो मैं कभी भी शराब नहीं पीऊँगा।'

इस तरह आप तय कर लें और निडर होकर सबको बताएँ कि 'यह मेरा जीवन सिद्धांत है और इस पर ही मैं चलूँगा। मैं अपने चरित्र की रक्षा के लिए किसी भी गलत आदत को नहीं अपनाऊँगा।'

अपने जीवन के सिद्धांत न बनाने की वजह से इंसान व्यसनों का गुलाम हो सकता है। **पहले इंसान व्यसनों का भोग करता है, बाद में व्यसन इंसान का भोग करते हैं।** आइए, इसे आगे दिए गए दो चुटकुलों से समझें।

एक इंसान अपने कुत्ते के साथ कहीं जा रहा था। रास्ते में उसे एक शराबी मिला। शराबी ने उस इंसान से पूछा, 'आप अपने कुत्ते के साथ जा रहे हैं। जरा बताएँ कि कुत्ते और इंसान में क्या फर्क है?' उस

इंसान ने शराबी को जवाब दिया, 'जानवर कितनी भी शराब पी ले मगर वह इंसान नहीं बन सकता लेकिन इंसान दो पैग पीकर ही जानवर बन सकता है।'

एक पिता ने अपने बेटे को डाँटा कि 'क्या तुम गधे हो, जो तंबाकू खाते हो? तंबाकू घास के समान होती है और घास गधे खाते हैं।' बेटे ने पिता की यह बात सुनकर कहा, 'मैं गधा नहीं, शेर हूँ।' इस पर पिताजी ने कहा, 'गधे हो या शेर, आखिर हुए तो तुम जानवर ही।'

अगर हमें इंसान का कवर मिला है तो हमें जानवर की तरह नहीं, इंसान की तरह ही जीना चाहिए। हमें अपने जीवन के कुछ सिद्धांत बनाने चाहिए और उन सिद्धांतों पर अटल रहना चाहिए। अपनी पुस्तक में दो विषय सूचियाँ नहीं बल्कि एक ही विषय सूची रखें और उसी के अनुसार आगे कदम बढ़ाएँ।

जो लोग अपना स्वार्थ सिद्ध करना चाहते हैं, वे दो इंडेक्स बनाते हैं। ऐसे लोग दूसरों को दिखाने के लिए एक तरह का जीवन जीते हैं और दूसरी तरफ छिप-छिपकर गलत काम करते रहते हैं। उनके पास दो इंडेक्स होने की वजह से वे हमेशा इस उलझन में रहते हैं कि 'इस इंसान से क्या कहें... उस रिश्तेदार से क्या कहें... कहीं मेरी चोरी या बुराई पकड़ी तो नहीं जाएगी!... कल फलाँ इंसान को मैंने ऐसी गलत जानकारी दी थी, फलाँ इंसान से मैंने कपट किया था, वह कोई सवाल तो नहीं पूछेगा!' इस तरह वे हमेशा डरे हुए होते हैं। जिनकी एक ही इंडेक्स होती है, वे सदा निश्चिंत होकर जीते हैं।

इंडेक्स पर जरा गौर करें। क्या आपकी पुस्तक के इंडेक्स में अच्छे गुणों की भरमार है या गलत आदतों की कतार? क्या वहाँ पर आपको 'आज्ञा पालन', 'विनम्रता', 'अनुशासन', 'ईमानदारी', 'सदाचार', 'मेहनत', 'समय की पाबंदी', 'लगन', 'साहस', 'बलवान चरित्र', 'परोपकार', 'निष्कपटता' आदि चैपटर्स्

नजर आते हैं? या फिर उसमें 'चालाकी', 'स्वार्थ', 'अहंकार', 'कपट', 'बेईमानी', 'झूठा कहीं का', 'आलसी नंबर वन', 'लापरवाह', 'कायर' आदि चैपटर्स् नजर आते हैं?

पिछले चैपटर्स् में आपने अपनी पुस्तक के टाईटलस् पर गौर किया था। अब आप उससे आगे बढ़ें और उसकी इंडेक्स पर गौर करें।

इंडेक्स के पहले एक और चीज होती है। वह होता है आभार (Acknowledgements)। आभार यानी धन्यवाद का एक स्तंभ (column), जिसमें लिखा होता है कि 'इन लोगों को धन्यवाद, आभार या इन-इन लोगों को पुस्तक समर्पित है।' आपकी पुस्तक पर भी आप उन्हें थैंक्स दें, जो आपके विकास के लिए निमित्त बन रहे हैं। जिस चीज के लिए आप धन्यवाद देते हैं, वह चीज आपके जीवन में खिलती और खुलती है। आपके जीवन रूपी पुस्तक को खिलना और खुलना है वरना कई पुस्तकें बिना खुले, बिना पढ़े ही रह जाती हैं।

कहीं आपकी पुस्तक भी तो ऐसी नहीं है, जो अनखुली हो? हो सकता है, इसका कारण यह हो कि आपने ठीक से थैंक्स न दिया हो।

पति-पत्नी और बेटा एक दिन एक गेम खेलते हैं। बेटा अपने मम्मी-पापा के हाथ में एक पेज देकर कहता है, 'आज हम एक गेम खेलनेवाले हैं। आपको इस पेज पर एक-दूसरे के बारे में होनेवाली शिकायतें लिखनी हैं।' माँ सोचती है, 'अब क्या लिखे?' कुछ देर बाद पापा कहते हैं, 'मेरा एक पेज भर गया, सप्लीमेंट प्लीज!' यह देखकर माँ सोचती है, 'पता नहीं मेरे बारे में कितनी शिकायतें लिखी जा रही हैं।' फिर वह भी दिए गए पेज पर जल्दी-जल्दी कम्प्लेंट्स लिखना शुरू कर देती है। थोड़ी देर बाद बेटा कहता है, 'टाइम अप।' माँ उत्सुकतावश अपने पति के हाथों से कागज छीनकर भागती है और अंदर के कमरे में

जाकर पूरा पेज पढ़ने लगती है। थोड़ी देर बाद वह वापस बाहर आती है मगर उसकी आँखों में आँसू होते हैं।

ऐसा क्या हुआ कि पति का लेटर पढ़कर पत्नी की आँखें आँसुओं से छलकने लगी? क्योंकि वह पति की सारी कम्प्लेंट्स लिखती है मगर पति ने अपनी पत्नी के लिए सारे पेजेस पर केवल दो ही शब्द कई बार लिखे हुए थे, 'थँक यू...थँक यू...थँक यू...'

अपने ऐक्नॉलेजमेंटस् के पन्ने को खाली न रहने दें। आपके जीवन में ऐसे बहुत से लोग होंगे, जिन्होंने आपके जीवन पर गहरा और परमनंट मार्क छोड़ा होगा, चाहे वे आपके माता-पिता, टीचर्स्, पड़ोसी, रिश्तेदार, मित्र या कलीग हों। उन लोगों को याद करते हुए अपने ऐक्नॉलेजमेंटस् के पन्ने को पूरा करें। विलियम ए. वार्ड की बात याद रखें, **'ईश्वर ने आज आपको 86,400 सेकेंड्स का उपहार दिया था। क्या आपने 'ईश्वर तुम्हारा धन्यवाद' कहने में एक सेकंड का भी इस्तेमाल किया?'**

पुस्तक की प्रस्तावना - The Preface of your book

इंडेक्स के बाद आता है बुक का प्रीफेस यानी प्रस्तावना, जीवन का लक्ष्य वाक्य (mission statement) । आपके जीवन का 'मिशन स्टेटमेंट' क्या है? प्रस्तावना में थोड़े से शब्दों में पूरी पुस्तक के बारे में लिखा जाता है। अतः आप भी थोड़े शब्दों में बताएँ आपका जीवन क्या है, आपकी प्रस्तावना आपके जीवन की कौन सी संभावना व्यक्त कर रही है?

कोई इंसान अपने जीवन का 'मिशन स्टेटमेंट' देता है कि *'मैं सुस्ती से मुक्ति पाकर दो छोटे लक्ष्य पूरे करनेवाला हूँ', 'मैं अपने जीवन में आनेवाली हर चुनौती का सामना डटकर और खुशी से करनेवाला हूँ', 'मैं अपने जीवन में गलत आदतों को कभी पनपने नहीं दूँगा', 'मैं अपने इम्पॉर्टेंट टाईम को निरर्थक कार्यों में*

गँवाने के बजाय उसका राईट यूज करूँगा।' इस तरह शॉर्ट में बताया गया है कि यह 'मिशन स्टेटमेंट' है। यहाँ पर स्टेटमेंट का अर्थ है, कार्य के प्रति आपके सिद्धांत, जीवन के प्रति आपकी समझ।

हर इंसान अपना एक मिशन स्टेटमेंट बनाए कि 'यह मेरी प्रस्तावना है। मैं इस तरह खुलकर, खिलकर जीने जा रहा हूँ। मेरा जीवन ही यह खोलकर बताएगा।' उदाहरण के तौर पर किसी इंसान के पुस्तक की प्रस्तावना में यह लिखा हो सकता है कि 'मुझसे जो भी मिले वह पहले से बेहतर बन जाए या कम से कम वे अच्छा महसूस करें।' कोई लिखेगा, 'मैं कभी भी किसी गलत आदतों को अपने जीवन में स्थान नहीं दूँगा।'

समर्पित

इंडेक्स

प्रस्तावना

नींव नाइन्टी + टॉप टेन + छिपा शून्य = संपूर्ण चरित्र का नक्शा

ऊपर लिखे हुए सूत्र को पढ़कर आप यही सोच रहे होंगे कि 'यह क्या है?' यह उलझन आपके पुस्तक पढ़ने से हल होगी।

इसे हम आईसबर्ग के उदाहरण से समझ सकते हैं। आईसबर्ग्स यानी विशाल हिमशिलाएँ, जो समुद्र में तैरती रहती हैं। आईसबर्ग की खासियत यह है कि उसका नब्बे प्रतिशत हिस्सा पानी के नीचे छिपा रहता है और केवल दस प्रतिशत हिस्सा ही पानी के ऊपर रहता है।

क्या अब आपको समानता समझ में आई? क्या अब आप इस पहेली को समझने के करीब पहुँचे?

इंसान का जीवन भी आईसबर्ग जैसा ही होता है, जिसका नब्बे प्रतिशत हिस्सा अंदर रहता है और केवल दस प्रतिशत ही बाहर दिखता है।

आईसबर्ग का जो नब्बे प्रतिशत हिस्सा पानी के नीचे छिपा हुआ होता है, उसी के बल पर दस प्रतिशत ऊपरी हिस्सा पानी पर तैरता है। इसी तरह इंसान के अंदर जो नब्बे प्रतिशत हिस्सा छिपा होता है, उसी के बल पर उसका दस प्रतिशत ऊपरी हिस्सा चलता है। वही नब्बे प्रतिशत हिस्सा है नींव नाइन्टी, जो हमारे अंदर है, जो हमारे अर्धचेतन मन (subconscious mind), चेतन मन (conscious mind), हमारी आदतों, हमारे गुणों-अवगुणों और हमारे चरित्र में है। टॉप टेन का मतलब है वह दस प्रतिशत हिस्सा, जो सबको दिखता है यानी हमारा हुलिया, हमारा व्यवहार और हमारे कार्य।

इस तरह अगर आप जीवन के सिद्धांत पहले ही बना लेते हैं तो आपको व्यवहार करने में बहुत सुविधा होती है। जैसे आप कहीं गए और कोई आपसे कहे कि 'जरा यह खाकर तो देखो, यह शराब पीकर तो देखो' तब प्रस्तावना (जीवन के सिद्धांत) की वजह से आपको स्पष्ट होता है कि किन चीजों को लेना है और किन चीजों को नहीं लेना है। आप बहुत सहजता और आत्मविश्वास से कहते हैं कि 'यह चीज मेरे नसीब में नहीं है।' फिर सामनेवाला ज्यादा जोर भी नहीं देता और आप पर ज्यादा दबाव भी नहीं डालता।

यदि जीवन के सिद्धांत निश्चित नहीं किए गए हों तो आपकी जरा सी भी

हिचकिचाहट सामनेवाले को बता देती है कि अगर वह आपसे थोड़ा और फोर्स करे तो आप फिसल जाएँगे और उस चीज को ले लेंगे, क्योंकि आपकी पुस्तक में प्रस्तावना (सिद्धांत) ही नहीं है। कई पुस्तकों में प्रस्तावना ही गायब होती है।

कई लोग पुस्तक की प्रस्तावना पढ़ते ही नहीं हैं। हर पुस्तक में प्रस्तावना दी जाती है, उसे जरूर पढ़ें। उसमें कुछ लिखा होता है, जैसे पुस्तक कैसे पढ़ना है, किन बातों पर मनन करना है। विशेषकर कहाँ ज्यादा ध्यान देना है इत्यादि। आप भी अपनी प्रस्तावना में लोगों के लिए संकेत लिखें ताकि आपसे मिलकर लोग वही सीखें, जो आप अपनी पुस्तक द्वारा लोगों को सिखाना चाहते हैं।

कुछ पुस्तकों में बुक मार्क डाला जाता है ताकि मनन करने के लिए रुक सकें, रुककर थोड़ा सोच सकें। पुस्तक का निरंतरता से लाभ लेने के लिए बुक मार्क की भी भूमिका होती है। बुक मार्क लोगों को यह याद दिलाता है कि पिछली बार हमने कहाँ तक सीखा था ताकि समय गँवाए बिना आगे की बातें सीखना शुरू कर पाएँ। अर्थात क्या आप लोगों को सही रिमाईंडर दे पाते हैं? क्या आपको यह याद रहता है कि पिछली बार आप लोगों के लिए किन बातों की प्रेरणा बने थे? जब आप लोगों में रुचि रखते हैं तब आप बुक मार्क का काम सही ढंग से कर पाते हैं।

प्रस्तावना, पहले पेज का शीर्षक (half title page), इंडेक्स इत्यादि सब बन जाने के बाद ही कोई पुस्तक अखंड बनती है। पुस्तक में सुविधा के लिए खण्ड (parts) और अलग-अलग अध्याय इसलिए बनाए जाते हैं ताकि पुस्तक को समझने में आसानी हो। पुस्तक पढ़ने के बाद पता चलता है कि यह पुस्तक अखंड है। जिस पुस्तक में भाव, विचार, वाणी और क्रियाएँ एक ही होती हैं, उस पुस्तक की नींव नाइन्टी मजबूत होती है।

जो इंसान अंदर-बाहर से एक होगा, वह कहेगा, 'हमारा जीवन खुली किताब है, उसे कोई भी पढ़े। हम जो अंदर से हैं, वही बाहर से हैं।' ऐसा इंसान

ही अपना चरित्र पवित्र बना पाता है क्योंकि उसकी नींव नाइन्टी मजबूत होती है, वह लोगों का विश्वासपात्र बनता है। इसका यह भी मतलब नहीं है कि इंसान दुनिया को अपनी कमजोरियाँ बताता फिरे। वह खुली किताब जरूर बने लेकिन अपनी सामान्य बुद्धि और होश का भी इस्तेमाल करे क्योंकि हर इंसान में अच्छाइयाँ और कमियाँ होती हैं। अच्छाई का हर जगह स्वागत होता है मगर कमजोरियों को कोई स्वीकार नहीं करता। खुली किताब बनना है तो अपनी कमियों को दूर करना पहली शर्त है।

जब इंसान की नींव नाइन्टी खोखली होती है तब वह खुद की और अपने देश की हानि का कारण कैसे बनता है, इसका उदाहरण है चीन की ऐतिहासिक दीवार।

प्राचीन चीन में उत्तर दिशा से होनेवाले आक्रमण से बचने के लिए चीन के लोगों ने देश की सुरक्षा के लिए एक बड़ी दीवार बनाई, जिसे 'द ग्रेट वॉल ऑफ चाईना' कहा जाता है। यह दीवार इतनी ऊँची थी कि कोई भी उस पर चढ़कर अंदर नहीं आ सकता था। यह दीवार इतनी मोटी और मजबूत थी कि कोई उसे तोड़ नहीं सकता था और इतनी लंबी थी कि किसी के लिए भी उतना घूमकर जाना संभव नहीं था।

फिर भी दीवार बनने के बाद पहले सौ सालों में ही चीन पर तीन बार सफलतापूर्वक बड़े हमले हुए। यह कैसे संभव हुआ? दुश्मनों के कई सारे प्रयासों के बावजूद वे किसी तरह भी दीवार को नहीं लाँघ पाए। अंततः उन्होंने एक उपाय आजमाया और वे अपने इरादों में सफल हो गए। वह कौन सा उपाय था? वह उपाय यह था कि उन्होंने पहरेदारों को रिश्वत दी और बड़ी आसानी से अंदर घुस गए।

कहने का अर्थ यह है कि कुछ लोगों के कमजोर चरित्र की वजह से चीन के राष्ट्र को इतनी भारी कीमत चुकानी पड़ी।

ईमानदारी बेहद महत्वपूर्ण होती है। इमर्सन ने कहा था, 'अपनी अखंडता की रक्षा किसी पवित्र वस्तु की तरह करें; आपके मस्तिष्क की अखंडता जितनी पवित्र कोई दूसरी वस्तु है ही नहीं।'

इसी तरह बिली ग्राहम की एक प्रसिद्ध कहावत है, 'जब धन नष्ट होता है तब कुछ नष्ट नहीं होता; जब स्वास्थ्य नष्ट होता है तो थोड़ा सा नष्ट होता है; जब चरित्र नष्ट होता है तो सब कुछ नष्ट हो जाता है।'

जिस पुस्तक में सारे अध्याय बेतरतीबी से (without sequence) बिखरे हुए होते हैं, वह पुस्तक सुलझाने से ज्यादा उलझाती है। वह पुस्तक अखंड नहीं, पाखण्ड है। इसलिए खुद से यह सवाल पूछें कि 'मैं जो करता हूँ, क्या वही मैं कहता हूँ? मेरी भावनाएँ और मेरे विचार क्या एक ही दिशा में दौड़ते हैं? मैं जो महसूस करता हूँ क्या वही मेरे शब्दों में आता है?' यदि इन सारे सवालों के जवाब 'हाँ' हैं तो आप एक अखंड पुस्तक हैं। आपसे मिलकर खुशी हुई!

३
नींव नाइन्टी और मैच्युरिटी -१

Neev Ninety & Maturity - 1

शारीरिक, मानसिक, बौद्धिक मैच्युरिटी

मैच्युरिटी और चरित्र दोनों एक ही सिक्के के दो पहलुओं के बराबर हैं। जिस तरह नींव नाइन्टी मजबूत करने के लिए अपने चरित्र की शुद्धता आवश्यक होती है, उसी प्रकार जीवन के हर स्तर पर मैच्युअर होना भी जरूरी होता है। जो इंसान जीवन के हर स्तर पर यानी शारीरिक, मानसिक, आर्थिक, बौद्धिक, सामाजिक और आध्यात्मिक स्तर पर पूर्ण रूप से मैच्युअर होता है, उसका चरित्र स्पॉटलेस होता है।

कोई भी इंसान जन्मतः मैच्युअर नहीं होता। जन्म लेने के बाद जीवन के हर पड़ाव पर बच्चा मैच्युअर बनता जाता है। जीवन से उसे जो अनुभव मिलते हैं, वे उसकी मैच्युरिटी बढ़ाने में मदद करते हैं।

मैच्युरिटी ही वह गुण है जो हम सबको मजबूत तथा भरोसेमंद बनाता है। इस गुण की आवश्यकता उन सभी को है, जो जीवन में विश्वसनीय बनकर उभरना चाहते हैं। परंतु जिन्होंने आत्मविकास को ही जीवन का मूलमंत्र माना, उनके लिए तो यह जरूरी है।

मैच्युरिटी का अर्थ है विचारों और मानसिक रूप से मैच्युअर हो जाना। यह है उम्र के अनुसार विचारों में पूर्ण विश्वास (conviction) और उनका सकारात्मक प्रदर्शन। जब मैच्युरिटी आ जाती है तब जीवन को देखने का हमारा दृष्टिकोण (perspective) सकारात्मक हो जाता है। तब ही हम सही मायनों में बड़े हो पाते हैं। उस स्थिति में हमें पता होता है कि कब, किस समय, किस स्थान पर, कैसा रिस्पॉन्स या व्यवहार होना चाहिए।

किसी भी घटना पर रिस्पॉन्स देते हुए देखें कि क्या उसमें मैच्युरिटी है अथवा कच्चे मन की झलक है? घर में, पड़ोस में, समाज में, राज्य या देश में अपने व्यवहार से हम पके आम जैसी मिठास छोड़ते हैं या कच्ची कैरी जैसी खटास... इस बात पर होशपूर्वक ध्यान दें।

अपने व्यवहार को अलग होकर देखने पर यह सत्य आपके सामने आएगा कि आपका व्यवहार मैच्युअर हुआ है या नहीं। वरना होता यह है कि हम शरीर से तो बड़े हो जाते हैं परंतु हमारे व्यवहार में बचपना रह जाता है। अगर ऐसा है तो इस पर तुरंत कार्य करना बहुत आवश्यक है। सवाल यह उठता है कि आखिर बड़े होने पर भी यह बचपना क्यों बचता है?

आइए, हम जानते हैं कि जीवन के हर स्तर पर पूर्ण रूप से मैच्युअर कैसे बना जाए।

१. शारीरिक मैच्युरिटी - Physical Maturity

मैच्युरिटी का पहला कदम है हमारा शरीर। लोग हमारी मैच्युरिटी का प्रथम आकलन हमारे शरीर का विकास देखकर ही तो करते हैं। भला जो बच्चे हैं

उनसे कोई मैच्युअर व्यवहार की उम्मीद क्यों करेगा? जैसे **मजबूत लकड़ी की उम्मीद हम पौधों से नहीं पेड़ से करते हैं, वैसे ही मैच्युरिटी की आशा बच्चों से नहीं, बड़ों से की जाती है।**

मैच्युरिटी की पहली निशानी है हमारा शरीर बोझ उठाने के लिए मजबूत है कि नहीं? शरीर को मैच्युअर करने के लिए इसके सभी अंगों का व्यायाम होना जरूरी है। जरा देखिए, शरीर के किन अंगों को पूरा व्यायाम नहीं मिल रहा है। उन पर जब खिंचाव पड़ेगा, उन्हें जब दबाव मिलेगा तो शरीर खुद इसकी घोषणा करेगा। आपको मालूम पड़ जाएगा कि कैसी तकलीफ है? यह व्यायाम न करने का दर्द है या किसी बीमारी का दर्द है। कारण जानकर सही उपचार से शरीर को अच्छा एहसास होगा और यह मजबूत बनेगा। ऐसी समझ से हमारी शारीरिक मैच्युरिटी बढ़ने लगती है। हम शरीर को समझने लगते हैं, इससे हमारी मित्रता बढ़ती है और जहाँ मित्रता होती है, वहीं सहयोग मिलता है। अब शरीर बड़ी से बड़ी जिम्मेदारी को उठाने को बेशर्त तैयार होता है।

शरीर का विस्तार हुआ है लेकिन व्यवहार में बचपना है तो सामनेवाले को क्या संदेश मिलता है? आपके शरीर की गतिविधियाँ देखकर, आपकी चाल-ढाल देखकर अगर लोगों तक गलत संदेश जाता है तो इसका अर्थ है कि आप अभी शारीरिक रूप से मैच्युअर नहीं हुए हैं। शरीर की भाषा (body language) से यदि कोई गलत संदेश जा रहा है तो उसमें सुधार लाना, हमारी पहली जरूरत होनी चाहिए। यह खास लड़कियों के लिए संदेश है और आप लड़के अपनी बहन को भी यह समझा सकते हैं। उदाहरण के लिए आप भले ही बड़े अच्छे हैं परंतु आप बाहर जोर से हँसते हैं या भड़कीले एवं अनुचित (Innappropriate) कपड़े पहनते हैं या अपने दोस्तों के साथ खो जाते हैं और आजू-बाजू का कोई ध्यान नहीं रहता। लड़के इस बात का ध्यान रखें कि वे दूसरों को देखते हुए कोई गलत संदेश तो नहीं दे रहे हैं।

हमारा चेहरा लोगों को क्या बता रहा है? चेहरे के भाव और हमारी

देहभाषा (body language) लोगों को क्या बता रही है? इस भाषा को भी हम सही प्रसारित करें। एक समय में दो-दो संदेश न दें। यदि आपको एक ही बात कहनी है तो इस तरह कहें ताकि सामनेवाले को दो नहीं, एक ही संदेश जाए।

कुछ लोग जब पार्टी में जाते हैं और कोई उन्हें शराब पिलाता है तो वे दृढ़ता से मना करने के बजाय 'नहीं' भी इस तरह कहते हैं कि सामनेवाले को लगता है कि उनका 'नहीं' कभी भी 'हाँ' में बदल सकता है। ऐसे लोग जल्द ही व्यसनों के शिकार हो जाते हैं क्योंकि वे कभी यह तय नहीं कर पाते हैं कि जीवन में क्या करना है, किस राह पर चलना है। ऐसे लोगों में शारीरिक मैच्युरिटी देर से आती है।

जीवन में स्पष्टता (clarity) रहे, इसके लिए आपको पहले यह तय करना होगा कि आपका जीवन कैसा होना चाहिए और उसमें आनंद का जुड़ना किस प्रकार हो। आप गहराई से जीवन के हर एक पहलू पर विचार करें। देखें कि उस जीवन की संभावना क्या है? उसमें अगर कोई उतार-चढ़ाव आएगा तो भी आप आनंदित कैसे रह सकेंगे? कोई परेशानी आएगी तो उसे सँभालने के लिए आपकी योजना (strategy) क्या होगी? सभी कार्य हँसी-खुशी किस प्रकार हो पाएँगे? अगर आपने मैच्युरिटी के साथ विश्लेषण (analysis) करके, अपना जीवन मार्ग तय किया तो अब आपके विचार और व्यवहार दो अलग-अलग संदेश नहीं देंगे।

इंसान के विचार और व्यवहार में जब दृढ़ता आती है तब वह मैच्युअर कहलाता है और विश्वास के योग्य बनता है। आपके परिजनों, प्रियजनों, मित्रों, पड़ोसियों, सभी को यह पता होना चाहिए कि यह इंसान स्पष्ट लक्ष्य के साथ जी रहा है। इसका मन कभी 'हाँ' कभी 'ना' में डावाँडोल नहीं होता। जब आप इस विश्वास के योग्य हो गए तो आप मैच्युअर होने लगे।

२. मानसिक मैच्युरिटी - Mental Maturity

शारीरिक मैच्युरिटी मिलने के बाद मानसिक मैच्युरिटी की शुरुआत होती

है। कहा भी गया है कि **स्वस्थ शरीर में ही स्वस्थ मस्तिष्क का निवास होता है।**

मानसिक मैच्युरिटी का अर्थ है कि हम मन से बड़े हो जाएँ, अकंप हो जाएँ। जब इंसान में मानसिक मैच्युरिटी आती है तब किसी भी घटना में उसका मन नहीं हिलता। यदि किसी घटना में हम ज्यादा परेशान हो रहे हैं तो हमारा परेशान होना ही यह दर्शाता है कि हमारे अंदर मानसिक मैच्युरिटी नहीं आई है। ऐसे में एक घंटी बजते ही मन विचलित हो जाता है, मन में नकारात्मक संवाद शुरू हो जाते हैं। जैसे 'अब फिर एक नई मुसीबत आ गई... अब ये अनचाहे मेहमान आ गए... अभी तक मेरे भेजे हुए एस.एम.एस. या मिस्ड कॉल का जवाब नहीं आया' इत्यादि। कंपित मन किसी भी घटना में तुरंत हिल जाता है। नकारात्मक शब्द मन में बड़बड़ाने से पहले यदि आप कुछ देर रुके होते तो आपको जरूरत से ज्यादा परेशान होने की आवश्यकता नहीं थी।

मानसिक मैच्युरिटी लाने के लिए हमें देखना है कि हमारे मन के साथ क्या-क्या हो रहा है? अपने अंदर की मानसिक मैच्युरिटी को जाँचने के लिए हम देखें कि हमारा मन प्रेमन और निर्मल बना है कि नहीं। मन निर्मल होना यानी मन से मैल निकल जाना। जिस तरह से हम कपड़ों से मैल निकालकर उन्हें साफ करते हैं, उसी प्रकार हमें अपने मन से मैल को निकालकर उसे साफ और पवित्र बनाना है। यह भी देखें कि अकंपता आ रही है या नहीं और जितना परेशान होना है, उतना ही होते हैं या ज्यादा होते हैं। हमें अपने व्यवहार पर भी गौर करना चाहिए कि उससे किसी को तकलीफ तो नहीं पहुँच रही है। मानसिक मैच्युरिटी के बाद आप हर तूफान में अपने निर्णय सही ले पाएँगे।

मानसिक मैच्युरिटी का एक महत्वपूर्ण पहलू है इमोशनल कोशंट। आज की दुनिया में सक्सेसफुल बनने के लिए आय.क्यू. (intelligence quotent, I.Q.) का जितना महत्त्व है, उससे भी ज्यादा महत्त्व है इमोशनल कोशंट (E.Q.) का। आज-कल सोशल नेटवर्किंग साइट जैसे फेसबुक या वॉट्स ॲप पर स्टेटस अपडेट करने में युवा वर्ग काफी दिलचस्पी लेता है। इसी तरह मानसिक लेवल

पर भी मैच्युरिटी का स्टेटस अपडेट होना जरूरी है। क्योंकि जब हमारा इमोशनल कोशंट बढ़ता है तब हम सामाजिक लेवल पर भी मजबूत बनने लगते हैं। एक इमोशनली स्ट्राँग पर्सन, सहजता से बड़ी से बड़ी जिम्मेदारी उठा पाता है।

ई.क्यू. यानी क्या? अपने और दूसरों के इमोशन्स को समझने, उन्हें कंट्रोल करने तथा उन्हें विश्लेषण (evaluate) करने की क्षमता को इमोशनल इंटैलिजन्स कहते हैं। दूसरों के इमोशन्स और पॉजिटिव मोटिवेशन को समझ पाना, दूसरों के साथ कार्य करते वक्त खुद की भावनाओं को सही तरीके से एक्सप्रेस कर पाना इमोशनल इंटैलिजन्स है। इमोशनल इंटैलिजन्स को नापने के लिए कई तरह की टेस्ट उपलब्ध हैं। जिससे किसी के इमोशनल कोशंट को जाना जा सकता है। इमोशनल कोशंट का ज्यादा होना, इंसान के मन की स्थिरता की निशानी है और यही उसकी सक्सेस की कहानी है।

अकसर देखा जाता है कि कई युवा बुद्धिमान तो जरूर होते हैं मगर इमोशनल इंटैलिजन्स में वे कम पड़ते हैं। प्रोफेशनल लाईफ में असफल होने के पीछे यही एक मुख्य कारण है। अगर हम खुद की भावनाओं को ठीक से समझ पाएँ तो ही हम दूसरों की भावनाओं को भी समझ पाएँगे। अगर हम खुद के इमोशन्स का स्टेबल रहकर विश्लेषण (evaluation) कर पाएँ तो हम उनका संतुलन भी रख पाएँगे। वरना अपने इमोशनल ट्रैप में फँसकर इंसान हाथ आए मौके को भी गँवा देता है।

एक स्टुडेंट अपनी पढ़ाई पूरी करने के बाद जब प्रोफेशनल जीवन में कदम रखता है तो उसे किसी टीम के साथ कार्य करना पड़ता है, जहाँ अलग-अलग स्वभाव के लोगों से उसका इंटरऍक्शन होता है। टीम में कार्य करने के लिए दूसरों के इमोशन्स को समझने की संवेदनशीलता होनी अति आवश्यक है। वरना इंसान अपना ही राग आलापता रह जाता है। परिणामत: न तो वह किसी की सुनता है और न ही कोई उसकी सुनता है। टास्क तो बाजू में ही रह जाता है।

अगर आप किसी टीम के लीडर हैं, तब आपका इमोशनल कोशंट हाइट

पर होना चाहिए। क्योंकि एक लीडर को टीम के सभी मेंबर्स को साथ लेकर चलने की जरूरत होती है। उसका काम होता है सभी मेंबर्स में कोऑर्डिनेशन स्थापित करना। कार्य के दौरान उसका अन्य लोगों के साथ मतभेद भी हो सकता है। ऐसी सिच्युएशन में निगोशिएट कर पाने, वाद-विवाद को नियंत्रित करने और सभी की राय मानकर मध्यम मार्ग निकालने के गुण की आवश्यकता होती है। जिसका इमोशनल कोशंट अच्छा होता है, वह सबके साथ सामंजस्य स्थापित कर योग्य निर्णय ले पाता है और काम का अच्छा आऊट पुट देता है।

अगर आपको खुद में सेल्फ अवैरनेस, सेल्फ रेग्युलेशन, एम्पथी (दूसरों को समझने का गुण) और संघ में कार्य कर पाने की काबिलीयत पानी है तो आपका मानसिक एवं भावनिक स्तर पर मैच्युअर बनना अति आवश्यक है।

सोचिए कि आप बाजार में माचिस खरीदने गए हैं और दुकानदार ने एक रुपए की माचिस की कीमत आपको दस रुपए बताई तो क्या आप दुकानदार को दस रुपए देकर माचिस खरीदते हैं? नहीं क्योंकि आप जानते हैं कि दुकानदार माचिस के ज्यादा पैसे माँग रहा है। इसी तरह आपके जीवन में होनेवाली एक घटना की कीमत कितनी हो सकती है? यदि कोई घटना परेशानीवाली है तो वहाँ जरूर परेशान होना चाहिए लेकिन एक छोटी सी घटना में भी आप ज्यादा परेशान हो रहे हैं तो इसका अर्थ है कि आप उस घटना की ज्यादा कीमत अदा कर रहे हैं। उदाहरण के तौर पर आपको पता चला कि आपके एक दोस्त ने आपके बारे में पीठ पीछे कुछ गलत कहा है। यह सुनकर आप उस दोस्त से नाराज हो जाते हैं। ऐसे में आप यह जानने की कोशिश भी नहीं करते कि इस बात में कितनी सच्चाई है।

टीनएजर्स की जिंदगी में अकसर ये बातें होती हुई देखी जाती हैं। ऐसी बहुत ही छोटी-छोटी, अनावश्यक बातों के कारण वे अपने सबसे अच्छे मित्रों से भी नाराज हो जाते हैं। यही बताता है कि मानसिक मैच्युरिटी अब तक नहीं आई है।

दरअसल, आपको यह नहीं मालूम होता कि सामनेवाला इंसान खुद मैच्युअर नहीं है और आप उसी से उम्मीद रखकर अपने आपको तकलीफ दे रहे होते हैं। समझने की कोशिश करें कि उसका लक्ष्य और जीवन दोनों आपसे अलग हैं। इसलिए सामनेवाला मैच्युअर हो या न हो, आपको तो अपने भले के लिए मानसिक मैच्युरिटी बढ़ानी ही है। आइए, प्रस्तुत कहानी द्वारा इस विषय को और गहराई से समझें।

एक संत के पास गाँव के लोग अकसर शिकायतें लेकर आते थे कि वे उस आदमी या इस आदमी से परेशान हैं और कुछ ऐसा टोना-टोटका कर दीजिए कि हमारे दुश्मनों का नुकसान हो जाए। ऐसी बातों को सुनते-सुनते एक दिन संत ने कहा कि 'अच्छा ऐसा करो, तुम सभी को जिस-जिससे शिकायत है, उनके नाम का एक-एक आलू लेकर आ जाओ।'

संत हमारे दुश्मनों पर कोई टोटका करेंगे, ऐसा मानकर गाँववालों की खुशी का ठिकाना नहीं रहा और अगले दिन संत ने देखा कि कई गाँववाले झोला भर-भरकर आलू ले आए हैं। संत ने कहा, 'अब इन आलुओं को 30 दिन तक चौबीसों घंटों अपने साथ रखो।'

कुछ दिन तो ठीक रहा पर बारहवें-तेरहवें दिन से आलू सड़ने लगे। बीसवें दिन तो दुर्गंध के कारण गाँववालों को आलू साथ रखना मुश्किल हो गया और उन्होंने संत से रिक्वेस्ट की कि वे आलुओं को फेंक देने की आज्ञा दें।

तब संत ने राज खोला, 'खराब आलुओं को आप केवल २० दिन नहीं ढो पाए तो मन में भरी दुश्मनी की गाँठों को जिंदगीभर ढोने के लिए कैसे तैयार हैं? यह सुनकर गाँववालों को एहसास हुआ कि वाकई वे किन फिजूल की बातों में अपनी जिंदगी गवाँ रहे थे!

इस कहानी से हमने जाना कि मन से मैच्युअर बनने के लिए हमें हर घटना की कीमत तय करनी है। कई बार हम देखते हैं कि किसी पर हमने भरोसा किया और उसने हमें धोखा दिया। इस बात को हम इतना इंपॉर्टन्स देते हैं कि दिनों-दिन या सालों-साल हम उस इंसान को भूल नहीं पाते। ऐसे में हम अपने आपको तकलीफ देकर सामनेवाले को ज्यादा कीमत दे रहे होते हैं। इसका अर्थ है जिस घटना को जितनी कीमत देनी चाहिए, उतनी ही कीमत दें, उससे ज्यादा न दें। अगर आपके दोस्त ने आपके पीठ पीछे कोई गलत बात कही भी है तो भी आपको इस घटना की कीमत तय करनी है। अपने आपसे पूछना है कि '**इस घटना की कीमत कितनी है?**' अगर जवाब आए, 'इस घटना की कीमत दस मिनट है' तो इसका अर्थ है उस घटना के लिए केवल दस मिनट परेशान होना भी ज्यादा है। ऐसा करते-करते आप देखेंगे, एक दिन ऐसा आएगा कि नकारात्मक घटना होने के बाद सिर्फ घड़ी देखते ही आपकी नाराजगी दूर हो जाएगी या आप उस घटना से बाहर आ जाएँगे।

३. बौद्धिक मैच्युरिटी - Intellectual Maturity

शारीरिक और मानसिक मैच्युरिटी के चरणों को पार करने के बाद बौद्धिक मैच्युरिटी आती है।

बौद्धिक मैच्युरिटी प्राप्त करने के बाद इंसान पहले जिस तरह से सोच-विचार करता था, हिसाब-किताब लगाता था, वह सब बदलने लगता है। जहाँ बुद्धि मैच्युअर्ड नहीं है वहाँ बहुत टेढ़े रिस्पॉन्स मिलते हैं। मान लीजिए, आपकी कलाई घड़ी बंद हो गई है। किसी इंसान से आप टाईम पूछते हैं तो वह क्या जवाब देता है? वह कहता है, 'आपके हाथ में भी तो घड़ी है, उसमें समय देख लीजिए।' अब यह इंसान साफ संकेत दे रहा है कि अभी तक उसमें बौद्धिक मैच्युरिटी नहीं आई है। हाथ में घड़ी होने पर भी यदि कोई इंसान वक्त पूछ रहा है तो जरूर उसके पीछे कोई कारण हो सकता है। लेकिन सामनेवाला वक्त न बताकर अपनी इम्मैच्युरिटी दिखाता है। इसी तरह यदि आप किसी से पूछते हैं कि

'भाई, क्या फलाँ स्कूल यही है?' तो आपको उससे जवाब मिलता है, 'पढ़े-लिखे नहीं हो क्या... बोर्ड लगा तो है।' अब वह इंसान सोचता ही नहीं कि इस पूछताछ के पीछे भी कोई कारण हो सकता है। ऐसे इम्मैच्युअर बुद्धि के कई उदाहरण हमारे चारों तरफ बिखरे हुए हैं।

अकसर स्कूल-कॉलेजों में पढ़नेवाले नौजवानों में ये बातें देखी जाती हैं कि वे अपनी पढ़ाई-लिखाई छोड़कर रिश्ते बनाने के चक्कर में फँस जाते हैं। फिर हर रिश्ते टूटने (break up) के बाद निराशा से घिर जाते हैं। उस निराशा से निकलने के लिए फिर किसी और से नया रिश्ता जोड़ने में लग जाते हैं। ऐसे में विद्यार्थियों की पढ़ाई-लिखाई और करियर पीछे छूट जाता है, जो कि महँगा सौदा साबित होता है। ऐसे में उन्हें खुद से पूछना चाहिए कि 'क्या यह महँगा सौदा करना जरूरी है?'

कई बार हम बदले की भावना में घिर जाते हैं और संतुलन खो देते हैं। ऐसे में हमारा मन हमसे जो करवाता है, हम वही करते हैं। बदले की भावना में पड़कर हम सबसे ज्यादा अपना नुकसान करते हैं और यह हमें बहुत देर से समझ में आता है। बदले की भावना भी बौद्धिक इम्मैच्युरिटी के कारण आती है। ऐसे में समझ रखें, बदला न लें बल्कि अपने आपमें नया बदलाव लाएँ। दूसरों को छोड़कर अपने आप पर ध्यान दें। इससे आपका बहुत फायदा होगा।

मान लीजिए, यदि आपका दोस्त किसी गलत बात के लिए आप पर दबाव डालता है और आप अपने सिद्धांतों (principles) से हिल जाते हैं तो संकेत साफ है कि आपमें बौद्धिक मैच्युरिटी अभी तक नहीं आई है।

एक इंसान अपने दोस्त को कुछ बताता है और दोस्त उसकी कही गई बात को बड़े ध्यान से सुनता है। यह सोचकर कि कोई महत्वपूर्ण बात होगी वह दोस्त से पूछता है, 'क्या सच में ऐसा है?' और जब वह इंसान हँसते हुए कहता है, 'नहीं, नहीं मैं तो सिर्फ टाइम पास के लिए बोल रहा था।' इसका मतलब वह

इंसान बौद्धिक रूप से मैच्युअर नहीं है। उसके दोस्त के मन में उस इंसान की बचकानी छवि तैयार हो जाती है। जिसका परिणाम यह होगा कि भविष्य में वह दोस्त उस इंसान की इम्मैच्युअर हरकत की वजह से गंभीरतापूर्वक कही गई बात पर भी यकीन नहीं करेगा।

इस तरह यदि आप बिना सोचे-समझे जवाब देते हैं तो स्वयं की पड़ताल कीजिए कि 'मैं ऐसा क्यों कर रहा हूँ? सामनेवाले की सीधी बात का सही जवाब अगर मैं दे सकता हूँ तो बेढ़ब जवाब देकर अपनी इम्मैच्युरिटी का परिचय क्यों दे रहा हूँ?' ऐसा मनन करने से आप बुद्धि का सही प्रयोग कर पाने में सक्षम होंगे और बौद्धिक रूप से मैच्युरिटी की प्राप्ति कर सकेंगे।

4
नींव नाइन्टी और मैच्युरिटी -२
Neev Ninety & Maturity - 2
सामाजिक, आर्थिक, आध्यात्मिक मैच्युरिटी

पिछले भाग में हमने शारीरिक, मानसिक और बौद्धिक मैच्युरिटी के बारे में जाना। आइए, अब इसके आगे के भागों पर गौर करते हैं और अपने जीवन को संपूर्ण रूप से मैच्युअर बनाने की तैयारी में जुट जाते हैं।

१. सामाजिक मैच्युरिटी - Social Maturity

सामाजिक मैच्युरिटी का मतलब है समाज में रहने योग्य मैच्युरिटी। यह जीवन का एक महत्वपूर्ण पहलू है और बौद्धिक रूप से मैच्युरिटी प्राप्त करने के बाद इस पर ध्यान देना बहुत जरूरी है। सामाजिक मैच्युरिटी में पहली चीज हर टीनएजर को पता होनी चाहिए कि उन्हें इस उम्र में बॉयफ्रेंड या गर्लफ्रेंड

बनाने की कोई आवश्यकता नहीं है। यदि वे इन बातों में पड़ चुके हैं तो यह साफ संदेश देता है कि न तो ये लोग सामाजिक रूप से मैच्युअर्ड हैं और न ही मानसिक रूप से।

इस उम्र में शरीर में हार्मोनल चेंजेस की वजह से बहुत से बदलाव होते हैं, जिसके कारण युवाओं में अपने ऑपोजिट जेंडर में दिलचस्पी बढ़नी शुरू होती है। भावनाओं में नया परिवर्तन आना शुरू होता है, जिसकी वजह टीन्स के मूडस् लगातार फ्लक्च्युएट होते रहते हैं। यही वक्त होता है खुद को सँभालने का, सँवारने का। जो युवा इस सिच्युएशन में खुद को सँभाल पाते हैं, वे जीवन की उंचाइयों को छू पाते हैं।

परंतु यह भी सच है कि इस आकर्षण को पूरी तरह से मैच्युअर्ड होने तक कंट्रोल किया जा सकता है। क्योंकि इस उम्र में रिश्ते बनाना न सिर्फ उलझनें पैदा करता है बल्कि आगे होनेवाले हर तरह के विकास को भी रोक सकता है। बेहतर यही होगा कि कोई एक रिश्ता बनाने के बजाय हम बहुत सारे अच्छे (सही) मित्र बनाएँ। अपना सामाजिक घेरा बड़ा करें। इससे हमें बहुत कुछ नया और अनोखा सीखने को मिलेगा, साथ ही बुद्धि का विकास भी होगा।

सामाजिक रूप से मैच्युअर होने का सीधा अर्थ है कि हम रिश्तों के मामले में ग्रहणशील (receptive) हुए हैं या नहीं? हमने रिश्तों में हर एक को स्वीकार किया है या नहीं? सामाजिक संबंध हाथ की पाँच उँगलियों की तरह होते हैं। आपके हाथ में पाँच उँगलियाँ हैं। इनमें से कोई छोटी, कोई मोटी तो कोई लंबी है। क्या आप इन सभी को वे जैसी भी हैं, स्वीकार करते हैं या नहीं? आप कहें कि 'मैं तो अपने पूरे हाथ को पूरी सहजता से स्वीकार करता हूँ।' तो गौर करें सामाजिक संबंध और रिश्ते भी इसी प्रकार होते हैं, फिर उन्हें सहज भाव से स्वीकार करने में आना-कानी कैसी?'

एक घर में अलग-अलग ऐसे ही रिश्ते होते हैं पर इंसान इन्हें सहज भाव से स्वीकार नहीं करता। वहाँ बेशर्त प्रेम की जगह शर्तों का पहाड़ खड़ा कर दिया

जाता है। जैसे - तुम मेरे जैसे बनो तब मैं तुम्हें अपना बनाऊँगा... मेरी पसंद को अपनी पसंद बनाओ तब मैं तुम्हें पसंद करूँगा... मेरी तरह सोचो तब मैं तुम्हारे बारे में सोचूँगा...। ऐसा कह-कहकर हम इंसान के असल प्रेम को मार डालते हैं और फिर उसी मुर्दा चीज से प्यार करना चाहते हैं। आइए, इसे एक उदाहरण से समझते हैं।

इंसान एक दर्जी की तरह बन गया है। वह दूसरों के लिए एक कोट सीता है और चाहता है कि सामनेवाला उसके सिले हुए कोट में फिट हो जाए। फिर चाहे इसके लिए उसे अपना वजन बढ़ाना पड़े या घटाना। यदि सामनेवाला ऐसा करने में सफल नहीं हुआ तो यह दर्जी रूपी इंसान जिंदगीभर वेट करता (राह ताकता) रहता है कि कब सामनेवाला इस कोट में फिट होगा ताकि उसे खुश होने का मौका मिले।

कहने का अर्थ यह है कि हर इंसान दूसरे से उम्मीद करता है, वह जैसे चाहता है सामनेवाला भी उसके अनुसार बने। वह जीवनभर इसी कोशिश में लगा रहता है कि कैसे 'मैं सबको अपनी तरह बनाऊँ? आज इंसान केवल इस वजह से दुःखी है क्योंकि उसकी यह जिद है कि सामनेवाला इंसान मेरे काल्पनिक कोट में फिट हो जाए। मेरी कल्पना अनुसार ही उठे-बैठे, बात करे, हँसे, खाए। मेरी पसंद के कपड़े पहने, मेरी खुशी में खुश रहे।

जरा सोचकर देखें, यह कैसे संभव हो सकता है? हर एक के शरीर की रचना अलग-अलग होती है, हर एक का स्वभाव अलग-अलग होता है। जैसे किसी इंसान को खरीददारी करने में खुशी महसूस होती हो मगर उसके साथी को यह फिजूलखर्ची लगती हो तो ऐसे में भला उसका साथी कैसे खुश हो पाएगा!

मजे की बात यह है कि यदि गलती से कभी कोई कोट में फिट हो भी जाता है तो आदतन इंसान फिर से नया कोट सिलता है। कहने का अर्थ है कि

सामनेवाले इंसान से उसकी अपेक्षाएँ और ज्यादा बढ़ जाती हैं। वह चाहता है कि अब सामनेवाला इस नए कोट में भी फिट हो जाए। इस तरह वह दर्जी ही बन चुका होता है और हर एक के लिए कोट सिलता रहता है। यहाँ तक कि वह पड़ोसी, शिक्षक, समाज, देश किसी को भी नहीं छोड़ता। कई बार ऐसा होता है कि जो लोग उसे प्रेम करते हैं, वे उसे खुश करने के लिए उसके कोट में फिट होने की कोशिश भी करते हैं। मगर फिर भी वह कभी खुश नहीं रहता क्योंकि उसे नया कोट सीने की आदत जो पड़ चुकी है।

क्या आप कभी यह कहते हैं कि आपके हाथ की सभी उँगलियाँ एक बराबर हो जाएँ? जरा कल्पना करके देखिए कि उनकी मोटाई, लंबाई बराबर हो जाए तो क्या होगा? आप कोई काम ढंग से कर नहीं पाएँगे। न रसोई में खाना बना पाएँगे और न ही ऑफिस में काम कर पाएँगे। आपका खाना-पीना तक मुश्किल हो जाएगा। काम करने के लिए सभी छोटी-बड़ी उँगलियों को साथ मिलकर काम करना पड़ता है। हम जानते हैं कि उँगलियों में आकार का अंतर भले ही हो, उनका कार्य में सहयोग अलग-अलग भले ही हो पर उनमें से कोई श्रेष्ठ या नीच नहीं होता।

अब जरा देखें हमने समाज के मामले में यही समझ किस तरह खो दी है। यह बिहारी, यह गुजराती, यह तमिल, यह मराठी; सिर्फ इतना ही नहीं आज संसारभर में रंग-भेद की निति का बोलबाला है। काले और गोरों के बीच जातिय और नस्लीय भेदभाव (racial discrimination) ने डरावना रूप ले लिया है।

इस प्रकार कितने ही विभाजन खड़े करके इंसानों में श्रेष्ठता और हीनता के चिप्पियाँ यानी लेबल्स चिपका दिए हैं।

समाज में हर इंसान को कोई न कोई भूमिका दी गई है और उसी अनुसार वह काम कर रहा है। उसमें श्रेष्ठ या निम्नवाली कोई बात नहीं है। जब यह समझ मिलेगी तो कोई एक-दूसरे से नफरत नहीं करेगा।

आय एम ब्लॅक ॲण्ड वाइट ॲण्ड बॉर्न इन एशिया। डोन्ट बी अ रेसिस्ट।

I am black and white and born in Asia. Don't be a racist.

मैं काला और सफेद हूँ और एशिया में पैदा हुआ हूँ। रंग-भेद की नीति न अपनाएँ।

उदाहरण के लिए जब हम इंडिया या पाकिस्तान ये शब्द सुनते हैं तो तुरंत तुलना शुरू हो जाती है। पाकिस्तान के लोग ऐसे हैं, देश ऐसा है आदि। अगर इंडिया और पाकिस्तान के बीच में क्रिकेट मैच चल रही हो और इंडिया पाकिस्तान से हार जाए या पाकिस्तान इंडिया से हार जाए तो उन्हें सपोर्ट करनेवाले लोग गुस्से में आकर टी.वी. तोड़ देते हैं, क्रिकेट ग्राऊंड पर खिलाड़ियों की तरफ पानी या कोल्ड्रिंक्स की खाली बोतल फेंकते हैं।

ठीक इसी तरह काले और गोरे में भी लोग तुलना करने लगते हैं। इतनी नफरत क्यों? इससे क्या हासिल होनेवाला है? क्या इस तरह नफरत पालने की आवश्यकता है? सभी अपनी-अपनी भूमिका निभा रहे हैं। आप जानते हैं कि सभी उँगलियाँ अपना काम अच्छा करती हैं तब हाथ समर्थ होता है। इसी तरह सभी अपनी-अपनी जिम्मेदारी निभाते हैं तब समाज में अच्छी व्यवस्था होती है।

आज गलत धारणाओं में उलझकर लोग अपने-अपने संप्रदाय बना रहे हैं। वजह यह है कि वे मैच्युअर नहीं हैं। धर्म के नाम पर भी हिंसा हो जाती है, तोड़-फोड़ होती है, लोगों को उकसाया जाता है। लोग ऐसी बातों के लिए मरने-मारने को तैयार हो जाते हैं, जिनमें कुछ मतलब था ही नहीं। इसकी वजह है इम्मैच्युरिटी। शुक्र है कि हमारे हाथ की उँगलियाँ इस तरह नहीं सोचतीं वरना मौका पाते ही अंगूठा छोटी उँगली को मरोड़ देता और हाथ बेकार हो जाता।

अगर आपके अंदर शारीरिक, मानसिक, बौद्धिक, सामाजिक मैच्युरिटी है

तो आप समाज को अपने घर के रूप में देख पाएँगे।

आपका जीवन दूसरों के लिए उदाहरण बने कि खुश इंसान कैसा होता है। आपका जीवन दिखाए कि इस तरह जीने में ज्यादा खुशी है। सामनेवाला इंसान चुनाव करना चाहता है तो करे परंतु आपकी तरफ से कोई जबरदस्ती नहीं होनी चाहिए। जब आप अपनी तरफ से दूसरों को अनुमति देते हैं तो आप अपनी ही तकलीफ कम करते हैं। जब आप चीजों को स्वीकार करते हैं तो संघर्ष समाप्त हो जाता है। इस प्रकार सामाजिक मैच्युरिटी बढ़ती है।

इस समझ के साथ देखें कि कहाँ-कहाँ आपको रिश्तों में तकलीफ महसूस हो रही है। फिर खुद से पूछें कि 'मुझमें सामाजिक मैच्युरिटी आई है या नहीं?' यह सवाल पूछते ही आपकी दृष्टि स्पष्ट हो जाएगी और आप नए मनोभाव से जीवन जीने को तैयार होने लगेंगे।

५. आर्थिक मैच्युरिटी – Financial Maturity

'मुझे बीस हजार का मोबाईल चाहिए, टैबलेट चाहिए' अकसर ऐसी बातें हमारे मुँह से निकलती हैं लेकिन हम कभी यह नहीं सोचते कि ये चीजें यदि हमें खुद लेनी होती तो हम कैसे लेते? इच्छा रखना गलत नहीं है परंतु अपनी जरूरतों और चाहतों के बीच तालमेल रखने को आर्थिक मैच्युअर होना कहा गया है। जब आप काबिल बनेंगे तो ये चीजें आपके पीछे आएँगी।

कुछ लोग पाई-पाई सहेजकर रखते हैं, कुछ दौलत को हाथ का मैल समझकर लापरवाही से उड़ाते हैं। कुछ इसे भगवान समझते हैं, कुछ इसे शैतान मानते हैं। आर्थिक रूप से मैच्युअर होने के लिए आपको ऐसी सभी मान्यताओं को दूर करना है। धन-संपत्ति तो न्यूट्रल चीज है। यह आप पर निर्भर है कि आप उसका उपयोग कैसे करते हैं। जीवन को सहज प्रवाह में देखने में सक्षम हो जाना ही मैच्युरिटी है और धन-संपदा को भी इसी संदर्भ में देखना चाहिए। **रुका हुआ पानी और ठहरा हुआ पैसा स्वास्थ्य एवं रिश्तों में दुर्गंध लाता है।** अतः पैसे

की सारी मान्यताएँ टूट जाएँ कि 'पैसा कमाना अच्छा है या बुरा' बल्कि इसके उद्देश्य की पवित्रता सामने आए, इसके अर्जन, मतलब कमाई का सही रास्ता स्पष्ट हो।

आप समझें कि पैसा कैसे बहे, यह हमारे जीवन में रुक न जाए। आप जानें कि यह किस प्रकार बढ़े कि सबके जीवन में सात्विक आनंद लाए।

अब प्रश्न यह उठता है कि पैसों के प्रवाह के लिए शारीरिक योग्यता कैसे बढ़ाई जा सकती है? इसका जवाब बहुत सरल है, आपमें हुनर (skill) बढ़ेगा तो योग्यता अपने आप बढ़ जाएगी। जैसे फिल्म 'थ्री इडियट्स' में एक डायलॉग है, '**बेटा, काबिल बनो, कामयाबी अपने आप पीछे आएगी।**' आप जानते हैं कि पैसों के प्रवाह में बाधाएँ कैसे आती हैं। जब आप दूसरों के पैसों को अटका देते हैं तो आपकी राह में भी रोड़े आ जाते हैं। इसलिए दूसरों की राह में बाधा न बनकर अपने गुणों को बढ़ाएँ। **आपके गुण बढ़ें तो धन आने ही वाला है।** उदा. जिन लोगों में बोलने का हुनर होता है, वे इस गुण से ही कितना धन कमाने लगते हैं। जब आप इम्पर्सनल सोचते हैं तब सब दुगना होकर आता है।

इस प्रकार हर एक इंसान सोचे कि 'मुझमें कौन सी कमी है, ऐसी किस योग्यता का अभाव है।' यह मनन करने के बाद उस योग्यता को विकसित करें।

६. आध्यात्मिक मैच्युरिटी - Spiritual Maturity

जीवन का सबसे जरूरी हिस्सा है 'आध्यात्मिक परिपक्वता' यानी 'स्पिरिच्युअल मैच्युरिटी।' इसके विकास के लिए हमें ध्यान (meditation), प्रार्थना और खुद का आत्मविश्लेषण (self analysis) करना होगा।

देखा जाए तो इंसान सुबह से लेकर रात तक जो भी विचार करता है, वे सभी विचार उसकी प्रार्थनाएँ ही हैं। यह उसे खुद भी पता नहीं है। उसके अंदर पल-पल प्रार्थनाएँ उठती रहती हैं। अर्थात अगर इंसान के द्वारा इतनी सारी प्रार्थनाएँ चल रही हैं तो दिन में कुछ देर के लिए उसे चुप रहना चाहिए।

जब हम कुछ पल आँख बंद करके ध्यान में बैठते हैं तब तुरंत ही आँख बंद करने पर विचार बंद नहीं होते और हम पाते हैं कि आँख बंद करके भी ध्यान के वक्त थोड़ी देर विचार चलते रहते हैं। इसमें कोई दिक्कत नहीं है मगर हमारा काम है कि हम कुछ देर ध्यान में बैठें। इस ट्रेनिंग में कुछ समय बाद हम खुद को विचारों से अलग देख पाएँगे। धीरे-धीरे हमारे विचार कम होते जाएँगे। उनके बीच का गैप बढ़ता जाएगा। लेकिन हमें रिजल्ट्स में नहीं अटकना है। हमारा काम है ध्यान में बैठना। हम अपने आपको ध्यान में बिठाकर मौका दें ताकि जो प्रार्थनाएँ हम कर रहे हैं, वे पूरी हों।

जब हममें शारीरिक से लेकर आध्यात्मिक भाग में मैच्युरिटी आएगी तब हम कह पाएँगे कि 'अब मैं पूरी तरह से मैच्युअर हो गया हूँ। अब मुझे पता है कि मौन में बैठकर क्या करना होता है।' ध्यान में आप एक अलग अनुभव यानी अपने होने का एहसास कर पाते हैं। साथ ही अपने अंदर होनेवाली स्पेस को महसूस कर पाते हैं। रोजमर्रा की जिंदगी में हम अपने विचारों की भीड़ में खो जाते हैं। मगर मौन से उठकर 'मैं शरीर नहीं हूँ' इस बात की कन्विक्शन मिलती है। आपने टी पॉट देखा होगा। तो आपसे सवाल यह है कि एक्झॅक्टली टी पॉट यानी क्या? आपको टी पॉट का सिर्फ बाहरी रूप दिखाई देता है, उसे पकड़ने के लिए होनेवाला हँडल भी दिखाई देता है। मगर क्या वह हँडल टी पॉट है? टी पॉट तो वह इलाका है जिसमें चाय बैठती है। वैसे ही हमारा हँडल यानी हमारे दो हाथ है, पँडल यानी दो पैर है। इस तरह जो भी अंग हैं, वे हमारे शरीर का एक हिस्सा है और ऐसे अनेक अंगों से पूरा शरीर बनता है। मगर हमारे अंदर भी एक ऐसा इलाका है जो हमारा असली अस्तित्त्व है। ध्यान में हमें इसी असीम स्पेस का अनुभव करना होता है। ध्यान में इंसान के साथ ऐसा भी न हो कि ध्यान से बाहर आने के बाद वह यह भूल ही जाए कि वह ध्यान में क्यों गया था, उसका ध्यान में बैठने का लक्ष्य क्या था।

अपने शरीर को चलाने के लिए जितना खाना जरूरी है, हमें उतना ही खाना चाहिए। अगर उससे ज्यादा खाना खाएँगे तो शरीर हमारे लिए सही निमित्त

का काम नहीं कर पाएगा। यह जिम्मेदारी हमारी है, न कि शरीर की। शरीर तो सिर्फ बताता है कि खाना स्वादिष्ट है या बेस्वाद। शरीर हमारा बहुत अच्छा मित्र है। वह बिना रुके हमें निरंतर (feedback) देता रहता है मगर यह हमारा काम है कि हमें इस शरीर को कितना खिलाना-पिलाना है। अगर हमने इसे जरूरत से ज्यादा खिला दिया तो इसका मतलब है कि हममें मैच्युरिटी की कमी है। मौन में हमें जो मैच्युरिटी मिली थी, उसका हमने सही इस्तेमाल नहीं किया तो ऐसे मौन ध्यान से हमें कोई लाभ नहीं मिला।

वर्तमान के दृश्य के साथ अपने निर्णय न बदलें
Do not change your decisions looking at the present scene

आपके अंदर सामाजिक (social), आर्थिक (financial), मानसिक (mental), शारीरिक (physical) और आध्यात्मिक (spiritual) इन पाँचों क्षेत्रों की मैच्युरिटी आनी चाहिए। यदि हममें आध्यात्मिक मैच्युरिटी आ गई तो हम देखेंगे कि जीवन के बाकी हिस्सों पर भी अपने आप असर होने लगेगा। अब प्रेजेंट के दृश्य से प्रभावित होकर हम अपना लक्ष्य भुला नहीं देंगे।

वर्तमान के दृश्य यानी इंसान घर से बाहर निकलता है और रास्ते में उसका कोई मित्र उसे मिल जाए तो वह यह भूल जाता है कि वह क्या लेने के लिए बाहर निकला था। इसका अर्थ है कि वर्तमान की घटना उस पर हावी हो गई। दृश्य अचानक बदल जाए तो हम क्या करेंगे? क्या वह दृश्य देखकर हमारा निर्णय (decision) बदल जाएगा? यदि किसी के साथ ऐसा हो रहा है तो उसमें मैच्युरिटी की कमी है।

यदि आप बैठे-बैठे सोच रहे थे कि दस मिनट ध्यान करते हैं और किसी ने आकर कमरे में टी.वी. चलाया। ऐसे में यदि आपका निर्णय बदल गया कि 'अभी टी.वी. देखते हैं, ध्यान बाद में करेंगे।' इसका अर्थ ही है कि दृश्य बदलने से आपके निर्णय बदलते हैं।

हमें इस बात पर विचार करना है कि कौन हमारा गाईड है? हमारी समझ हमारा मार्गदर्शन कर रही है या जो दृश्य सामने हैं, जो आवाजें हमारे चारों तरफ हैं, लुभावनी खुशबू फैली है, जो मनमोहक वातावरण (atmosphere) है, जो लुभावना टच है, वह हमें गाईड कर रहा है? सही चीज हमें गाईड करे ताकि हमने मनन के द्वारा जो तय किया है, उसे ही कर पाएँ। दृश्य बदलने पर भी हम अपने लक्ष्य से नहीं हटें।

नब्बे + दस + शून्य = ईश्वरीय सौगात (गॉडलक), सौ प्रतिशत

मैच्युरिटी - Maturity

बौद्धिक	मानसिक	शारीरिक
विवेकी	शुद्धता	बॉडी लैंग्वेज
समझदारी	अनशेकन	आदतें
मननशील	संतुलित	बोलचाल
दृढ़ता		पहनावा

सामाजिक	आर्थिक	आध्यात्मिक
नैतिक मूल्य	पैसा न अच्छा, न बुरा	प्रार्थना
एकता	एनर्जी	बेशर्त प्रेम
रिश्ते-नाते	गलत मान्यताएँ	समझ
दोस्ती	मनी फ्लो	विश्वास
आपसी तालमेल	भरपूर	आज्ञा पालन
		पात्रता

5

नींव नाइन्टी का प्रशिक्षण जरूरी क्यों है

Why is Training of Neev Ninety Essential

चरित्र बिगड़ने से सावधान

जब इंसान बिना सोचे-समझे तेजी से ऐशो-आराम की ओर बढ़ता है, उससे मिलनेवाले टेम्परारी आनंद में डूबा रहता है तब उसके जीवन का जहाज भी डूब जाता है। हालाँकि लोग उसे चेतावनी देते हैं कि वह लोभ-लालच से सतर्क रहे, मुश्किलों के प्रति सावधान रहे लेकिन वह किसी की न सुनकर सोचता है कि उसे कुछ नहीं हो सकता। बहरहाल वह तो ऐशो-आराम के जाल में इस तरह उलझ जाता है कि चरित्र के बारे में सब कुछ भूल जाता है। फिर जब उसके सामने मुश्किलें आती हैं तो उसे पता चलता है कि उसके पास पर्याप्त लाइफबोटस् ही नहीं हैं। तब उसे यह सूत्र याद आता है कि **'चरित्र ही वह लाइफबोट**

है, जो मुश्किल समय में इंसान को बचाती है।'

10 अप्रैल 1912 को टाइटैनिक जहाज अपनी पहली समुद्री यात्रा पर रवाना हुआ था। उस वक्त यह संसार का सबसे बड़ा जहाज था। टाइटैनिक की पहली सवारी का आनंद लेने के लिए बहुत से अमीर लोग इस पर सवार थे। बहरहाल, यात्रा शुरू होने के केवल 5 ही दिन बाद 15 अप्रैल 1912 को यह जहाज एक आईसबर्ग से टकराने की वजह से डूब गया। इस दुर्घटना में लगभग 1,514 यात्रियों की मृत्यु हो गई।

टाइटैनिक के जहाजियों ने आईसबर्ग को पहले से नहीं देखा और जब वह नजर आया तब बचने का समय नहीं था।

टाइटैनिक दुर्घटना का दूसरा दुःखद पहलू यह था कि उसमें लाइफबोटस् की संख्या कम थी। टाइटैनिक में केवल 20 लाइफबोटस् थीं, जबकि इसमें 64 लाइफबोटस् की जगह थी।

टाइटैनिक जब अपनी पहली यात्रा पर रवाना हुआ था तब उसे 'कभी न डूबनेवाला जहाज' कहा गया था। लेकिन यह पाँच दिन में ही डूब गया। ऐसा क्यों? क्योंकि सारा फोकस चमक–दमक, सुख–सुविधाओं, ऐशो–आराम और मनोरंजन पर रखा गया था। मुश्किल परिस्थितियों, कष्टों, इम्तहानों, संकटों आदि से निपटने की कोई तैयारी नहीं की गई थी। कोई सतर्कता या सावधानी नहीं बरती गई थी। सावधानी से चलने और हिमशिला से सतर्क रहने के बजाय पूरी गति से जहाज को चलाया गया। नतीजन टाइटैनिक जहाज डूब गया।

यह बात हमेशा याद रखें कि कोई भी इंसान अच्छे-बुरे चरित्र के साथ जन्म नहीं लेता लेकिन वह अच्छे-बुरे चरित्र के साथ मरता अवश्य है। हर बच्चे का चरित्र पवित्र होता है लेकिन गलत परवरिश, गलत कंपनी, गलत आदतों की

वजह से यह दूषित हो सकता है।

आप यह बात भली-भाँति जानते हैं कि अच्छा चरित्र एक सप्ताह या महीने में ही नहीं बन जाता। यह तो धीरे-धीरे, हर दिन बनता है। अच्छे चरित्र के निर्माण में लंबे और धैर्यपूर्वक प्रयासों की जरूरत होती है।'

हर इंसान के पास हर वक्त यह विकल्प (option) होता है कि वह अपने चरित्र को मजबूत बनाए या कमजोर बनाए।

जिम रॉन की बात याद रखें, 'चरित्र आपके फिंगर प्रिंट्स् जैसी चीज नहीं है, जिसके साथ आप पैदा होते हैं और जिसे आप बदल नहीं सकते। यह तो एक ऐसी चीज है, जिसके साथ आप पैदा नहीं होते और जिसे बनाने की जिम्मेदारी आपको खुद लेनी होती है।'

चरित्र एक जलती हुई मशाल की तरह होता है। इसके पावन प्रकाश से बहुत से लोगों को प्रेरणा मिलती है। जिस तरह एक इमारत की मजबूती उसकी नींव से आँकी जाती है, उसी तरह एक इंसान अपने चरित्र से पहचाना और सराहा जाता है।

चरित्र का दायरा बहुत ही बड़ा है। चरित्र ही अपने गुणों के बीज इंसान में डालता है। समय आने पर इन गुणों के विकास से इंसान का व्यक्तित्व निर्माण होता है। चरित्र के बीज यदि स्वस्थ हों तो नींव नाइन्टी मजबूत और सुदृढ़ होती है। ठीक इसके विपरीत यदि बीज कीड़े लगे हुए हों, कमजोर हों तो इंसान दुर्बल चरित्र का गुलाम बन जाता है।

चरित्र ही वह पैमाना है, जिसके आधार पर इंसान जाना और समझा जाता है। **चरित्र बाहरी साज सिंगार से नहीं बल्कि गुण, ज्ञान और आत्मअनुशासन से बनता है। विश्वसनीयता, लक्ष्य की अथक प्यास और मन की पवित्रता नींव नाइन्टी को मजबूत करने में सहायक बनते हैं।** इन सहायकों का भरपूर लाभ लेना सीखें।

लोगों ने अपने मन में चरित्र संबंधी बहुत सी गलत धारणाएँ पाल रखी हैं। चरित्र को स्त्री-पुरुष के संबंधों तक ही सीमित कर दिया गया है। इस तरह चरित्र को एक छोटे से दायरे में बाँधकर रखा गया है। इंसान जब ऊपर से सही आचरण करता है, भले ही अंदर से वह विकार-वासना से भरा हो तब भी हम उसे चरित्रवान समझते हैं। यह बिलकुल गलत है। स्त्री-पुरुष संबंध तो चरित्र का केवल एक हिस्सा है। इसलिए सभी को यह स्पष्ट समझ लेना चाहिए कि चरित्र सभी गुणों की कसौटी पर खरा उतरना चाहिए।

टाइटैनिक का लक्ष्य था यात्रियों को सुरक्षित अमेरिका पहुँचाना लेकिन सुख-सुविधाओं का माहौल उपलब्ध कराने के चक्कर में यह अपने लक्ष्य को ही भूल गया। इसी खतरे को टालने के लिए नींव नाइन्टी का प्रशिक्षण अति महत्वपूर्ण है। नीचे दी गई कहानी से यह समझने का प्रयास करें कि नैतिक मूल्यों का इंसान के जीवन में कब और क्यों इस्तेमाल होता है।

एक इंसान लोगों की भलाई करने के लिए जड़ी-बूटी तलाशने निकलता है। उसके रास्ते में एक ऐसा गाँव आता है, जहाँ उसे सिनेमा के किरदार (पात्र) मिलते हैं। उस इंसान को वे मशहूर चेहरे अच्छे लगते हैं इसलिए वह सोचता है कि उसी गाँव में रह जाना ही बेहतर है। इस आकर्षण की वजह से वह अपने लक्ष्य को भी दाँव पर लगा देता है क्योंकि जिन लोगों का वह फैन है, जिन खूबसूरत चेहरों को वह अपने सामने देखना चाहता था, वे सभी सूरतें उस गाँव में ही उपलब्ध थे।

इस तरह वह इंसान आकर्षण के कारण अटक जाता है, जिसकी वजह से उसका चरित्र बिगड़ने लगता है। उस इंसान का एक सच्चा मित्र था, जो पहले से ही जानता था कि उसका मित्र रास्ते में कहाँ अटकनेवाला है इसलिए अमर औषधि की ओर यात्रा शुरू करने से पहले ही उसके मित्र ने उससे नींव नाइन्टी पर काम करवाया था। जब

उस इंसान को अपने सच्चे मित्र की याद आई तो वह सजग हो गया और अपनी यात्रा में आगे बढ़ गया।

नींव नाइन्टी का प्रशिक्षण इसलिए जरूरी है ताकि असली लक्ष्य पाने की यात्रा में इंसान अपने मन को अकंप और निर्मल रख पाए, रास्ते में आनेवाले सुख-सुविधाओं के गाँवों में रुक न जाए।

मन को अकंप और निर्मल बनाए बिना इंसान जब अपने वाहन पर यात्रा के लिए निकलता है तब अचानक एक खरगोश (खूबसूरत चेहरे, आकर्षक गैजेट्स, लुभावने मित्र) रास्ते के एक तरफ से निकलते हुए, दूसरी तरफ जंगलों में चला जाता है। वह इंसान अपनी गाड़ी रोककर उस खरगोश के पीछे जंगल में दौड़ पड़ता है। समझदार इंसान ऐसे वक्त में अपने आपसे यह सवाल पूछता है कि 'खरगोश के पीछे जाना मेरी जरूरत है या चाहत?' सवाल का जवाब मिलते ही वह इंसान अपनी यात्रा में आगे चल पड़ेगा क्योंकि ऐसे खरगोश रास्ते में आते ही रहते हैं।

इस तरह जब इंसान अपने निर्णयों पर होशपूर्वक पूर्ण मनन करता है तब जाकर उसे अपनी गलती का एहसास होता है। फिर वह चरित्रहीन नहीं बल्कि चरित्रवान बनकर मायावी गाँव छोड़कर, लक्ष्य की यात्रा फिर से शुरू करता है।

संपूर्ण सफलता प्राप्त करने की यात्रा में हमें ऐसी बातें, ऐसे गाँव (मिठाई, सुविधा, सुरक्षा, पद, सम्मान) रोक सकते हैं, अटका सकते हैं। ऐसे आकर्षण में उलझकर अगर हमने अपने लक्ष्य की यात्रा रोक दी तो इससे बड़ा नुकसान और क्या हो सकता है! इसका अर्थ यह हुआ कि हमें इंसान का जन्म, लक्ष्य और मार्गदर्शन मिलने के बावजूद हम मंजिल तक नहीं पहुँचे। हमारे साथ ऐसा न हो इसलिए अपने आपसे यह सवाल पूछें कि 'अपनी मंजिल प्राप्त करने के लिए, मंजिल मिलने से पहले भटकने से बचने के लिए क्या मैं अपनी नींव नाइन्टी मजबूत बनाना नहीं चाहूँगा?' यकीनन जवाब 'हाँ' ही होगा।

चरित्र पर सतत ध्यान देने की जरूरत होती है। एक छोटा सा भी दोष रह गया, एक छोटी सी भी चूक हो गई तो सब कुछ बेकार हो जाता है। इसका एक उदाहरण देखें।

28 जनवरी 1986 को स्पेस शटल चैलेंजर को अंतरिक्ष में भेजा जा रहा था। उसमें सात लोग सवार थे। यह इतनी महत्वपूर्ण घटना थी कि लोग इसका लाइव टेलिकास्ट देख रहे थे। पहली बार कोई महिला शिक्षक अंतरिक्ष में जा रही थी। बहरहाल, उड़ान भरने के केवल 73 सेकंड बाद ही स्पेस शटल ध्वस्त (नष्ट) हो गई और उसमें बैठे सातों यात्रियों की मृत्यु हुई। बाद में पता चला कि 'ओ-रिंग' के काम न करने की वजह से यह दुर्घटना हुई। जाँच में पाया गया कि इस दुर्घटना को टाला जा सकता था।

मूल बात यह थी कि 'ओ-रिंग' 12 डिग्री सेंटीग्रेड से कम तापमान पर अच्छी तरह काम नहीं करती थी और जोड़ बंद नहीं कर पाती थी। जिस वक्त उड़ान भरी गई, उस वक्त तापमान शून्य से एक डिग्री कम था। कई इंजीनियरों ने अपने अधिकारियों से कहा कि वे उड़ान की तारीख आगे बढ़ा दें लेकिन अधिकारियों ने अपनी प्रतिष्ठा बचाने के लिए उनके प्रस्ताव को ठुकरा दिया।

नासा के एक अफसर ने कहा, 'आप लोग चाहते क्या हैं, हम इसे कब लॉन्च करें- अगले साल अप्रैल में?' अपनी छवि को बेहतर बनाने के लिए उस अफसर ने बुनियादी बात को नजरअंदाज कर दिया, जिस वजह से 'स्पेस शटल चैलेंजर' दुर्घटनाग्रस्त हो गई। एक छोटी सी 'ओ-रिंग' की वजह से इतनी बड़ी स्पेस शटल ध्वस्त हो गई।

इसी तरह एक छोटे से चारित्रिक दोष से इंसान भी ध्वस्त हो सकता है। इसीलिए हमें अपने जीवन में चारित्रिक दोषों के प्रति सावधान रहना चाहिए।

6

नींव नाइन्टी कमजोर होने के ७ कारण

7 Causes that Weaken Neev Ninety

स्वस्थ मनन करें

यदि हम केवल दो कदम आगे जाना चाहते हैं तो हमें ज्यादा मेहनत या साधनों (tools) की जरूरत नहीं पड़ती। लेकिन अगर हम बड़ा लक्ष्य रखना चाहते हैं तो हमें विशेष मेहनत और सुविधाओं की जरूरत होती है। कहने का अर्थ है- मकसद जितना बड़ा होगा, हमारी नींव भी उतनी ही मजबूत चाहिए। नींव दिखती नहीं है लेकिन उसी पर सफलता का सुंदर महल खड़ा होता है।

मजबूत घर बनाने से लेकर अपने अंदर के विशेष गुणों को निखारने तक नींव का मजबूत होना जरूरी है। लोग नींव के महत्त्व को इसलिए समझ नहीं पाते क्योंकि नींव बहुत छोटी-छोटी बातों से बनती है। लोग तुरंत दिखाई देनेवाली बातों को

तो जल्दी समझ लेते हैं लेकिन छोटी-छोटी बातों पर गौर नहीं करते इसीलिए वे नींव नाइन्टी पर ध्यान नहीं देते हैं। इस तरह नींव कमजोर रह जाती है और उसका परिणाम जल्द ही सामने आता है।

जब किसी इंसान को किसी विषय की जानकारी नहीं होती है और यह कहकर, 'मुझे सब पता है, मुझे कुछ और सीखने-समझने की जरूरत नहीं है, वह आगे बढ़ने का प्रयास भी नहीं करता। ऐसे इंसान को अज्ञानी और अहंकारी ही कहा जा सकता है। ऐसा इंसान अपने विकास के दरवाजे स्वयं ही बंद कर देता है, जिससे उसका ही नुकसान होता है।

महाभारत के पाँच पांडवों में से एक पांडव अर्जुन का पुत्र अभिमन्यु, लड़ाई के दौरान शत्रु पक्ष की ओर से रचाए गए चक्रव्यूह को भेदकर अंदर जाना तो जानता था लेकिन उससे बाहर कैसे निकलना है, यह उसे पता नहीं था। अभिमन्यु को इस बात का अभिमान था कि उसके सिवाय कोई और चक्रव्यूह भेद नहीं सकता। अपने इस अज्ञान और अहंकार के कारण वह समय रहते युद्ध में काम आनेवाला युद्ध कौशल नहीं सीख पाया। अत: शत्रु के चक्रव्यूह में फँसकर उसकी मृत्यु हुई। टेन्डेंसीज़ का चक्रव्यूह भी ऐसा ही है। टेन्डेंसीज़ यानी ऐसी गलत आदतें, जो लंबे समय के बाद इतनी पक्की हो जाती हैं कि उनसे छूटना असंभव सा लगता है।

कुछ युवा अपने मित्रों की देखा-देखी नशा करना शुरू करते हैं। बाद में शराब, नशा, जुआ वगैरह जैसी बुरी आदतों के गुलाम बन जाते हैं। जो आगे चलकर उनके लिए बहुत बड़ी मुसीबतों का कारण बनती हैं। ऐसे युवकों का पूरा जीवन उलझन से भर जाता है। इसीलिए कहा गया है, **'पहले हम आदतें बनाते हैं, फिर वे आदतें हमें बनाती हैं।'** इन आदतों में न पड़ने का या इनसे बाहर निकलने का अच्छा उपाय यह है कि हम अपने आपसे पूछें, 'हम क्या चाहते हैं, हमारा जीवन कैसा हो?'

टेन्डेंसीज़ में फँसकर कहीं ऐसा न हो कि जीवन की उलझनों को सुलझाते-सुलझाते हमारी उम्र बीत जाए और आखिरी समय पर पहुँचकर हमें होश आए कि हमारा जीवन तो व्यर्थ चला गया। हमें अपनी इन टेन्डेंसीज़ को तोड़ने के लिए ज्ञान का सहारा लेना चाहिए। अपने अज्ञान को जानकर जीवन पर खूब मनन करें। इस मनन से हम अपने जीवन को सुलझाकर, अपनी नींव नाइन्टी को आसानी से मजबूत रख पाएँगे।

एक इंसान से जब आखिरी वक्त पर पूछा गया कि उसकी जिंदगी का सबसे बड़ा सबक क्या था तो उसने कहा था, 'जब मैं जवान था तो मैं दुनिया बदलने के सपने देखता था। जब मैं अधेड़ उम्र का हुआ तो मैं समझ गया कि दुनिया नहीं बदलेगी इसलिए मैंने अपने सपने को छोटा कर लिया और अपने देश को बदलने की सोचने लगा। जब मैं बूढ़ा हो गया तो मैंने अपने सपने को और छोटा कर लिया और सोचने लगा कि मैं अपने परिवार को ही बदल लूँ। लेकिन अब जब मैं मौत के करीब हूँ तो मुझे यह एहसास हो रहा है कि मुझे तो सिर्फ खुद को बदलना था। यदि मैं खुद को बदल लेता तो इससे प्रेरणा पाकर मेरा परिवार बदल सकता था, फिर उनकी देखा-देखी बाकी लोग भी बदल सकते थे।'

हमारा सबसे पहला और महत्वपूर्ण काम है, खुद को बदलना। इसके लिए हमें अपने बारे में ज्ञान होना चाहिए। जैसा संत सुकरात ने कहा है, 'खुद को जानो।'

नीचे कुछ कारण दिए गए हैं, जिनकी वजह से नींव नाइन्टी कमजोर हो जाती है। इन कारणों से मुक्ति पाएँ। हमें लग सकता है कि ये कारण बहुत छोटे हैं लेकिन सावधान रहें, इन्हीं कारणों के जोड़ से इंसान की चारित्रिक नींव कमजोर हो जाती है।

१. दोहरा जीवन या दो इंडेक्स - Dual life

बहुत पुरानी बात है– एक जंगल में एक सियार रहता था। एक दिन वह तूफान में फँस गया और अपने ऊपर गिरे एक पेड़ से घायल हो गया। घायल होने की वजह से वह कई दिन शिकार नहीं कर पाया तो बस्ती की ओर निकल गया ताकि किसी मुर्गी को दबोचकर अपना पेट भर सके। बस्ती में उसे कुत्तों ने दौड़ा लिया और छिपने की कोशिश में सियार एक रंगरेज की नांद (हांडी) में गिर गया। उस नांद में रंगरेज ने नीला रंग घोल रखा था, नतीजन सियार का रंग नीला हो गया।

रात के अंधेरे में कुत्तों से बचता–बचाता सियार किसी तरह जंगल में वापस पहुँचा तो उसे जिस भी जंगली जीव ने देखा, वह भयभीत हो गया। उन्हें डर से काँपते देखकर रंगे सियार के दुष्ट दिमाग में एक योजना आई। उसने जानवरों का रास्ता रोककर कहा, 'मैं कोई साधारण जीव नहीं हूँ, मुझे ईश्वर ने तुम पर शासन करने के लिए भेजा है। अब तुम लोग मेरी छत्र–छाया में निर्भय होकर रहो।' देखते ही देखते शेर, बाघ, हाथी समेत सारे जानवर उसके चरणों में लेट गए। फिर क्या था, जंगल का राजा बने रंगे सियार के शाही ठाठ हो गए। रंगे सियार ने एक चालाकी यह भी कर दी कि राजा बनते ही उसने बाकी सभी सियारों को आदेश देकर जंगल से भगा दिया। उसे अपनी जाति के जीवों द्वारा पहचान लिए जाने का खतरा जो था। एक दिन रंगा सियार खूब खा–पीकर आराम कर रहा था कि पास के जंगल में सियारों की टोलियाँ 'हूँ–हूँ' करने लगी। उस आवाज को सुनते ही रंगा सियार अपना नाटक भूल गया और वह भी चाँद की ओर मुँह उठाकर 'हूँ–हूँ' करने लगा। जंगल के सभी जानवर उसकी वास्तविकता पहचान गए और धोखा खाने से गुस्साए जानवरों ने रंगे सियार को पीट–पीटकर मार डाला।

अकसर इंसान अपने जीवन की सरलता खो देता है और लोभ-लालच में आकर लोगों के साथ कपट करने लगता है। लड़का जब किसी लड़की के चक्कर में पड़ जाता है तब अपनी असलीयत छिपाने के लिए वह झूठ और कपट का सहारा लेता है, दोहरा जीवन जीता है। हाथी के बाहरी दाँतों की तरह वह भी अपना एक जीवन लोगों को दिखाता है, जबकि हकीकत में दूसरा जीवन जीता है। दोहरापन यानी पाखंड। दो तरह के जीवन जीकर वह कब अच्छे जीवन से बुराई की तरफ बढ़ जाता है, उसे खुद को पता नहीं चलता। दोहरे जीवन को सँभालने के लिए उसे संघर्ष करना पड़ता है, जिस वजह से वह सदा शारीरिक और मानसिक तनाव में जीता है।

इंसान को दोहरा जीवन जीना पहले तो अच्छा लगता है लेकिन बहुत जल्द ही उसका पर्दाफाश होता है और वह असफलता की गहरी खाई में गिर जाता है या अपराधी बन जाता है। इस तरह वह स्वयं का नुकसान तो करता ही है, साथ ही वह जाने-अनजाने में दूसरों को भी कपट करने के लिए उकसाता है। ऐसा इंसान अपने आस-पास के कई लोगों को बुराई के दलदल में धँसने के लिए 'चेन रिएॅक्शन' का कार्य करता है।

इस तरह धोखेभरी दोहरी जिंदगी जीने की वजह से उसकी नींव कमजोर हो जाती है और अंत में वह अकेला रह जाता है।

२. झूठ, लालच - Greed & Lies

हालाँकि युवाओं में लालच छोटी चीजों का होता है लेकिन यह छोटी

लालच अगर सही समय पर देखी न गई तो बड़े अपराधों का कारण बन सकती है। ये छोटे-छोटे लालच हैं- प्रशंसा पाना, नकली शान दिखाने के लिए गलत कार्य करना, फैशनेबल बने रहने के गलत मार्ग अपनाकर पैसा कमाना आदि।

एक दूसरी आदत युवा पीढ़ी में तैयार होती है, वह है झूठ बोलना। लोगों को इम्प्रेस करने के लिए या अपनी इमेज बचाने के लिए या खुद को किसी दूसरे झूठ से बचाने के लिए झूठ बोलने की लत (addiction) लग जाना।

लालच की वजह से इंसान छोटी-छोटी बातों को लेकर बेवजह खुद को उलझन में डाल देता है। लोभ की वजह से उसे झूठ का सहारा लेना पड़ता है। हालाँकि झूठ बोलने की कोई जरूरत नहीं होती लेकिन उसे ऐसा लगता है कि 'थोड़ा सा झूठ तो चलता है, इससे किसी को क्या फर्क पड़ेगा?'

किसी को फर्क पड़े न पड़े, नींव नाइन्टी पर फर्क जरूर पड़ता है। इसे आगे दिए गए उदाहरण से समझेंगे।

एक बुद्धिमान लड़का जब किसी ऐसे लड़के से दोस्ती करता है, जो छोटी-छोटी बात पर झूठ बोलने का आदी है तब बुद्धिमान और अच्छे चरित्रवाला लड़का भी धीरे-धीरे झूठे मित्र की संगत में झूठ बोलना सीख जाता है। अब वह स्कूल-कॉलेज के नाम पर दोस्त के साथ पार्टी में जाता है, फिल्में देखता है, व्यसनों में फँसता चला जाता है। जिससे उसकी बुद्धि धीरे-धीरे भ्रष्ट (corrupt) होती जाती है। पढ़ाई में उसका मन नहीं लगता। वह एग्जाम में फेल होने लगता है।

आगे चलकर उसे इन व्यसनों को जारी रखने के लिए पैसों की जरूरत होती है। जब-जब उसे पैसों की जरूरत महसूस होती है, वह लोगों से बहाने बनाकर, झूठ बोलकर पैसे माँगने लगता है। अपने माँ-बाप से भी झूठ बोलकर पैसे ऐंठने लगता है। यहाँ तक कि वह

चोरी भी करने लगता है। धीरे-धीरे उसमें हर छोटी से छोटी बात पर भी झूठ बोलने की आदत निर्माण होती है। जिसके कारण आगे चलकर लोगों की नजरों में वह अविश्वसनीय बन जाता है। उस पर कोई भी भरोसा नहीं करना चाहता।

कहने का अर्थ है- पहली गलती हो गई तो दूसरी गलती आसानी से होती है। आप एक झूठ बोलते हैं तो दूसरा झूठ बोलना पड़ता है, फिर तीसरा...। इस तरह आप झूठ और कपट के दुश्चक्र में फँस जाते हैं, झूठ के काले रंग में मैले हो जाते हैं।

बहुत बार हमें अच्छे-बुरे के बीच खींची महीन रेखा (fine line) में फर्क पता नहीं होता। अकसर गलत बात को भी हम अपने तर्क (logic) में बिठा देते हैं।

अगर कोई चीज हमारे पास नहीं है तो हमें उस चीज की कमी लगती है, दूसरों के सामने अपमानित महसूस होता है। 'मेरे पास यह चीज नहीं है, मेरे दोस्त मेरे बारे में क्या सोचेंगे?' यह सवाल मन में आता है। फिर उस चीज को पाने के लिए हम कुछ भी कर गुजरते हैं, झूठ का सहारा लेते हैं और अपना जीवन बरबाद कर लेते हैं।

अपने चरित्र को मजबूत बनाने के लिए झूठ और लालच का सहारा लेना हमें बंद करना होगा। बिना लालच और झूठ के भी हमारे पास सब कुछ आ सकता है, जरूरत है केवल ऑनेस्ट मनन*की। इंसान ईमानदारी से खुद की पूछ-ताछ कर, यह सोचे, 'झूठ बोलकर उसे कौन से फायदे मिलनेवाले हैं और क्या नुकसान होनेवाला है? लालच में फँसकर क्या होगा? यदि इन बातों ने आदत

---

* ऑनेस्ट थिंकिंग (मनन) = मैच्युअर्ड मनन - स्वयं को अपने कपट और झूठ बता पाना, स्वयं के साथ ईमानदारी से बात करना।

का रूप ले लिया तो उसके और उसके आस-पास के लोगों के जीवन में कौन-कौन सी समस्याएँ पैदा हो सकती हैं?'

कुछ लोग बात-बात पर झूठ बोलने की बीमारी से ग्रस्त होते हैं। कभी घर पर होते हुए भी बच्चों से कहते हैं, 'बेटा, अगर ऑफिस से फोन आए तो कह देना कि पापा बीमार हैं, डॉक्टर के पास गए हैं।' कहीं पर बेटा मित्रों के साथ दिनभर मटरगश्ती करके घर पहुँचकर माँ से कहता है, 'दिनभर मैं नौकरी के लिए भटकता रहा, कहीं भी नौकरी नहीं मिली। बहुत थक गया हूँ, थोड़ा आराम कर लेता हूँ।' इस तरह झूठ बोलकर इंसान अपनी गलत इच्छाओं को बढ़ावा देता रहता है या सुख-सुविधा की लालच में झूठ का सहारा लेकर अपने आपमें गलत आदतें डाल लेता है।

छोटी-छोटी बातों पर झूठ बोलना एक तरह का गलत संस्कार है और इस संस्कार को इंसान हर रोज बेधड़क गहरा बनाता जाता है। जिसके परिणाम उसे आगे भुगतने पड़ते हैं।

३. सुविधा और ऐशो-आराम - Comforts & luxuries

जिन लोगों की नींव नाइन्टी कमजोर होती है, वे हर समय सुविधा और बिना श्रम के अपने कार्य पूरे होने के स्वप्न देखते हैं। वे न सिर्फ कड़ी मेहनत से घबराते हैं बल्कि हमेशा की तरह सफलता पाने में शॉर्टकट अपनाना चाहते हैं। ऐसी सफलता पाने के लिए वे भ्रष्टाचार, नफरत तथा गलत लोगों का सहारा लेने से भी नहीं चूकते।

एक प्रोफेसर कॉलेज में बायोलॉजी के अंतिम वर्ष की परीक्षा लेने जा रहे थे और उनके हाथ में कुछ कागज थे। उन्होंने विद्यार्थियों से कहा, 'इस सेमिस्टर में आप लोगों को पढ़ाना अच्छा लगा। अगर आप इस परीक्षा में उत्तीर्ण हो गए तो मेडिकल कॉलेज में जाओगे।

> आप लोगों की कड़ी मेहनत देखकर मैं यह प्रस्ताव रखता हूँ कि जो लोग यह परीक्षा नहीं देना चाहते, उन्हें परीक्षा दिए बगैर ही 'बी' ग्रेड मिल जाएगा।
>
> ज्यादातर विद्यार्थी खुश हो गए और उन्होंने प्रोफेसर का प्रस्ताव खुशी-खुशी मंजूर कर लिया तथा बाहर चले गए। इसके बाद प्रोफेसर ने बचे हुए चंद विद्यार्थियों से पूछा, 'और कोई जाना चाहता है? यह आखिरी मौका है।' एक और विद्यार्थी उठकर चला गया। इसके बाद प्रोफेसर ने दरवाजा बंद करके उपस्थिति ली और बचे हुए विद्यार्थियों से कहा, 'मुझे खुशी है कि तुम सबको अपनी योग्यता पर विश्वास है। इसलिए मैं बिना परीक्षा लिए तुम सबको 'ए' ग्रेड देता हूँ।'

जो विद्यार्थी क्लासरूम से उठकर बाहर चले गए, वे शॉर्टकट अपनाकर बड़े खुश थे। उन्हें इस बात की खुशी थी कि वे परीक्षा से बच गए और उन्हें मुफ्त में 'बी' ग्रेड मिलनेवाला है। जो विद्यार्थी रुके रहे उन्होंने लॉन्ग कट, जो हकीकत में नॉर्मल कट होता है यानी मेहनत का रास्ता अपनाया। नतीजा यह हुआ कि उन्हें 'ए' ग्रेड मिल गया।

कमजोर चरित्र के लोग पैसे को ही विकास की सीढ़ी तथा लक्ष्य मानते हैं। वे लोगों को ऐसा सिखाते हैं कि अपनी कला और कौशल से केवल अधिकाधिक धन का संचय करना चाहिए। अनुचित तरीके से प्राप्त धन मिलने पर मनुष्य केवल सुख-सुविधा एकत्र करने लगता है। वह प्रत्येक क्षण विलासिता की तलाश में खो जाता है।

हरेक इंसान को यह जान लेना चाहिए कि सच्ची सफलता के लिए शॉर्टकट की नहीं बल्कि सही दिशा में परिश्रम करने की आवश्यकता होती है। अत: अपनी नींव को मजबूत बनाने के लिए हमें सुविधा की कामना को घटाकर, अपनी

योग्यता तथा परिश्रम को प्रायोरिटी देनी चाहिए।

४. अज्ञान - Ignorance

आज के इस युग में लोगों में अपने असली अस्तित्त्व के बारे में पूरी तरह से अज्ञान है। खासकर नवयुवकों में, जो अपने खराब व्यवहार के कारण लोगों के गुस्से का शिकार हो जाते हैं। यह सब उनकी अज्ञानयुक्त चरित्रहीनता की वजह से होता है। किसी भी इंसान की सबसे बड़ी संपत्ति यदि कुछ होती है तो वह है उसका 'चरित्र।' आज के नौजवान चरित्र की दौलत को रास्तों पर लुटाते हुए दिखाई देते हैं। फैशन की अंधी दौड़ गलत कंपनी और दिशाहीनता की वजह से वे अपनी नींव नाइन्टी के प्रति लापरवाह रहते हैं।

सभी पवित्रताओं में मन की पवित्रता ही मुख्य है। यदि आप अपने भीतर पनपते अवगुणों- जैसे गुस्सा, बदले की भावना, लालच, गलत आदतें, सुस्ती, जलन और द्वेष को समझ से नहीं मिटाएँगे या ध्यान की शक्ति से इन्हें दिशा नहीं देंगे तो आपकी शारीरिक ऊर्जा का एक बड़ा हिस्सा इन्हीं बातों में व्यर्थ चला जाएगा। **गलत वृत्तियाँ केवल शरीर को ही नहीं बल्कि भाव, मन, वचन और कर्म को भी दूषित करती हैं।** इससे एक ओर आत्मविकास रुक जाता है तो दूसरी ओर सामाजिक और सांस्कृतिक उन्नति का मार्ग भी बंद हो जाता है। आज अज्ञान की वजह से लोगों का मानसिक पतन हो गया है। उन्हें लगता है कि चाहे जितने पाप कर लें, अगर किसी तीर्थस्थान पर चले जाएँगे तो उनके सारे पाप धुल जाएँगे। अतः जब तक इंसान को इस बात का ज्ञान नहीं है कि उसके हाथ में हीरे हैं तब तक वह उन्हें मामूली पत्थर समझकर रास्ते पर यूँ ही फेंकता रहेगा।

५. सुस्ती - Laziness

एक धनी किसान था। विरासत में खूब संपत्ति मिलने के कारण वह आलसी हो गया था। उसकी लापरवाही का लोग नाजायज़ फायदा उठाते थे। एक बार किसान का एक पुराना मित्र उससे मिलने आया।

उसने किसान को समझाने की कोशिश की लेकिन उस पर कोई असर नहीं पड़ा। एक दिन मित्र ने किसान से कहा कि वह उसे एक ऐसे संत के पास ले जाएगा, जो और अमीर होने का तरीका बताते हैं। किसान संत से मिलने को तैयार हो गया। संत ने किसान को अमीर बनने का राज बताया, 'हर रोज सूर्योदय से पहले एक हंस आता है। जो इस हंस को देख लेता है, उसका धन निरंतर बढ़ता जाता है।'

अगले दिन किसान सूर्योदय से पहले उठा और हंस को खोजने खलिहान में गया। उसने देखा कि उसका एक रिश्तेदार बोरे में अनाज भरकर ले जा रहा है। किसान ने उसे पकड़ लिया। किसान ने पाया कि खलिहान में बेहद गंदगी है। उसने नौकरों को नींद से जगाया और उन्हें काम करने की हिदायत दी। तब वह गौशाला में पहुँचा। वहाँ उसका एक नौकर दूध चुरा रहा था। किसान ने उसे फटकारा।

इस तरह किसान रोज हंस की खोज में जल्दी उठता। इस कारण सारे नौकर सचेत होकर ईमानदारी और लगन से काम करने लगे। जो रिश्तेदार गड़बड़ी कर रहे थे, वे भी सुधर गए। जल्दी उठने और घूमने-फिरने से किसान का स्वास्थ्य भी ठीक हो गया। धन तो बढ़ने लगा लेकिन हंस नहीं दिखा। इस बात की शिकायत करने जब वह संत के पास पहुँचा तो उन्होंने कहा, 'तुम्हें हंस के दर्शन तो हो गए पर तुम उसे पहचान नहीं पाए। वह हंस है परिश्रम। तुमने परिश्रम किया, जिसका लाभ अब तुम्हें मिलने लगा है।'

आलस की वजह से इंसान के शरीर की तमाम शक्तियाँ नाकाम हो जाती हैं। इंसान का शरीर ऊर्जावान होते हुए भी आलस्य की नाव पर सवार रहता है, जिससे उसकी नाव जीवन की नदी के किनारे पर ही पड़ी रहती है। इसका अर्थ है किसी भी काम को करने की शक्ति हम में हो मगर यदि हमारा शरीर सुस्त हो तो

हम कभी भी अपने काम को अंजाम नहीं दे पाएँगे। जिस कार्य की शुरुआत ही नहीं हुई है, उसका पूर्ण होना तो दूर की बात है।

अपूर्ण काम बहानों को जन्म देते हैं, बहाने झूठ को जन्म देते हैं, बार-बार बोले गए झूठ गलत वृत्तियों को जन्म देते हैं और गलत वृत्तियाँ चरित्रहीनता को जन्म देती हैं। इस तरह आपने देखा कि सुस्ती की वजह से इंसान अपनी नींव पर खुद ही कैसे कुल्हाड़ी मारता है।

बिना सही कर्म के चरित्र नहीं बनता। काम चाहे घर का हो, अपने परिवार के लिए पैसे कमाना हो या समाज का हो, उससे हमें जी नहीं चुराना चाहिए।

स्कूल-कॉलेज का विद्यार्थी जब सुस्ती की वजह से सुबह नींद से जल्दी उठने में आनाकानी करता है तब उसके दिनभर के कार्यों पर इसका गहरा असर होता है। पहले तो वह सुबह बिस्तर से देर से उठता है। फिर घर के लोगों पर छोटी-छोटी बातों को लेकर चिल्लाने लगता है। जल्दी-जल्दी तैयार होकर स्कूल-कॉलेज के लिए निकलता है लेकिन बस पहले ही निकल चुकी होती है। परिणामतः वह स्कूल या कॉलेज देर से पहुँचता है। फिर गड़बड़ी में वह पढ़ाई करने लगता है तो उसमें भी कई सारी गलतियाँ होती हैं। इस तरह उसका पूरा दिन खराब हो जाता है। हर दिन यही साइकिल रिपीट होती है।

इन बातों का असर उसकी पढ़ाई पर तथा मानसिक स्वास्थ्य पर भी पड़ता है। परीक्षा में उसे कम मार्क्स् मिलते हैं। सुस्ती की वजह से वह कहीं पर भी समय पर पहुँच नहीं पाता। जिस वजह से वह अपने मित्रों तथा टीचर्स की नजरों में अविश्वसनीय बन जाता है।

इंसान को विश्वसनीय बनने के लिए न सिर्फ अपने गलत व्यवहार को बल्कि अपने अंदर की सुस्ती को भी निकाल फेंकना चाहिए।

६. संस्कारों की कमी - Lack of traditional values

गलत संस्कार इंसान की नींव मजबूत होने से पहले ही उखाड़ देते हैं।

इसलिए पहले यह समझ लें कि वृत्तियाँ और संस्कार क्या हैं, ये कैसे बनते हैं।

आपके सामने एक के ऊपर एक दो पन्ने रखे गए हैं और आपके हाथ में पेन है। जब आप पहले पन्ने पर कुछ लिखते हैं तो पीछे के पन्ने पर उसके निशान दिखाई देते हैं। पीछे के पन्ने पर कुछ लकीरें खिंची हुई दिखाई देती हैं। गौर से देखने पर ही यह पता चलता है। इसका अर्थ है कि कागज के ऊपर कर्म हुआ और पीछेवाले कागज पर उसका सूक्ष्म संस्कार बना। सभी ने कागज पर कुछ न कुछ लिखा मगर सबके संस्कार एक जैसे नहीं बनते, किसी के कम तो किसी के गहरे संस्कार बनते हैं। पिछले पन्ने पर जो संस्कार आए हैं, उस पन्ने पर आप रंग में डूबा ब्रश घुमाएँगे तो संस्कारों की सफेद सूक्ष्म रेखाएँ आपको दिखाई देंगी।

मन इन संस्कार की रेखाओं में घूमता है। संस्कारों की कमी या कुसंस्कार नींव नाइन्टी के कमजोर होने का एक अहम कारण है। **वास्तव में संस्कार बार-बार किया जानेवाला वह कार्य है, जो किसी व्यक्ति, समूह अथवा समुदाय की प्रवृत्ति बन जाता है।** धीरे-धीरे वह विशेष कार्य या आदत संस्कार कहलाने लगता है। संस्कार पीढ़ी-दर-पीढ़ी ट्रान्सफर होते रहते हैं।

नींव नाइन्टी मजबूत करने के लिए अच्छे संस्कारों (अच्छी आदतों) की आवश्यकता होती है, जिसे संस्कृति, नैतिक मूल्यों की संपत्ति भी कहते हैं।

७. गैजेट्स में गुम हो जाना - Being lost in gadgets

आज की दुनिया में माया का बहुत प्रचार-प्रसार है। माया के विज्ञापनों की वजह से आपके विचारों पर असर पड़ता है। टी.वी. के विज्ञापन, इंटरनेट की गलत वेबसाइट्स, समाचार पत्रों की खबरों, अश्लील फिल्मों और पुस्तकों की वजह से इंसान का चरित्र कमजोर हो जाता है क्योंकि इंसान के जीवन में आज इन चीजों की भरपूर दखलअंदाजी हो चुकी है।

माया से भरी इस दुनिया में इंसान को बहुत सारी चीजें आकर्षित कर रही हैं। वह जब घर पर रहता है तो इंटरनेट पर समय गँवाता है, विज्ञापन पढ़ता है,

टी.वी. देखता है। इन माध्यमों द्वारा हमेशा यही बात उसके सामने आती है कि उसे ऐसा ही जीवन जीना चाहिए। उसके मित्र भी उसे बिना पूछे यही सलाह देते रहते हैं।

विज्ञापनों के गहरे प्रभाव से धीरे-धीरे लोगों का अपना वजूद, जिससे उन्हें जाना जाता है, वस्तु बनकर रह गया है। फैन्सी मोबाईल फोन, इंटरनेट, खूबसूरत बंगला, बंगले में लॉन, बढ़िया सी आलीशान कार, गहनों से लदी हुई महिलाएँ, भारी भरकम कपड़े इत्यादि के आधार पर इंसान का चरित्र तौला जाता है। सामाजिक मान्यता के अनुसार इंसान के पास जो कीमती चीजें हैं, उन्हीं से यह तय होता है कि वह इंसान कितना वजनदार और शानदार है।

'व्यक्तित्व' वह नहीं है, जो हमें बताए कि 'जब तक मेरे हाथ में लेटेस्ट मोबाईल फोन नहीं रहेगा तब तक मुझमें आत्मविश्वास नहीं होगा।' आत्मविश्वास तो इन चीजों के बिना भी हो सकता है। कुछ साल पहले मोबाईल फोन नहीं थे लेकिन फिर भी लोगों में आत्मविश्वास था। आत्मविश्वास आंतरिक गुण है और यह बाहरी वस्तुओं का मोहताज नहीं है।

हमारे जीवन पर फिल्मों का भी गहरा प्रभाव होता है। फिल्मों में दिखाया जाता है कि एक गर्लफ्रेंड या बॉयफ्रेंड होना चाहिए, इतने सारे दोस्त होने चाहिए, कॉलेज का एक कॉमेडी प्रिन्सिपल होना चाहिए, कॉमेडी हवालदार होना चाहिए इत्यादि। फिल्मों की ये सभी बातें हमें एक काल्पनिक दुनिया दिखाती है और वही दुनिया हमें सच्ची और अच्छी लगने लगती है। यह है माया का दरबार और कारोबार। इससे खुद को बचाकर रखें और अपनी नींव नाइन्टी को मजबूत बनाएँ।

7
नींव नाइन्टी कमजोर होने के ५ परिणाम
5 Consequences of a Weak Neev Ninety
असफल जीवन ऐसा होता है

एक बार एक महिला ने बाजार से बीज लाकर दो पौधे लगाए। कुछ महीनों में पौधे बड़े होने लगे। उसने एक पौधा गमले में तो दूसरा जमीन में लगाया था। जब-जब बारिश, तेज हवा या तूफान आता वह महिला गमलेवाले पौधे को उससे बचाती ताकि पौधे को कोई नुकसान न पहुँचे परंतु दूसरा पौधा बारिश और तूफान सहता रहता। तूफान सहते-सहते उस पौधे की जड़ें मजबूत होती गईं। वहीं दूसरी ओर सुविधा में रहने का आदी गमलेवाला पौधा बहुत नाजुक हो गया। उसके अंदर तूफान बरदाश्त करने की ताकत ही नहीं आ पाई।

एक दिन वह महिला गमलेवाले पौधे को अंदर रखे बिना ही अपने रिश्तेदार से मिलने चली गई। इसी बीच तेज हवा के साथ जोरों की बारिश आई। गमलेवाला पौधा उसे सह न सका और उखड़ गया।

दूसरा पौधा जिसे जमीन में लगाया गया था, वह खराब मौसम में भी शान से खड़ा रहा इसलिए क्योंकि आए दिन तूफान से संघर्ष करते-करते उसकी जड़ें अर्थात नींव मजबूत हो चुकी थी।

जमीनवाले पौधे की तरह ही हमें भी अपनी नींव नाइन्टी यानी चरित्र को मजबूत बनाना है ताकि जीवन में होनेवाली किसी भी प्रकार की घटना हमारी चेतना, हमारी बुद्धि, हमारी विवेक शक्ति को गिरा न पाए।

नींव नाइन्टी कमजोर होने के परिणाम कई बार घातक भी हो सकते हैं। इसके कुछ संभावित परिणामों पर नजर डालें।

कई कंपनियाँ उनके कर्मचारियों की नींव नाइन्टी कमजोर होने की वजह से डूब जाती हैं। कुछ लोग मिलकर निजी बैंक या पतपेढ़ी शुरू करते हैं, इसके लिए वे जनता से पैसे लेते हैं। मगर इस तरह की बैंक शुरू करनेवाले लोगों में से ही कुछ लोग ऐसे होते हैं, जिनका टॉप टेन तो अच्छा होता है, जबकि नींव नाइन्टी कमजोर होती है। वे लोगों से झूठे वादे करते हैं, उन्हें तरह-तरह की लालच देते हैं कि 'हम आपको इतना-इतना ब्याज देंगे, जरूरत पड़ने पर कर्ज देंगे।' और अंत में वे अपने किए गए वादों से मुकर जाते हैं। परिणामत: वह बैंक डूब जाती है, उसके साथ ही लोगों का पैसा भी डूब जाता है। उस बैंक में कई साल तक काम करनेवाले कर्मचारियों का जीवन बरबाद हो जाता है। यह सब उन कर्मचारियों की वजह से होता है, जिनकी नींव नाइन्टी कमजोर होती है।

१. 'ठग' लोगों द्वारा ठगा जाना - Cheating & being cheated

कमजोर नींव नाइन्टीवाले लोग लालच में फँसकर गलत कार्य करते हैं। हम टी.वी. पर अकसर यह न्यूज सुनते हैं कि फलाँ शहर में फलाँ एग्जाम के कुछ पेपर्स लीक हो गए, जिस वजह से एग्जाम कुछ दिनों के लिए स्थगित (postpone) हो गए हैं। कुछ विद्यार्थी ठीक से पढ़ाई तो नहीं करना चाहते लेकिन एग्जाम्स में अच्छे नंबरों से पास होना चाहते हैं। वे बिना पढ़ाई किए ज्यादा मार्क्स लाने की

लालच में गलत मार्ग अपनाकर पेपर्स लीक करनेवालों को पैसे देकर पेपर्स खरीदते हैं और इस तरह से एग्जाम्स में पास होते हैं। ऐसे विद्यार्थी तो इन लोगों के साथ-साथ खुद से भी ठगे जाते हैं क्योंकि इस तरह हासिल किए गए मार्कस् से उनकी उन्नति नहीं नुकसान ही होता है, आगे के जीवन में उनकी सही मायने में उन्नति नहीं हो पाती। इस तरीके से स्कूल-कॉलेज के एग्जाम्स में पास होकर वे जीवन के एग्जाम्स में फेल ही होते हैं।

कई बार तो कुछ विद्यार्थी पेपर्स लीक करनेवाले लोगों द्वारा ठगे जाते हैं, पैसे देकर भी उन्हें ऐसे पेपर्स दिए जाते हैं, जो एग्जाम्स में आते ही नहीं। ऐसे विद्यार्थी फिर पढ़ाई न करने की वजह से एग्जाम में फेल हो जाते हैं। वे नहीं जानते कि वे खुद ही ऐसे लोगों को आकर्षित कर रहे हैं। उनकी लालची प्रवृत्ति और कमजोर नींव नाइन्टी ही ऐसे लोगों को उनकी ओर आकर्षित करती है।

२. लालच में फँसना - Getting trapped in greed

जिन लोगों की नींव नाइन्टी कमजोर होती है, वे बड़ी आसानी से गलत कार्य करने लगते हैं। जैसे स्कूल या कॉलेज में मिडिल क्लास के कुछ लड़के-लड़कियाँ जब देखते हैं कि उनकी क्लास में कुछ अमीर घर के लड़के या लड़कियों का एक अलग ग्रुप है। जो महँगी कंपनियों का मोबाईल अपने पास रखते हैं, क्लब, पार्टियों में जाते हैं, महँगी गाड़ियाँ लेकर स्कूल/कॉलेज आते हैं। उन्हें देखकर इनके मन में विचार आने लगते हैं कि उस ग्रुप में उन्हें भी शामिल किया जाए। वे उस ग्रुप के साथ बातचीत करने की कोशिश करते हैं। अमीर ग्रुप के बच्चे जब उनसे यह पूछते हैं कि 'तुम्हारे पास कौन सी कंपनी का मोबाईल है? क्या तुम पार्टियों में जाते हो? इस उम्र में ये सब नहीं करोगे तो तुम्हारे जीवन का कोई मतलब नहीं है।' तब उनकी बातें सुनकर उन्हें लगता है कि सचमुच जीवन में कुछ मजा नहीं है। काश! हमारे पास भी मोबाईल होता... काश! हम भी पार्टियों में जा पातें!

यह सोचकर कि अमीर ग्रुप के लड़के-लड़कियाँ मिडिल क्लास को एक्सेप्ट

करें वे गलत मार्ग अपनाते हैं। मोबाईल खरीदने के लिए उनके पास पैसे न होने की वजह से वे पैसों के लिए चोरी करने लगते हैं। यह सब वे इसलिए करते हैं ताकि अमीर ग्रुप के लड़के-लड़कियाँ उन्हें अपने ग्रुप में शामिल करें। इस तरह एक्सेप्टन्स की लालच में वे गलत कार्य करने से भी नहीं चूकते क्योंकि नींव नाइन्टी कमजोर है।

देखें, कहीं हम भी गलत संगत में फँसकर, इन छोटे-छोटे आकर्षणों की लालच में आकर अपने चरित्र रूपी कीमती हीरे तो नहीं खो रहे हैं।

एक गरीब किसान अपने गधे पर सवार होकर कहीं जा रहा था। रास्ते में उसे एक बड़ा चमकदार पत्थर दिखा और किसान ने उसे अपने गधे के गले में बाँध दिया। दूसरी तरफ से आते हुए एक व्यापारी ने यह नजारा देखा तो वह चौंक गया। दरअसल किसान जिसे पत्थर समझ रहा था, वह एक कीमती हीरा था। व्यापारी समझ गया कि किसान को इसकी जानकारी नहीं है और उसने किसान से कहा, 'यह पत्थर मुझे बेचोगे?' किसान ने कहा, 'ठीक है, एक रुपया दे दो।' व्यापारी ने चालाकी दिखाते हुए कहा, 'हुँह, इस पत्थर का एक रुपया बहुत ज्यादा है। मैं तो अठन्नी दूँगा।' किसान राजी नहीं हुआ और आगे बढ़ गया। व्यापारी ने सोचा कि किसान अभी लौटकर हीरा बेच देगा, इस वीरान रेगिस्तान में भला उसे और कौन खरीददार मिलेगा? मगर किस्मत को कुछ और ही मंजूर था।

कुछ ही दूरी पर एक दूसरे व्यापारी ने किसान को रोका, उसे बताया कि यह पत्थर नहीं हीरा है और 1000 रुपए देकर हीरा ले लिया। उधर पहला व्यापारी भी वापस लौटा और किसान से बोला, 'चलो, क्या याद रखोगे लो पूरा एक रुपया लो और पत्थर दे दो।' किसान ने उसे पूरा किस्सा कह सुनाया तो व्यापारी ने माथा ठोंककर गुस्से में

कहा, 'बेवकूफ, तुमने दस लाख रुपए का हीरा 1000 रुपए में बेच दिया?' किसान बोला, 'चलो मैं तो बेवकूफ ठहरा लेकिन यह बताइए कि आप पारखी होते हुए भी हीरे के लिए अठन्नी दे रहे थे और सौदा खो दिया।'

कहने का अर्थ है- हीरे की परख एक जौहरी ही कर सकता है। हम भी जौहरी बनें और अपना सही मूल्यांकन करना सीखें। अगर हम एक बेहतरीन जौहरी (सफल इंसान) बनने की ख्वाहिश रखते हैं तो हीरे जैसे चरित्र को पहचानने की कोशिश करें, न कि उसे पत्थर मानकर लुटाते रहें।

३. व्यसनों का शिकार होना - Falling prey to addictions

नींव नाइन्टी की कमजोरी का परिणाम इंसान के निजी जीवन पर भी पड़ता है। वह जल्द ही किसी बुरे दोस्त के चंगुल में पड़ जाता है और व्यसन का शिकार हो जाता है। ऐसा इंसान पहले दोस्त के कहने पर और बाद में आदत हो जाने के कारण बढ़-चढ़कर शराब, सिगरेट पीता है और शराब के नशे में एक्सीडेंट करता है, लड़कियों को फँसाने लगता है। इंसान शराब का इतना आदी हो जाता है कि वह अपने साथ-साथ परिवार के लोगों का जीवन भी नर्क बना देता है। लेकिन इससे वह कोई सबक नहीं सीखता। आए दिन वह अपने लिए नर्क का निर्माण करता है। इस तरह कमजोर नींव नाइन्टी की वजह से इंसान व्यसनों का शिकार होकर, स्वयं का तथा अपने साथ रहनेवाले रिश्तेदारों का जीवन भी बरबाद कर देता है।

४. मन का वश में न रहना - No control over the mind

कमजोर नींव नाइन्टीवाले इंसान का मन उसके वश में नहीं रहता। जिसके कई सारे परिणाम उसे अपने जीवन में भुगतने पड़ते हैं। जैसे एक विद्यार्थी को चाहिए कि वह अपना ज्यादा से ज्यादा समय पढ़ाई में लगाए लेकिन आज टी.वी. के सामने बैठकर अलग-अलग प्रोग्राम्स देखने में वह अपना अधिकतर समय

व्यर्थ गँवाता है। फिर इंटरनेट पर चैटिंग करना, फेसबुक पर समय बरबाद करना, मोबाईल पर घंटों अपने मित्रों से अनावश्यक बातें करना, क्लब, पार्टियों में जाना, ऐसी अनावश्यक बातों में उलझकर वह पढ़ाई को ज्यादा महत्त्व नहीं देता। पढ़ाई की तरफ कम ध्यान देने की वजह से उसे एग्जाम में मार्कस् भी कम मिलते हैं और आगे के जीवन में भी उसे काफी दिक्कतें आती हैं। उसका आत्मविश्वास डगमगा जाता है। आधी-अधूरी पढ़ाई की वजह से कई बार तो उसे जीवनभर छोटे-मोटे काम करके गुजारा करने की नौबत आती है।

५. नौकरी की समस्या होना - Job problems

कमजोर नींव 90 रखनेवाले विद्यार्थियों को जल्द नौकरी नहीं मिलती क्योंकि उनके भाव, विचार, वाणी और क्रिया अलग-अलग होते हैं। वे किसी भी चीज के बारे में किसी से वादा करते हैं और फिर तोड़ देते हैं। जरूरी कामों को भी समय पर निपटाने की बजाय वे कल पर टालते रहते हैं। भविष्य के बारे में कोई प्लॅनिंग करने की आवश्यकता होने पर भी वे उस पर ध्यान नहीं देते, प्लॅनिंग करने में विश्वास नहीं रखते। काम करने से ज्यादा काम से जी चुराने की आदत, कहीं पर भी समय पर न पहुँचना, बड़ों के प्रति आदर न होना, ज्यादा पैसा कमाने या ऊपर की कमाई की चाहत में बार-बार नौकरी बदलना आदि कारणों से उन्हें नौकरी मिलने में दिक्कत आती है। केवल ऊपर की कमाई और कामचोरी के मौके देखकर नौकरियाँ न बदलें। यदि आप एक नौकरी में टिके रहेंगे तो आप अनेक दुष्परिणामों से बच जाएँगे।

खण्ड – २

नींव नाइन्टी मजबूत बनने के 12 उपाय
How to build your character?

आज का दिन यदि आप घूमकर,
लेटकर या गलत आदतों में खो रहे हैं
तो आप न सिर्फ एक सुनहरा मौका खो रहे हैं बल्कि
अपना जीवन भी बरबाद कर रहे हैं
क्योंकि कल भी आप यही करेंगे।

8

बेस्ट देखना

Right Seeing

हर एक में गुण देखें

पहला उपाय

इस संसार में हर वस्तु चाहे वह छोटी हो या बड़ी, निर्जीव हो या सजीव, सबका अपना महत्त्व है। इस समझ के आधार पर सभी के अंदर छिपे गुणों को देखना शुरू करें। अवगुणों को देखते रहने से इंसान में मानसिक कमजोरी बनी रहती है। कई युवा दिनभर टी.वी. के सामने बैठकर ऐसे सीरियल्स या फिल्में देखते हैं, जिनमें हिंसा, अत्याचार, मानसिक दबाव जैसी गलत बातें दिखाई जाती हैं। जिससे नकारात्मता ही बढ़ती और फैलती है इसलिए जितना हो सके नकारात्मक बातों पर ध्यान देना बंद करें। टी.वी. पर कुछ ऐसे कॉमेडी सीरियल्स भी दिखाए जाते हैं, जिसे कुछ युवाओं को देखने में मजा आता है लेकिन इनमें उनका बहुत समय बरबाद

होता है, इसके बारे में वे सोचते ही नहीं। आज के युग में सबसे बड़ा समय नष्ट करनेवाला (time killer) है टी.वी.। समय की बरबादी का साधन बेहोशी बढ़ाता है। निरुद्देश्य होकर टी.वी. के सारे कार्यक्रम देखने के बजाय अपनी जिम्मेदारियों को ध्यान में रखते हुए कुछ तय किए हुए कार्यक्रम ही देखें, जो आपके लक्ष्य में सहायक बनेंगे। केवल मनोरंजन में अटककर अपने विकास को अनदेखा न करें। देखें तो सकारात्मक चीजें देखें, डिस्कवरी चैनल, एनिमल प्लैनेट, नैशनल जॉग्रैफिक, हिस्ट्री चैनल आदि देखें। अपने चारों तरफ फैली हुई सुंदरता को ढूँढ़कर उसकी सराहना करना सीखें।

एक शिष्य हमेशा अपने गुरु की आज्ञा का पालन करता था। उनकी मन लगाकर सेवा करता था और ज्यादा से ज्यादा ज्ञान प्राप्त करने की कोशिश करता था। एक दिन उसने गुरुजी से पूछा, 'गुरुदेव, आज मैं 25 साल का हो गया हूँ, क्या अब तक मेरी शिक्षा पूर्ण नहीं हुई है?' गुरुदेव ने कहा, 'पुत्र, तुम्हारी शिक्षा तो पूर्ण हो चुकी है लेकिन तुमने सही मायने में ज्ञान को ग्रहण किया है या नहीं इसकी परीक्षा अभी बाकी है।'

'कैसी परीक्षा गुरुदेव?' शिष्य ने गुरुदेव से आश्चर्य से पूछा। तब गुरु ने कहा, 'तुम इस जंगल से कोई ऐसा पौधा खोजकर लाओ, जिसका कोई भी उपयोग न हो।'

शिष्य तुरंत जंगल गया और शाम को वापस लौट आया और कहा, 'गुरुदेव, इस जंगल में तो क्या, पूरे संसार में कोई भी ऐसी चीज नहीं है, जो व्यर्थ हो। मुझे जंगल में ऐसा कोई पौधा नहीं मिला, जो उपयोगी न हो।'

गुरु ने प्रसन्न होकर कहा, 'पुत्र, अब तुम्हारी शिक्षा पूर्ण हो गई क्योंकि तुम सृष्टि के प्रत्येक कण का महत्त्व और गुण समझ गए हो।'

पृथ्वी पर कोई भी बिना किसी लक्ष्य के जन्म नहीं लेता। यह अलग बात है कि किसी इंसान में बुराई के कारण हमें लगता है कि उसमें कोई गुण नहीं है, हालाँकि उस इंसान में भी कुछ गुण अवश्य होते हैं। इसलिए हर एक को अपने तथा औरों के अंदर छिपे हुए गुणों को पहचानने की कला आनी चाहिए।

एक ट्रेन स्टेशन से छूट रही थी तभी एक युवक दौड़ता हुआ आया और अपना बैग अंदर फेंककर एक डिब्बे में चढ़ गया। वह बुरी तरह हाँफ रहा था। यह देखकर एक बूढ़े इंसान ने कहा, 'आज-कल के जवानों को क्या हो गया है? जरा सी दूर भागने पर तुम्हारा यह हाल हो गया! तुम्हारी उम्र में तो मैं भी इसी तरह दौड़कर ट्रेन पकड़ लेता था लेकिन तुम्हारी तरह बिलकुल नहीं हाँफता था।' युवक ने गहरी साँस लेते हुए जवाब दिया, 'यह ट्रेन पिछले स्टेशन पर छूटी थी और मैं वहाँ से दौड़कर आ रहा हूँ।' यह सुनकर बूढ़े इंसान की बोलती बंद हो गई!

हम दूसरों के अवगुणों पर पहले ध्यान देते हैं और उन्हें उजागर करने में बड़े आनंदित होते हैं। दूसरों के गुणों पर जब हम ध्यान देते हैं तो हम उनकी प्रशंसा करने में कंजूसी दिखाते हैं।

एक लड़के को चोरी करने की आदत लग जाती है। पहले वह इरेजर्स, फिर पेन्स, पुस्तकें, पर्सेस आदि चुराने लगता है। उसे यह बात अंदर ही अंदर खाए जा रही थी। परंतु वह किसी को बता नहीं पा रहा था। बहुत दिनों के बाद वह हिम्मत जुटाकर अपने बेस्ट फ्रेंड को इस बारे में बताता है। उसका दोस्त जाकर यह बात उसकी माँ को बताता है। अपने बेटे के बारे में ये बातें सुनकर पहले तो माँ हैरान हुई परंतु तुरंत वह अपने बेटे को एक मनोचिकित्सक (psychiatrist) के पास ले जाकर उसका इलाज करवाती है।

यदि आपको भी अपनी किसी आदत से परेशानी है तो अपनी तकलीफ किसी ऐसे इंसान को जरूर बताएँ, जो आपके करीब हो। अगर आप अपने माँ-बाप को नहीं बता पा रहे हैं तो भाई-बहन या दोस्त को तो जरूर बता सकते हैं, वे आपको समझेंगे।

हर इंसान एक अनमोल हीरे के रूप में जन्म लेता है। उसके माता-पिता, शिक्षक और समाज के अन्य लोग उसे तराशने का काम करते हैं। अब खुद से यह प्रॉमिस करें कि आप स्वयं में और सबमें अच्छे गुणों को ही देखेंगे। पहले आपको यह पता होना चाहिए कि आप किस इंसान के खिलाफ बुरा सोचते हैं। फिर आगे टोपी की ऐनालॉजी को अपने जीवन में अप्लाय करें।

'दुनिया वैसी है, जैसे हमारी चेतना (टोपी) है।' इस वाक्य की सच्चाई परखने के लिए एक उपमा (analogy) की कल्पना करें।

मान लीजिए, आपके सिर पर एक टोपी है और आपको उसका रंग दिखाई नहीं दे रहा है। किसी कारणवश आप उसे उतार भी नहीं सकते तो ऐसे में आप क्या करेंगे? इसके लिए आपको आइने की जरूरत पड़ेगी। आइने में देखकर ही आप जान पाएँगे कि इस वक्त आपने किस रंग की टोपी पहन रखी है- लाल, नीली, हरी, काली, सफेद या भूरी?

इस उदाहरण में टोपी का रंग आपके अंदर की अवस्था का प्रतीक है। ऊपर गिनाए गए रंगों के आधार पर कुल छह मानसिक अवस्थाएँ बयान की गई हैं। इन अवस्थाओं को समझने के लिए सामनेवाला इंसान आपका आइना बनता है।

जब आपका कोई मित्र, टीचर, रिश्तेदार, बॉस, पड़ोसी आपके सामने आए तब उसे देखकर आपके अंदर जो विचार उठते हैं, वे आपको बताते हैं कि इस वक्त आपने कौन से रंग की टोपी पहन रखी है।

इस तरह देखने पर आप महसूस कर पाएँगे कि कभी आपने नीले रंग की टोपी पहनी है, कभी काली, कभी हरी, कभी लाल तो कभी सफेद। अब समझें कि इन रंगों का अर्थ क्या है?

जब इंसान काली टोपी में होता है तो इसका अर्थ है कि वह हेलमेट में है। हेलमेट यानी मेट विथ हेल (meeting with hell) यानी वह नर्क में है।

असल में नर्क मृत्यु के बाद प्राप्त होनेवाला कोई बाहरी स्थान नहीं है बल्कि आपके अंदर के नकारात्मक विचारों का प्रतीक है।

जब आप किसी को देखकर दुःखी हो जाएँ, गुस्से या तनाव में आ जाएँ तो इसका अर्थ है कि उस इंसान को देखकर आपने जाना कि इस समय आपने काले रंग की टोपी पहन रखी है।

अब आपने काली टोपी पहनी है, उसमें सामनेवाले का क्या दोष? उसने तो एक तरह से आपकी हेल्प की है। उसे देखकर आपने जाना कि आपके सिर पर काली टोपी है और आप नर्क की तरफ बढ़ रहे हैं। उसकी इस सेवा के लिए आपको तो उसे शुक्रिया कहना चाहिए। लेकिन असल जीवन में लोग ऐसा नहीं करते, वे कभी अपने आइने को थँक्स नहीं कहते। बल्कि सामनेवाले इंसान को याद कर-करके, दुःखी होकर, गुस्से की आग में तपकर, नर्क की ओर बढ़ते जाते हैं।

जबकि होना यह चाहिए कि आप सामनेवाले के लिए प्रार्थना करें क्योंकि उसने तो आपको आपकी मानसिक अवस्था का दर्शन करवाया। वह तो आपको सीधे-सीधे बता रहा है कि 'आपके मन में जो दुःख का भाव आया है, उसे फिर से सुखद बनाने और नर्क से बाहर आने के लिए अब आप ही को कुछ करना होगा।'

इस प्रकार आपने काली टोपी का अर्थ समझ लिया। अब बारी है

सफेद टोपी की।

सफेद टोपी स्वर्ग का प्रतीक है। स्वर्ग यानी स्व का अर्क। अर्क यानी इसेंस। हजारों फूलों को गलाने के बाद बूँदभर निकलनेवाला द्रव फूलों का अर्क कहलाता है।

कुछ लोगों से मिलकर आपको अंदर से खुशी महसूस होती है। 'मैं स्वर्ग में हूँ' की अनुभूति होती है। ऐसे लोग आपको स्वर्ग का एहसास दिलाने के लिए आपका आइना बनते हैं। जिन्हें देखकर आपको यह पता चलता है कि स्वर्ग कहीं और नहीं बल्कि हमारे अंदर ही है।

इसी तरह जब किसी को देखकर आपके मन में करुणा, प्रेम का भाव आता है तो इसका अर्थ है कि वह करुणा आपके अंदर पहले से ही थी। जब आपको लोग अच्छे लगने लगते हैं तो इसका अर्थ है कि आप अच्छे होने लगे हैं। इससे आपको लोगों के बारे में नहीं बल्कि अपने बारे में सच का पता चलता है।

जिस दिन आपको सभी लोग अच्छे लगने लगें तो उसका अर्थ है कि आप खुद बहुत अच्छे बन गए हैं, स्वर्ग में पहुँच गए हैं। अब आपके मन में किसी के प्रति कोई शिकायत नहीं रही। सिर्फ इंसान या जानवर के प्रति ही नहीं बल्कि आपके घर, गाड़ी, फर्नीचर, गाँव, देश किसी भी चीज के प्रति अब आपके मन में कोई शिकायत नहीं है। जब ऐसा हो जाए तो समझ जाएँ कि आप इन टोपियों से परे जा रहे हैं।

केवल रंगों द्वारा किसी को अपने अंदर दबे अवगुण पता चलना, यह कितनी अद्भुत और आश्चर्य करने लायक बात है। यहाँ तो एक तरीका बताया गया, जिसके सहारे आपको भी अपने लिए जीवन की

अलग-अलग परिस्थितियों में ऐसे ही नए और रचनात्मक तरीकों की खोज करके, उलझन और उथल-पुथल भरे जीवन से संतुलित जीवन की ओर बढ़ना होगा।

मजेदार बात यह है कि आपकी अवस्था लगातार बदलती रहती है। अभी एक टोपी है, थोड़ी देर में दूसरी टोपी आ जाती है। फिर तीसरी...। इस वक्त आपने कौन सी टोपी पहन रखी है, यह जानने के लिए आइनों यानी लोगों की व्यवस्था की गई है। लोगों को देखकर, सुनकर आपके अंदर जो भाव उठता है, वह आपको बताता है कि आप स्वर्ग की तरफ जा रहे हैं या नर्क की तरफ।

छह में से तीन टोपियाँ नर्क से संबंधित हैं। वे हैं - काली, भूरी और नीली टोपी।

काली टोपी बताती है कि आप इस समय नर्क में हैं। भूरी टोपी आपको नर्क में धकेलती है और नीली टोपी आपको यह बताती है कि इस समय आप ऐसी अवस्था में हैं, जो आपको नर्क से बाहर निकाल रही है।

दूसरी तरफ स्वर्ग से संबंधित तीन टोपियाँ हैं- सफेद, हरी और लाल।

सफेद टोपी बताती है कि आप इस समय स्वर्ग में हैं। हरी टोपी आपको स्वर्ग की ओर ले जाती है। लाल टोपी बता रही है कि अब तक आप स्वर्ग में थे लेकिन अब नर्क में जा रहे हैं।

ध्यान रहें कि ये सारे रंग प्रतीक हैं, संकेत हैं, इन्हें सही या गलत का लेबल लगाकर, इनमें उलझें नहीं। केवल विषय को समझने के लिए ये छह रंग लिए गए हैं। इन रंगों के माध्यम से हमें अपने आपको जानना है, मन के लिए अमन प्राप्त करना है ताकि मन नमन हो जाए।

नमन यानी न-मन। इसका अर्थ है कि जब मन नकारात्मक वृत्तियों (patterns) से बाहर निकल जाता है तो अमन छा जाता है।

अब टोपियों के रंगों के बारे में विस्तार से जानेंगे। जिस समय आपके अंदर दूसरों के प्रति क्षमा का भाव जागे तो समझ जाइए कि इस वक्त आपने नीली टोपी पहन रखी है। जो आपको स्वर्ग की तरफ ले जा रही है। इसी तरह जब आपके अंदर करुणा का भाव आए तब यह इस बात का संकेत है कि आपने हरे रंग की टोपी पहनी हुई है, जो आपको स्वर्ग में ले जा रही है।

आपके मन में जो भी भाव आ रहे हैं, वे आपको आपके ही बारे में कुछ बता रहे हैं और इसके लिए सामनेवाला आपका आइना बन रहा है। इसी तरह जब मन में शंका या शिकायत का भाव आए तो इसका अर्थ है कि इस समय आपके सिर पर लाल टोपी है। शंका, शिकायत, बहानेबाजी, लाल टोपी का प्रतीक हैं।

टोपी की ऐनालॉजी यह भी समझाती है कि हमें बदलाव कहाँ लाना है? दूसरों में या स्वयं में? यकीनन सामनेवाले को नहीं, खुद को बदलना है। सामनेवाला तो आइना है। जब आप आइने के सामने जाते हैं तो अपना मेकअप करते हैं, अपने आपको बदलते हैं। आइने के सामने खड़े होकर क्या कोई आइने पर ही लिपस्टिक या पाउडर लगाता है? नहीं न! वह तो खुद का मेकअप करता है, जिसके लिए आइना निमित्त है। इसी तरह आपको खुद को बदलना है, आइने (दूसरों) को नहीं। अपना मेकअप करना है, आइने का नहीं।

मेकअप करना यानी मन में जमा क्रोध, ईर्ष्या, संदेह, अहंकार, नफरत, द्वेष रूपी कचरे को निकालना।

इस तरह टोपी की ऐनालॉजी से आपने समझा कि किस तरह अपने भावों में होनेवाले परिवर्तन की वजह से हम स्वर्ग या नर्क में झूलते रहते हैं।

जब आप अपने जीवन में इस ऐनालॉजी को अप्लाय करेंगे तब आप जान पाएँगे कि आपके अंदर दिनभर में अलग-अलग लोगों को देखकर कैसे अलग-अलग भाव जगते हैं। सामनेवाले को देखकर आपके अंदर जो भी भाव जगते हैं, उसके लिए सामनेवाला दोषी नहीं है बल्कि हमें अपने ऊपर काम करना है। हमें खुद को बदलना है, सामनेवाला तो आइना है। इस समझ के साथ जिन लोगों के बारे में आपके विचार नकारात्मक हैं, उनके प्रति आपको अपना नजरिया बदलना है और सबमें छिपे गुणों को ही देखना है - कम से कम अपने विचार नीली टोपी तक तो ले जाएँ।

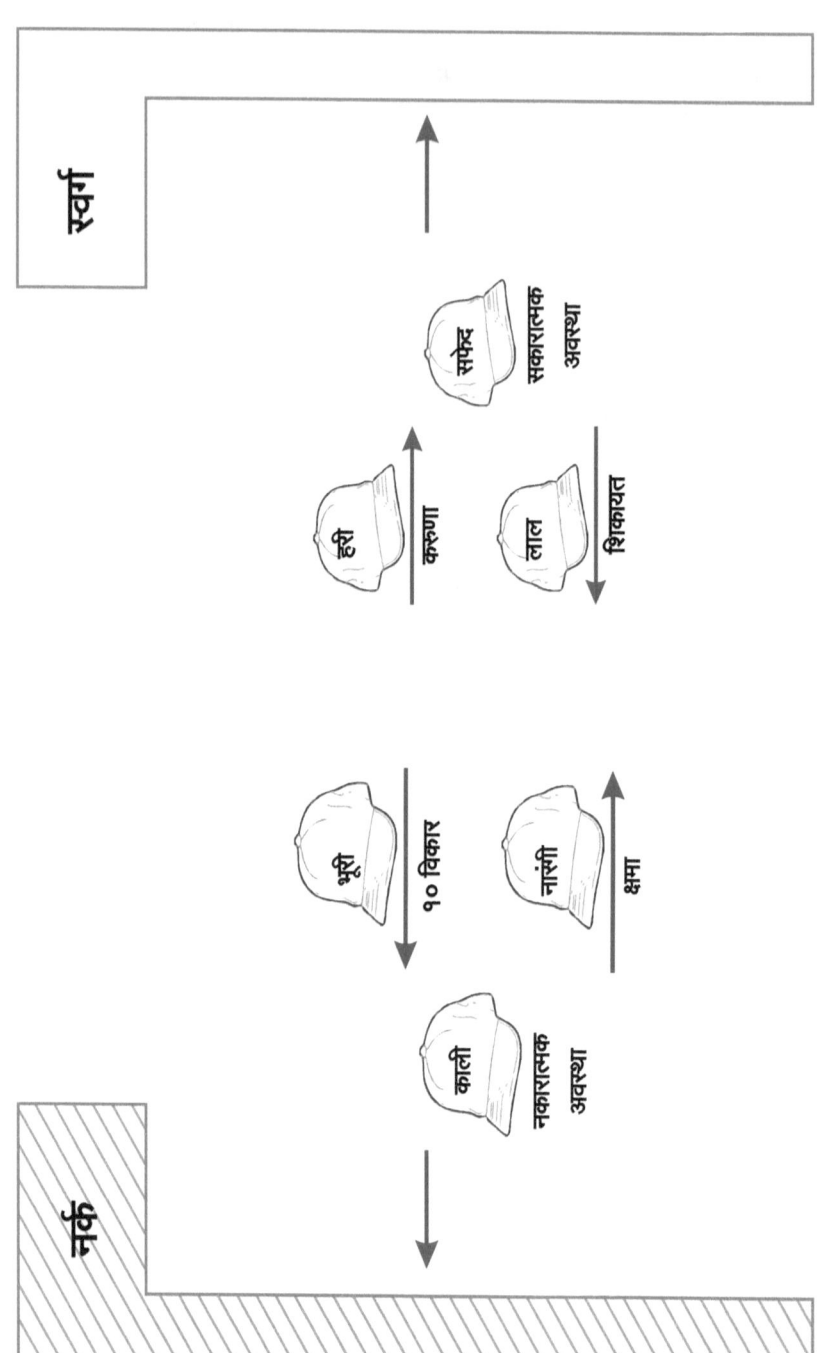

नींव नाइन्टी ■ 92

9
बेस्ट सुनना
Right Listening
मिला हुआ फीडबैक सही तरह से लें
दूसरा उपाय

एक लड़का अपने किसी प्रोजेक्ट के सिलसिले में साईबर कॅफे जाता है। वह ईमानदार है इसलिए अपने कार्य की जानकारी अपने पैरेंट्स को भी देता है। वह साईबर कॅफे में अपना काम पूरा करके निकलनेवाला होता है कि उसके मन में विचार शुरू हो जाते हैं कि 'मैं कोई दूसरी साईट भी देखूँ क्या?' फिर उसे विचार आता है कि कहीं किसी को कुछ पता न चल जाए, कहीं घर पर कोई मेरे बारे में बता न दे।'

इससे समझें कि हर घटना में आपके मन में जो विचार उठते हैं, वे बताते हैं कि आपकी नींव नाइन्टी मजबूत है या कमजोर।

जिनके पास बढ़िया मोबाईल है, वे कहेंगे कि उन्हें मोबाईल की जरूरत नहीं है। परंतु जिनके पास मोबाईल नहीं है, उनके लिए यह बड़ी बात होगी।

इंसान के पास जो चीज पहले से ही है, उसके लिए उसे लालच नहीं होती।

हर इंसान की ईमानदारी की एक सीमा होती है। अगर कोई इंसान सड़क पर किसी के पॉकेट से गिरे हुए 1000 रुपए देखता है तो उसे वह लौटा देने के बारे में सोचता है। परंतु 10,000 रुपए देखे तो शायद उसकी ईमानदारी हिल जाए। हर इंसान को खुद से यह सवाल पूछना चाहिए कि 'मेरे **चरित्रबल की कीमत कितनी है?**'

यह करने के लिए पहले हमें लक्ष्य रखना होगा कि हमें एक स्ट्राँग नींव नाइन्टी चाहिए। फिर खुद से कब, क्या, क्यों, कौन, किसे, कैसे और कहाँ? इस तरह के सवाल पूछकर अपने अंदर खोज करनी होगी।

लोगों से अपना फीडबैक लें
Take feedback from people

जब विंस्टन चर्चिल ने 1943 में लॉर्ड माऊंटबैटन के सामने एशियन कमांड लेने का प्रस्ताव रखा तब माऊंटबैटन ने सोचने के लिए 24 घंटे का समय माँगा। चर्चिल ने आश्चर्य से पूछा, 'आपको एक दिन का समय क्यों चाहिए? क्या आपको नहीं लगता कि आप यह काम कर सकते हैं?' माऊंटबैटन ने मुस्कराते हुए जवाब दिया, 'महोदय, मुझमें यह विश्वास करने की पैदाइशी कमजोरी है कि मैं सब कुछ कर सकता हूँ।'

हमारे मन की स्थिति भी लगभग ऐसी ही है। कभी हम सोचते हैं कि हम सब कुछ कर सकते हैं। कभी लगता है हम कुछ नहीं कर सकते। मन की आदत है कि वह तुरंत अनुमान लगा लेता है। हम अपने मन की स्थिति के अनुसार खुद को काबिल और नाकाबिल समझते हैं। क्योंकि हम कई बार दूसरों की कामयाबी देखकर उनसे अपनी तुलना करते हैं, अपने बारे में राय बना लेते हैं, जो कि दोनों ही स्थितियों में सही नहीं होती। हमारी राय अपने बारे में कभी भी न्यूट्रल नहीं

होती। उस पर अति आत्मविश्वास या हीनता का नकाब चढ़ा हुआ होता है। इसलिए दूसरे लोगों का फीडबैक महत्वपूर्ण होता है क्योंकि हम अपना मूल्यांकन (Rating) अपने इरादों के आधार पर करते हैं, जबकि दूसरे हमारा मूल्यांकन कार्यों के आधार पर करते हैं।

लोग जब हमें बताते हैं कि 'आप की सोच नकारात्मक है' तब हमें उनकी बातों को दिल से नहीं लगाना चाहिए, न ही अनसुना करना चाहिए। पहले हमें खुद से पूछना होगा, 'क्या यह सच है?' और फिर खुद से कब? क्या? क्यों? कौन? किसे? कैसे? कहाँ? ये सवाल पूछकर मनन करना होगा। अगर वह इंसान हमें सभी बातों पर टोकता रहता है तो उसके टोकने को टेस्टिंग समझकर न्यूट्रल रहकर फीडबैक को लें।

यदि किसी को स्वास्थ्य संबंधित पुस्तक भेंट स्वरूप दी जाए तो वह सोचता है कि 'मेरी सेहत तो अच्छी है, मैं तो स्वस्थ हूँ, फिर मुझे स्वास्थ्य संबंधित पुस्तक क्यों दी जा रही है?' मगर स्वास्थ्य की पुस्तक देने का कोई दूसरा उद्देश्य भी हो सकता है। अत: हम उसे लेने में न हिचकिचाएँ। पुस्तक लेने के बाद हम यह भी सोचें कि इसका उपयोग कैसे किया जा सकता है। दुनिया में कोई भी ऐसी चीज नहीं है, जो अनुपयोगी हो। अत: हर एक से फीडबैक लेकर हमें उसका सही ढंग से इस्तेमाल करना सीखना होगा।

पुस्तक की ऐनालॉजी से हमें समझ में आया होगा कि हम कैसी पुस्तक हैं, हमारी नींव नाइन्टी कैसी है? उसमें यदि कोई अध्याय गलत है तो एडिटिंग करके उस अध्याय को ठीक कर सकते हैं। उसके लिए हम अच्छी संगत में रहकर काम करें और सभी से योग्य फीडबैक लें।

योग्य संघ में भी हम सबको बताएँ कि 'यह मेरा जीवन (मेरी पुस्तक) है, इसे देखें, पढ़ें और मुझे मेरे बारे में सही फीडबैक जरूर दें।' यदि कोई हमारी जीवन रूपी पुस्तक के बारे में हमें सही फीडबैक देना चाहता है और हम उसे नहीं सुनते हैं तो यह हमारी सबसे बड़ी गलती है। हम यह फीडबैक सही तरह से लेकर

अपने अंदर चरित्रवान बनने के लिए उचित बदलाव ला सकते हैं।

अपनी गलतियों को जानना और उन्हें प्रकाश में लाना बहुत जरूरी है। इंसान में कुछ ऐसी कमजोरियाँ होती हैं, जिन्हें वह खुद भी नहीं जान पाता। सच्चे मित्रों के फीडबैक से ही वह ऐसी सूक्ष्म कमजोरियों को जानकर निकाल सकता है।

हमें चाहे कोई हमारी कमजोरियों के बारे में बताए या न बताए, हमें खुद दूसरों से निष्कपट फीडबैक माँगना चाहिए। कोई हम से ज्यादा आगे है तो हम उससे अपना फीडबैक लें कि 'मेरी क्या गलतियाँ हैं, जो मुझे सुधारनी चाहिए?' जब कोई हमें हमारे बारे में कपटमुक्त होकर बताता है, तभी हम उस फीडबैक पर काम करके उत्कृष्ट पुस्तक (इंसान) बन सकते हैं। यह काम हम एस.एम.एस. या ई-मेल के जरिए करेंगे तो हमें फीडबैक के कड़वे शब्द चुभेंगे भी नहीं और हम अच्छे से सोच पाएँगे।

जब हेलमुट कोल जर्मनी के प्रधानमंत्री पद का चुनाव लड़ने जा रहे थे तो उन्होंने अपने सहायकों को एक टेबल के आस-पास बिठाया और कहा कि वे उनकी खुलकर आलोचना करें ताकि उन्हें अपनी गलतियों का पता चल जाए।

कुछ ही समय में आलोचनाओं का ताँता लग गया : 'आप गँवार हैं, कम शब्दों में आप अपनी बात नहीं कह पाते हैं, आप निश्चित प्रिंसिपल्स पर टिक नहीं पाते हैं, आप इंटलैक्चुअल बातों के खिलाफ नजर आते हैं और आपका हुलिया सही नहीं है।'

अंत में कोल ने चहकते स्वर में जवाब दिया, 'मैंने तो सोचा था कि आप लोग मुझे यह बताने जा रहे हैं कि मुझमें कोई गड़बड़ है।' बाद में हेलमुट कोल दो बार जर्मनी के चांसलर बने और जर्मनी का एकीकरण भी उन्हीं के कार्यकाल में हुआ।

क्रिटीसाइज नहीं, क्रिटीगाईड करें
Don't criticize, instead critiguide

हम अपने मित्रों को भी फीडबैक दे सकते हैं। लेकिन यदि हम नींव नाइन्टी का रहस्य जानते हैं तो हम बेहतर इंसान है और यह हमारा फर्ज है कि हम फीडबैक कड़वे शब्दों में न दें और एक बार बताकर छोड़ दें। पीछे पड़ने से हमारे फीडबैक का मूल्य और महत्त्व कम हो जाता है। हम लोगों को बदलने के लिए मजबूर न करें, न ही उन पर दबाव डालें। हाँ! उन्हें प्रोत्साहित (motivate) जरूर कर सकते हैं। हम अपने आचरण यानी बिहेवियर से अपने मित्रों को प्रेरित (inspire) कर सकते हैं ताकि हमें देखकर वे भी अपनी नींव नाइन्टी को मजबूत बनाने के लिए सीरियसली सोचें।

10
बेस्ट लक्ष्य
Right Aim
लाभ और लक्ष्य में सही चुनाव करें
तीसरा उपाय

पृथ्वी पर हर चीज, हर प्राणी का अपना स्थान है। इनमें से एक भी हिस्सा अगर असंतुलित हो जाए तो परेशानियाँ शुरू हो जाती हैं। हमें अपने जीवन का सार जानने के लिए एक दमदार लक्ष्य बनाना जरूरी है। इसके बिना हम दिशाहीन हो जाते हैं।

जब हम अपने लक्ष्य पर निरंतर काम करते रहेंगे तब उसका असरदार परिणाम भी आएगा। बीच-बीच में पुराने पैटर्न सामने आएँगे लेकिन अब उन्हें सही तरीके से नष्ट करने का तरीका हमें मिल चुका है।

मजबूत नींव नाइन्टी से हम अपनी सारी पुरानी वृत्तियों

और आदतों को, चाहे वे परवरिश या जीन्स से ही क्यों न आई हों, तोड़ सकते हैं। यदि हमने अपने जीवन का दमदार लक्ष्य बनाया है तो हमारे लिए कुछ भी असंभव नहीं है। इस तरह हमें अपने चरित्र का निर्माण करना है ताकि हमारी पुस्तक (हमें) देखकर लोगों को भक्ति, प्रेम, शक्ति, साहस, आनंद, संतुष्टि, रचनात्मकता जैसी ही बातें याद आएँ।

लक्ष्य जितना शक्तिशाली होगा, हमें लोगों से उतनी ही ताकत और मदद मिलेगी। जब हम बिना किसी स्वार्थ के जीवन जीने की तैयारी करते हैं, **जब हमारा लक्ष्य सभी के भले के लिए होता है तब सभी हमें सहयोग देने के लिए तैयार होते हैं।** जब इंसान सिर्फ व्यक्तिगत सुख के लिए काम करता है तब बहुत थोड़े लोग उसकी मदद के लिए आगे आते हैं। अत: हमें अपने लक्ष्य में नि:स्वार्थ (selfless) भाव रखना होगा।

जब कुदरत हमारी इतनी मदद कर ही रही है तो क्यों न थोड़ी सी मदद कुदरत की भी की जाए।

'हेल्प गॉड टू हेल्प यू'। कुदरत से मदद पाने के लिए हमें उसके प्रति ग्रहणशील (receptive) होना होगा, खुला रहना होगा। जब हम कुदरत से मिलनेवाली सहायता के लिए तैयार होंगे तब ही कुदरत हमारी बेहतर तरीके से मदद कर पाएगी। हमें अपना छाता हटाकर कृपा की बारिश (shower of blessings) के लिए रिसीवर बनना है। उसके बाद जीवन में इतनी ग्रेस होगी, जिसकी हमने कभी कल्पना भी नहीं की होगी।

बहुत कम लोग अपने जीवन में लक्ष्य बनाते हैं और उनमें से बहुत कम लोग वह लक्ष्य लिखकर रखते हैं। जिम्मेदार लोग अपना लक्ष्य केवल दिमाग में नहीं रखते बल्कि उसे कागज पर योजना के साथ उतारते हैं। हम भी अपने जीवन के लक्ष्य को लिखें, जिसे पढ़ते ही हमारा रोम-रोम रोमांचित हो जाए। हमें आनंद महसूस हो, जिसे पढ़कर हमारे अंदर काम करने की प्रेरणा और साहस जगे तथा डर हमसे कोसों दूर भाग जाए।

लक्ष्य निर्धारित करने से मन भटकना भूल जाता है, जिससे नींव नाइन्टी मजबूत होने लगती है। इतिहास गवाह है कि जो लोग अपने चरित्र बल से सफल हुए हैं, उनके पास एक दमदार लक्ष्य था। अगर हमारे पास लक्ष्य नहीं है तो हम ज्यादा समय तक अपनी नींव नाइन्टी मजबूत नहीं रख पाएँगे। आइए, इसे हम एक प्रेरक कहानी द्वारा समझें।

बहुत पुरानी बात है। जापान में एक प्रसिद्ध कराटे प्रशिक्षक के पास एक युवक मार्शल आर्ट सीखने के लिए आया लेकिन उसकी एक समस्या थी। उस युवक का दाहिना हाथ नहीं था, इसके बावजूद वह यह हुनर सीखना चाहता था। प्रशिक्षक ने यह चुनौती स्वीकार कर ली और युवक को सिखाने लगा। कुछ महीनों तक सीखने के बाद युवक के मन में शंका आने लगी, निराशा महसूस होने लगी। जिसका कारण यह था कि प्रशिक्षक बाकी विद्यार्थियों को तो सभी दाँव-पेंच सिखाता था लेकिन इस युवक को वह केवल एक ही दाँव सिखा रहा था और वह था बाएँ हाथ का दाँव। जब उस युवक से रहा नहीं गया तो उसने प्रशिक्षक से कहा कि 'क्या वह जिंदगीभर एक ही चीज सीखता रहेगा, इस तरह तो वह कभी भी किसी का मुकाबला नहीं कर सकेगा।'

प्रशिक्षक ने तुरंत कहा, 'ठीक है, आज से तीन दिन बाद तुम कराटे के सबसे नामी खिलाड़ी से मुकाबला करोगे।' यह सुनकर पूरे कराटे स्कूल में सन्नाटा छा गया, प्रशिक्षक से शिकायत करने की इतनी बड़ी सजा?

तीन दिन बाद वह विकलांग विद्यार्थी कराटे के मुकाबले में उतरा तो सबकी साँसें थमी हुई थीं। यह क्या, पहले ही वार में उस विद्यार्थी ने कराटे के सबसे नामी खिलाड़ी को धूल चटा दी और पूरा मैदान तालियों से गूँज उठा। स्तब्ध विद्यार्थी को खुद यकीन नहीं था कि यह कैसे हुआ?

> तब प्रशिक्षक ने उसे बताया कि 'मैंने तुम्हें केवल एक दाँव ही सिखाया था और चूँकि तुम्हारे पास मुकाबले के लिए दूसरा कोई विकल्प नहीं था इसलिए यह इतना जोरदार बन गया कि तुमने कुशलता से एक नामी कराटे खिलाड़ी को भी पछाड़ दिया। यहाँ तुम्हारी कमजोरी ही तुम्हारी ताकत बनी।

कहने का मतलब यह है कि अगर हम किसी एक चीज पर अपना पूरा ध्यान केंद्रित करें तो वह हमें जीवन में सर्वोत्तम स्थान दिला सकती है, बजाय इसके कि हमारा मन कई चीजों पर भटकता रहे। 'एक साधे सब सधे सब साधे सब जाए'* वाली कहावत शायद ऐसी ही किसी घटना से प्रेरित होकर लिखी गई होगी।

मानव जीवन का लक्ष्य है कि 'वह जो कर सकता है, वह करे। जो बन सकता है, वह बने। जो उद्देश्य लेकर वह पृथ्वी पर आया है, उसे पूरा करे।' हमें जो बनना है, वही बनकर हम सच्चा आनंद ले सकते हैं। कोई और क्या कर सकता है, यह आपको नहीं सोचना है। चमेली का फूल कभी यह नहीं सोचता कि 'मैं जूही अथवा गुलाब जैसा क्यों नहीं हूँ?' इसलिए आप जो हैं, वह बनें। आप क्या बनकर सदा आनंद में रह सकते हैं, वह बनें, पूर्ण बनें।

शक्तिशाली लक्ष्य बनाएँ
Set a Powerful Aim

जब हमें एक लक्ष्य मिल जाता है तब दुनिया की कोई भी तकलीफ हमें तकलीफ नहीं लगती वरना लक्ष्यहीन इंसान को हर छोटी तकलीफ बहुत बड़ी लगती है। उदाहरण के तौर पर रात को दूध का गिलास नहीं मिला, विशेष तकिया नहीं मिला तो लक्ष्यहीन इंसान को नींद नहीं आती। हर छोटी असुविधा उसे चिड़चिड़ा बना देती है।

---

*एक के सँभलने से सब सँभला जा सकता है।

हम खुद को एक दमदार लक्ष्य दें, इंतजार न करें कि जीवन हमें लक्ष्य बताएगा या दूसरा कोई आकर बताएगा कि यह तुम्हारा लक्ष्य है। किसी और पर निर्भर न रहें बल्कि स्वयं ही हम अपने आपको लक्ष्य दें। हमें लक्ष्य तय करने के लिए सिर्फ कुछ गिने-चुने सवाल खुद से पूछने हैं और आनेवाले हर जवाब पर मनन करना है। हम यह न सोचें कि 'भला मनन करने से क्या होगा?' इसके उलट मनन करने से हमें मोटिवेशन मिलती है और हम अपने लक्ष्य से हटते नहीं। जितना गहरा मनन होगा, उतना हम लक्ष्य से जुड़े रहेंगे। जिस दिन हम अपना लक्ष्य निश्चित कर लेंगे, वह दिन हमारी जिंदगी का सुनहरा दिन होगा क्योंकि उस दिन हमने अपना लक्ष्य तय कर, अपने जीवन को एक दिशा दी, जो हमें हमारी मंजिल तक पहुँचाएगी। वरना बिना दिशा के इंसान की दुर्दशा बनी रहती है।

सही दिशा और लक्ष्य की प्रेरणा से चरित्रवान इंसान की काबिलीयत इतनी बढ़ जाती है कि पहले वह जिन कार्यों को नहीं कर पाता था, अब वह जल्द ही उनमें माहिर हो जाता है।

एक मछुआरा मछली पकड़ने में माहिर था। लेकिन मछली पकड़ने के बाद वह जाल में फँसी छोटी मछलियों को अपने पास रख लेता था और बड़ी मछलियों को दोबारा पानी में फेंक देता था। जब किसी ने उससे इसका कारण पूछा तो उसने जवाब दिया, 'मैं बड़ी मछलियों को वापस इसलिए फेंक देता हूँ क्योंकि मेरा बरतन छोटा है!'

हम उस मछुआरे जैसे न बनें! हमें अपना बरतन बड़ा करना होगा यानी हम अपने लिए कोई बड़ा, दमदार लक्ष्य तय करें। यदि हमारा लक्ष्य बड़ा होगा तो हमारी उपलब्धियाँ भी बड़ी होंगी। दूसरी ओर, यदि हमारा लक्ष्य छोटा होगा तो हमारी उपलब्धियाँ भी छोटी होंगी।

लक्ष्य बनाएँ, जीवन बदलें
Set an aim and change your life

लक्ष्य बनाने से आपकी कोई भी समस्या सुलझ सकती है। उदाहरण -

* आलस्य
* बोरडम
* मनी मॅनेजमेंट (money management)/बचत
* संघ की समस्याएँ
* समय नियोजन (time management)

एक बार जब हम अपनी प्राथमिकताएँ (priorities) तय कर लेंगे तो सभी चीजें पहेली (zig-saw puzzle) की तरह सुलझने की ओर बढ़ती जाएँगी।

लक्ष्य बनाने के लिए तीन कदम

१. **लक्ष्य को वर्तमान में रखें** - उदाहरण - मैं एक टी.वी. शोरूम का मालिक हूँ।

२. **विवरण (details)** - यह शोरूम 2500 स्क्वेअर फीट का होगा, जिसमें अलग-अलग कंपनियों के 75 टी.वी. सेटस् रखे होंगे।

३. **कारण** - ताकि लोग अपनी परेशानियों को भुला दें। उनका मनोरंजन हो और वे अपने परिवार के साथ आनंदित होकर वक्त गुजार सकें। इसके साथ ही हमारी निःस्वार्थ (selfless) भावना भी जरूर हो। जो कुछ हम कुदरत से लेते हैं, उसका कुछ हिस्सा लोगों की मदद के लिए भी जाए। इससे कुदरत हमें कई गुना बढ़ाकर (multiply करके) देती है। इसका मतलब हमारे द्वारा दिया गया मदद का हिस्सा, हमारी ओर से हमारे लिए ही इन्वेस्टमेंट का कार्य करेगा।

४. **एंड रिजल्ट देखें** - हम अपने लक्ष्य को जितना स्पष्ट रूप से बताएँगे,

कुदरत तक उतनी ही स्पष्टता से हमारा संकेत पहुँचेगा। हम इसे बार-बार दोहराएँ और रोज अपनी कल्पना (visualization) में इसे होते हुए देखें।

हम में से कइयों ने अपने लिए कोई न कोई लक्ष्य निर्धारित (तय) किया होगा। मगर क्या वह दमदार लक्ष्य है? कुछ लोगों के एक से ज्यादा लक्ष्य भी हो सकते हैं, जैसे नाम, सम्मान, दौलत, शोहरत। लेकिन हर तरह की कामयाबी के बाद भी जो बच जाता है, क्या हमने उसे प्राप्त करने का लक्ष्य बनाया है... जीवन क्या है, हमें क्यों मिला है, उसे जानने की कोशिश की है... क्या हमने जीवन को अपना लक्ष्य बनाया है?

चरित्रवान बनना हमारी जिम्मेदारी और लक्ष्य है
Consider character-building to be your responsibility & aim

चरित्रवान बनने का अर्थ यह जानना है कि चरित्र हमारी सबसे बड़ी संपत्ति है और फिर इसी समझ के आधार पर अपना जीवन जीना है। अपनी रोजमर्रा की गतिविधियाँ जारी रखते हुए हमें ऐसा व्यवहार करना है, जिससे हमारी नींव इतनी मजबूत हो जाए कि उसे कोई भी हिला न पाए।

आज-कल लोगों का ध्यान दूसरी चीजों पर ज्यादा रहता है, उदा. सुख-सुविधाएँ, बंगला, गाड़ी इत्यादि इसलिए चरित्र बनाने का महत्त्व धीरे-धीरे गायब होता जा रहा है। जहाँ दुनिया में इतनी चीजों के लिए कठिन प्रयास चल रहे हैं तो चरित्र के लिए क्यों नहीं! इसे तो सबसे पहली प्राथमिकता (first priority) देनी चाहिए। यह वक्त की माँग यानी डिमांड है।

लाभ और लक्ष्य दोनों अलग हैं– मुझे क्या चाहिए, लाभ या लक्ष्य?
What do I want – gain or aim?

जो शरीर हमें मिला है, उसका महत्त्व है लेकिन यदि कोई असली लक्ष्य भूलकर पूरा जीवन शरीर को सुंदर बनाने में ही लगा दे तो इससे बड़ी मूर्खता और कोई नहीं हो सकती। इतिहास के पन्नों में उन्हीं लोगों के नाम आते हैं, जिन्होंने

अपने जीवन में कुछ ऐसा किया, जिससे उनका शुद्ध चरित्र झलकता है। ऐसे लोगों को उनके शरीर की सुंदरता से नहीं बल्कि चरित्र और कार्य से पहचाना जाता है। कहने का अर्थ है- लाभ और लक्ष्य दोनों अलग-अलग बातें हैं। लाभ मिला यानी वही लक्ष्य है, ऐसा नहीं है। शरीर से मिलनेवाले लाभों से चरित्र की दौलत में बढ़ोतरी नहीं होती बल्कि यह दौलत घटती है। चरित्र से ध्यान हटने की वजह से लोग शरीर को ही सब कुछ मान लेते हैं। इसका मतलब यह बिलकुल नहीं कि हम प्रेजेंटेबल न दिखें और समाज के विरुद्ध जाएँ। हम जरूरत की चीजों को पूरा जरूर करें परंतु हम पर शरीर को सजाने की धुन सवार न हो जाए।

जॉन वुडन ने कहा है, '**योग्यता आपको शिखर पर तो पहुँचा सकती है लेकिन वहाँ बने रहने के लिए चरित्र की जरूरत होती है।**' लोग सिर्फ शारीरिक सुंदरता के माध्यम से जीवन में सफलता के उच्च शिखर पर पहुँचना चाहते हैं। कुछ लोग ऐसा कर भी लेते हैं मगर उनके मन की पवित्रता खो जाती है। शक्ति की वजह से और समझ की कमी के कारण इंसान का मन शुद्ध नहीं रहता, लोग भ्रम में फँस जाते हैं। ऐसे लोग जीवन में सफलता हासिल तो कर लेते हैं लेकिन चरित्र की दौलत गँवा बैठते हैं।

जिसका मन निर्मल नहीं होता, उसका चरित्र भी पाक नहीं रहता। इसके विपरीत कुछ लोग अपने जीवन में सफलता के उच्च शिखर पर नहीं पहुँच पाते लेकिन उनके पास मन की शुद्धता और चरित्र की दौलत होती है इसलिए वे सत्य की राह पर उच्चतम सफलता पाते हैं। सत्य की राह पर चलने के लिए साहस चाहिए और यह उन्हीं के पास होता है, जिनके पास चरित्र की दौलत होती है। इस दौलत को सँभालना बहुत बड़ी जिम्मेदारी है।

आज समय आ चुका है कि स्कूल-कॉलेजों से ही विद्यार्थियों को इस विषय पर जानकारी दी जाए ताकि वे जीवन में सही लक्ष्य तय कर, नैतिक जीवन यानी मॉरल वैल्यूज की संपत्ति कमा पाएँ।

11
बेस्ट बोलना
Right Speech
हर गलती से सीखें
चौथा उपाय

एक बार की बात है। सच और झूठ जो कि दोनों मित्र थे, नदी पर नहाने के लिए गए। दोनों ने किनारे पर अपने कपड़े उतारकर रख दिए और नदी के शीतल जल में स्नान का आनंद लेने लगे। कुछ ही पलों में झूठ नहाकर बाहर आ गया। सच से आँख बचाकर, अपने कपड़े पहनने के बजाय सच के कपड़े पहनकर भाग गया। जब सच पानी से बाहर आया तब उसने झूठ के कपड़े किनारे पर देखे, और अपने कपड़े खोजने पर भी न पाकर, बिना कपड़ों के ही चल दिया।

आज तक सच बिना किसी आवरण (cover) के ढके, घूमता रहता है। वह जैसा है वैसा ही सबके सामने आना पसंद करता है। यही कारण है कि सभी सच

से डरते हैं, झूठ लोगों को सुंदर लगता है इसलिए वे उसे हाथों-हाथ अपनाते हैं। मगर सच का सामना करने का साहस बहुत कम लोगों में होता है।

इस छोटी सी कहानी से हमने जाना कि झूठ चाहे कितने भी सच्चाई के आवरण ओढ़ ले, रहेगा तो वह झूठ ही। वह ज्यादा देर तक खुद को टिका नहीं सकता क्योंकि उसके पाँव नहीं होते। जबकि सच को किसी बैसाखी या सहारे की जरूरत नहीं होती।

सच अकसर वहीं होता है, जहाँ पर उसे स्वीकारा जाता है, जहाँ उसका आदर होता है। वहीं पर फलता-फूलता है। सच्चाई और कपट मुक्तता इंसान की नींव नाइन्टी को मजबूत करने की सीढ़ी का पहला पायदान है।

इंसान जब किसी कारणवश कपट करता है या झूठ बोलता है तब झूठ बोलने और कपट करने की वह क्रिया बेहोशी या अनजाने में होती है। जीवन में कुछ ऐसी परिस्थितियाँ आती हैं, जहाँ पर इंसान को झूठ बोलना पड़ता है। ऐसे समय में इस बात का ध्यान रखें कि जो झूठ बोला जा रहा है, वह झूठ प्रभात है या कपटवाली रात है।

झूठ प्रभात White lies

प्रभात का प्र-प्रज्ञा (समझ) और प्रेम के लिए है। कई बार ऐसी परिस्थिति आ जाती है, जहाँ पर इंसान को प्रेम या प्रज्ञा के कारण झूठ बोलना पड़ता है।

जैसे कोई इंसान मौत के बहुत करीब है और उसके पास जीने के लिए कितना समय बाकी बचा है, यह सवाल रहता है। उस समय हम उसकी भलाई के लिए उसे गलत जवाब दे सकते हैं। ऐसे वक्त पर उसे सच बताना ठीक नहीं है। वैसे भी वह कुछ ही दिनों का मेहमान है, सच सुनकर वह कहीं मरने से पहले ही न मर जाए। अतः हमारे एक झूठ से वह इंसान और दो-चार दिन जी पाएगा।

यदि हम मरीज का भावुक स्वभाव जानकर उससे झूठ बोलते हैं तो इसमें कोई हर्ज नहीं है। कई बार डॉक्टर को भी मरीज की हालत देखकर, उससे झूठ

बोलना पड़ता है। इसे ही कहा गया, 'झूठ प्रभात'। अगर किसी के जीवन में छाया हुआ अंधेरा, दुःख, चाहे कुछ समय के लिए भी क्यों न हो, कम होता है तो वह झूठ सही है।

इंसान किस भावना से झूठ बोल रहा है, यह जानना महत्वपूर्ण है। अगर वह व्यक्तिगत स्वार्थ के कारण झूठ बोलता है तो वह झूठ उसका नुकसान करेगा। किसी की भलाई के लिए कहा गया झूठ गलत नहीं होता क्योंकि उस झूठ में इंसान की भावना शुद्ध थी। अतः हमें यह खयाल रखना है कि सफेद झूठ के पीछे कोई लाभ या मतलब न छिपा हो।

कपट रात Black lies

कुछ लोग अटैचमेंट की वजह से झूठ बोलते हैं और कुछ लोगों में सुस्ती ज्यादा होती है इसलिए काम से बचने के लिए वे अकसर झूठ बोलते रहते हैं कि 'यह काम मैंने कर दिया है,' हालाँकि उन्होंने कोई काम नहीं किया होता है।

अकसर लोग दो कारणों से झूठ बोलते हैं -

१. खुद के फायदे के लिए झूठ बोलना। उदा. दूसरों की नजरों में खुद को अच्छा साबित करने के लिए ... किसी के गुड बुक्स यानी हमेशा किसी की नजर या याददाश्त में बने रहने के लिए झूठ बोलना।

२. डर के कारण झूठ बोलना। उदा. परिणाम का डर, जजमेंट यानी मेरे बारे में कोई गलत न सोचे यह डर, किसी के मन में 'मेरी बुरी इमेज न जाए' इस बात का डर।

झूठ बोलने का एक कारण यह भी है कि लोग अपनी अच्छी इमेज को बरकरार रखकर लोगों पर अपना प्रभाव भी बनाए रखना चाहते हैं। झूठ बोलने की इस आदत के कारण इंसान की नींव दिन-ब-दिन खोखली होती जाती है। इंसान का अपने आप पर से विश्वास उठ जाता है और झूठ बोलना उसके लिए एक आदत बन जाती है। जैसे इस कहानी में बताया जा रहा है।

> एक लड़का रोज जंगल में भेड़ें चराने के लिए जाता था। जंगल से लगकर कुछ किसानों के खेत थे। एक दिन उसे किसानों के साथ शैतानी करने की सूझी। वह जोर-जोर से चिल्लाने लगा, 'बचाओ, बचाओ, भेड़िया आया, भेड़िया आया!' किसानों ने लड़के की आवाज सुनी तो वे मदद के लिए दौड़ पड़े मगर जब वे लड़के के पास पहुँचे तो उन्हें कहीं भेड़िया दिखाई नहीं दिया। किसानों ने लड़के से पूछा, 'कहाँ है भेड़िया?' लड़का हंस पड़ा, 'मैं तो मजाक कर रहा था।' कुछ दिनों बाद लड़के ने फिर ऐसा ही किया। किसान फिर मदद के लिए दौड़े आए। लड़का फिर हँसा, 'क्या आप लोगों के पास कोई और काम नहीं है, जो मामूली सी चीख-पुकार सुनकर दौड़े चले आते हैं।' इस बार किसानों ने फैसला कर लिया कि इस लड़के की मदद के लिए कभी नहीं आएँगे। एक दिन सचमुच ही भेड़िया आ गया, लड़का मदद के लिए चिल्लाने लगा। इस बार उसकी मदद के लिए कोई नहीं आया। सभी ने यही सोचा कि वह बदमाश लड़का पहले की तरह झूठ बोल रहा है। भेड़िए ने कई भेड़ों के साथ लड़के का भी अंत कर दिया।

अज्ञान में इंसान की मनोवृत्ति ऐसी ही हो जाती है कि वह अपने जीवन को ही खाई में ढकेल देता है। अज्ञान और झूठ के वश में खुद के जीवन को इतना उलझा लेता है कि उससे बाहर आना उसके लिए मुश्किल हो जाता है। कई बार जीवन की उलझनों को सुलझाते-सुलझाते उसकी उम्र बीत जाती है। इंसान को अपनी इस मनोवृत्ति को तोड़ने के लिए ज्ञान का सहारा लेना चाहिए। अपने अज्ञान का ज्ञान पाकर जीवन पर खूब मनन करें। स्वस्थ मनन आपमें होश की मशाल जलाएगा।

इस कहानी को पढ़कर आपको लगा होगा कि इसे तो हम बचपन से जानते हैं। जी हाँ! कहानी वही है, किरदार भी वही है मगर इस पर फिर से गौर

करें और जानें कि क्या हम भी आज तक वैसा ही पुराना झूठ कहते आ रहे हैं।'

अतः जब भी हम किसी से झूठ बोलते हैं तो पहले खुद से पूछें कि 'यह झूठ प्रभात है या कपट रात है?' अगर हम किसी की भलाई के लिए झूठ बोल रहे हैं और हमारा इरादा नेक है तो यह 'झूठ प्रभात' है। लेकिन अगर हम अपने व्यक्तिगत स्वार्थ के लिए या किसी को सताने के लिए या केवल अपना मनोरंजन करने के लिए झूठ बोल रहे हैं तो यह 'कपट रात' है।

हर इंसान में अपनी नींव नाइन्टी मजबूत करने के लिए झूठ प्रभात और कपट रात की समझ होनी चाहिए। कई बार झूठ बोलनेवालों को लगता है कि वे अच्छा कर रहे हैं मगर इस बात में कितनी सच्चाई है, यह उन्हें खुद से ईमानदारी से पूछना होगा।

इंसान अपने झूठ को लॉजिक में बिठाने में माहिर होता है। वह पहले झूठ बोलता है और फिर अपने बोले गए झूठ को सच साबित करने की कोशिश करता है। कोई भी इंसान अगर झूठ बोलने से पहले मनन करने की आदत डाल ले तो अनावश्यक झूठ से मन पर पड़नेवाले बोझ से मुक्त हुआ जा सकता है। फिर इंसान के द्वारा लिया गया हर निर्णय सही सिद्ध होगा।

कई युवाओं के लिए आज छोटा-मोटा झूठ बोलना आम बात बन चुकी है। उन्हें यह एहसास तक नहीं होता कि इससे उनकी नींव नाइन्टी कमजोर हो रही है।

एक लड़का स्कूल नहीं जाता और उसका साथी उसे बचाने के लिए लड़के के माता-पिता से कहता है, 'यह मेरे साथ क्लास में ही था।' उसे लगता है कि ऐसा करके वह अपने साथी की मदद कर रहा है, उससे दोस्ती निभा रहा है। मगर असल में वह अपने मित्र के झूठ में शामिल होकर, उसका नुकसान ही कर रहा होता है क्योंकि वहाँ पर उसे कोई समझ नहीं है।

स्कूल-कॉलेज के नाम पर फिल्में देखने जाना, होटलों में घूमना, इस तरह

के झूठ से किसका भला होनेवाला है? जब एक झूठ पकड़ा जाता है तो उसे छिपाने के लिए एक और झूठ बोला जाता है। इस प्रकार यह आदत ही बन जाती है इसलिए एक छोटा सा झूठ बोलने से पहले हम दस बार सोचें। यह भी सोचें कि मेरे इस झूठ से सचमुच किसी की मदद होनेवाली है या नुकसान? जब हम इस पर गहराई से मनन करेंगे तो हम ऐसी बातों में अटकेंगे नहीं बल्कि अपनी नींव नाइन्टी को मजबूत बनाने पर ध्यान देना चाहेंगे।

कच्ची उम्र के बच्चों को सही-गलत का पता नहीं चलता। इसलिए यदि उन पर रोक-टोक लगाई जाए तो बच्चे यह न समझें कि उनसे उनकी आज़ादी छीनी जा रही है बल्कि यह अनुशासन, यह सख्ती भी बच्चों की भलाई के लिए पैरेन्ट्स के प्रेम ही का एक रूप है।

इंसान का हर कर्म उसके जीवन में खुशी या दुःख लाता है। झूठ के मीठे फल तुरंत दिखाई देते हैं इसलिए झूठ बढ़ता जाता है मगर तुरंत मिलनेवाला फायदा कुछ समय बाद नुकसान में बदल जाता है। सच बोलने का फल लोगों को तुरंत दिखाई नहीं देता है इसलिए वे अपनी गलती छिपाने के लिए बेधड़क झूठ पर झूठ बोलते रहते हैं। जब कोई कहता है कि 'मैंने सच बोलना शुरू किया मगर अब तक कोई अच्छा फल नहीं मिला।' तब उसे कहा जाता है कि 'सत्य की निरंतरता जारी रखो, अपनी गलतियों को छिपाने के बजाय उनसे सीखो। हर गलती हमारा विकास करे। हम पुरानी गलतियों को बार-बार दोहराना बंद करें।'

युवाओं को अपनी एक आकर्षक इमेज बनाने की बहुत उत्सुकता होती है। इस चक्कर में वे कई बार मनगढ़ंत कहानियाँ बनाकर इतनी अच्छी तरह सबको बताते हैं कि लोगों के साथ वे खुद भी अपनी कहानी पर भरोसा करने लगते हैं। मगर उन्हें सोचना चाहिए कि 'इस तरह के झूठ से मुझे कितने समय के लिए फायदा होगा? मैं अपनी नजर में तो झूठा ही कहलाऊँगा।'

अगर कोई नंबर 1 किस्म का झूठा है तो पहले उसे कोई ऐसा इंसान ढूँढ़ना

होगा, जिसे वह कपट मुक्त होकर सब सच बता पाएँ। इससे धीरे-धीरे उसके अंदर सच बोलने की आदत तैयार होने लगेगी और वह सभी के साथ कपट मुक्त रहना पसंद करेगा। इसे एक उदाहरण से समझें।

मान लें, तीन खाली टंकियाँ या जार हैं। हर टंकी के नीचे एक नल लगा हुआ है। पहली टंकी में चावल भरे हैं, दूसरी में गेहूँ और तीसरी में गेहूँ-चावल दोनों का मिश्रण है। चावलवाली टंकी का नल खुलने पर चावल के दाने निकलते हैं। गेहूँवाली टंकी के नल से गेहूँ के दाने गिरने लगते हैं, जो कि स्वाभाविक है।

अब हम यह मान लेते हैं कि चावल के दाने आपके द्वारा किए गए अच्छे कामों का परिणाम हैं, जबकि गेहूँ के दाने बुरे कामों का। एक इंसान चावल की टंकी में गेहूँ (बुरे काम) डाल रहा है लेकिन नल खोलने पर चावल (अच्छे परिणाम) बाहर निकल रहे हैं। दूसरा इंसान गेहूँ की टंकी में चावल (अच्छे काम) डाल रहा है लेकिन नल खोलने पर गेहूँ (बुरे परिणाम) बाहर आ रहे हैं।

जब कोई इंसान चावल की टंकी में गेहूँ डालता है तो लोगों को दिख जाता है कि वह बुरे काम कर रहा है। लेकिन वे देखते हैं कि टंकी के नल से चावल के

दाने बाहर आ रहे हैं। इसका मतलब है कि बुरे काम करने के बावजूद उसे अच्छे परिणाम मिल रहे हैं। लोग उसकी तारीफ कर रहे हैं और वह सुखी भी दिखता है। ऐसे में अच्छाई पर से उसका विश्वास हिल जाता है।

दूसरे लोग किसी की आंतरिक अवस्था नहीं जान सकते, न ही उसके आंतरिक गुणों को जान सकते हैं। यह जान लें कि अच्छे गुणों के अच्छे परिणाम ही मिलते हैं, भले ही वे किसी बुरे इंसान में मौजूद हों।

अब प्रश्न यह उठता है कि उसे बुरे कर्मों का अच्छा फल क्यों मिलता है? ऐसा इसलिए होता है क्योंकि चावल के दाने टंकी की तली में मौजूद रहते हैं और नल खोलने पर वे सबसे पहले बाहर निकलते हैं। यानी इंसान ने पहले अच्छे कर्म किए थे, जिनका अच्छा परिणाम उसे इस वक्त मिल रहा है। बुरे काम तो उसने बाद में किए हैं यानी गेहूँ तो चावल के ऊपर है। जब अच्छे काम यानी चावल के दाने खत्म हो जाएँगे तब उसके द्वारा डाले गए गेहूँ के दाने (बुरे काम के परिणाम) निश्चित रूप से बाहर निकलेंगे।

इसी तरह एक और इंसान गेहूँ की टंकी में चावल के दाने डाल रहा है। नल खोलने पर गेहूँ के दाने पहले बाहर निकलेंगे क्योंकि पुराने बुरे काम अंदर पहले से मौजूद हैं। चावल के दाने तो तब निकलेंगे, जब गेहूँ के पुराने दाने खत्म हो जाएँगे। जब ऐसी स्थितियाँ उत्पन्न होती हैं तो लोग सोचते हैं कि किसी के द्वारा अच्छे काम होने के बावजूद भी उसके साथ बुरी घटनाएँ क्यों हो रही हैं।

तीसरी टंकी में चावल और गेहूँ मिले हैं। यह ज्यादातर लोगों के मामले में होता है। हर इंसान का जीवन अच्छे और बुरे दोनों तरह के कामों तथा परिणामों का मिश्रण होता है। इस मामले में कौन से दाने बाहर निकलेंगे- गेहूँ के या चावल के? यह इस बात पर निर्भर करता है कि हम अपनी प्रार्थना से किस चीज को और कैसे आमंत्रित करते हैं। प्रार्थना भी एक कर्म है और प्रार्थना द्वारा हम अच्छे परिणामों को आकर्षित कर सकते हैं। इस उदाहरण से यह स्पष्ट हो जाता है कि

बुरे लोगों को अच्छे परिणाम और अच्छे लोगों को बुरे परिणाम क्यों मिलते हुए दिखते हैं। यह भी स्पष्ट हो जाता है कि आज टंकी में किस प्रकार के बीज (काम) डाले जाने चाहिए। वर्तमान की टंकी में चावल या गेहूँ डालना पूरी तरह हम पर निर्भर करता है। अर्थात ऑप्शन हमारे हाथ में है।

एक इंसान को अपने व्यवसाय के लिए एक सेल्समैन चाहिए था। उसने इंटरव्यू लेकर दो लोगों का चुनाव किया। दोनों को अपने पास बिठाया और सवाल पूछे– 'फलाँ–फलाँ शहर में हमें अपनी कंपनी का प्रॉडक्ट बेचना है। ऐसे हालात में हम क्या करें?'

पहले इंसान से यह सवाल पूछा गया कि 'क्या आप उस शहर में गए हैं?' उसने कहा, 'हाँ, मैं उस शहर में गया हूँ। वह बहुत बुरा शहर है और वहाँ पर बहुत सारे जेब कतरे हैं। मैं वहाँ तीन बार गया और तीनों बार किसी ने मेरी जेब काट ली।'

मालिक ने कहा, 'अच्छा! ऐसा है? वहाँ पर आप जाते थे तो कहाँ ठहरते थे?' उसने कहा, 'उस शहर में एक ही होटल है इसलिए हर बार मैं उसी में रुकता था। वहाँ का खाना बहुत खराब था। पूरा का पूरा शहर ही बेकार है। आप वहाँ पर अपना प्रॉडक्ट लॉन्च न करें।'

मालिक ने दूसरे इंसान से वही सवाल पूछा कि 'क्या आप उस शहर में गए हैं?' उसने कहा, 'हाँ, मैं भी उस शहर में गया हूँ। यह जो कह रहे हैं, वह बिलकुल सही है। वहाँ वाकई में जेब कतरे घूमते रहते हैं। पहली बार किसी ने मेरा भी बटुआ चुरा लिया। दूसरी बार मुझे बहुत सजग रहना पड़ा तब कहीं जाकर मैं अपना बटुआ बचा पाया। वहाँ जो एकमात्र होटल है, उसका खाना भी अच्छा नहीं है। वहाँ पर बहुत गंदगी है। मुझे भी पहली बार इन बातों की बहुत तकलीफ हुई। उसके बाद जब भी मैं उस शहर में जाता हूँ तो अपना टिफिन साथ में लेकर जाता हूँ।'

हम अंदाजा लगा सकते हैं कि मालिक ने किसे नौकरी पर रखा होगा? मालिक ने दूसरे इंसान को नौकरी के लिए चुना क्योंकि उसने देखा कि दूसरा इंसान अपनी गलतियों से सीखता है। पहले इंसान की जेब तीन बार कट गई, यह हद दर्जे की मूर्खता है। इस शहर में जेब कटती है, यह पता होने के बावजूद उस इंसान का ध्यान अपनी जेब पर नहीं था।

जिस इंसान की नींव नाइन्टी कमजोर होती है, उसके साथ ऐसा ही होता है क्योंकि उसमें अवैरनेस और कॉमन सेंस की कमी होती है। उसे जहाँ ध्यान लगाना चाहिए, वहाँ पर वह ध्यान नहीं लगाता।

गलतियाँ करना इंसान के लिए सामान्य बात है मगर एक ही गलती बार-बार हो रही है तो उसका अर्थ है वह अपनी गलतियों से कुछ नहीं सीख रहा है।

अगर हमें उन दो उम्मीदवारों में से किसी एक को चुनना होता तो हम किसे चुनते? निश्चित रूप से उसे ही चुनते, जो अपनी गलतियों से सीख रहा है। हम सभी अपनी गलतियों से सीखना सीखें, चरित्रवान बनने के लिए हर इंसान के अंदर यह गुण होना चाहिए। मदर नेचर तब तक हमारे पास वैसी ही सिच्युएशन्स भेजती रहेगी, जब तक हम उनसे कुछ सीखते नहीं। इसे एक और उदाहरण से समझेंगे।

माइक्रोसॉफ्ट के संस्थापक बिल गेट्स ने बहुत सी गलतियाँ कीं और उनसे सबक भी सीखे। यदि वे सबक नहीं सीखते तो आज संसार में उनका नाम नहीं होता। इनमें से एक गलती उन्होंने तब की, जब उन्होंने ब्राऊजर के विकास को नजरअंदाज कर दिया। परिणाम यह हुआ कि नेटस्केप कंपनी का ब्राऊजर लोकप्रिय होने लगा। यह देखकर गेट्स ने अपनी गलती का विश्लेषण किया, उससे सीखा और उसे सुधारा। उन्होंने स्पाईग्लास नामक कंपनी से मोजैक ब्राऊजर टेक्नोलॉजी खरीदी और इंटरनेट एक्सप्लोरर बाजार में उतार दिया।

इसी तरह बाद में उन्होंने ई-मेल सर्विस प्रदान करने के क्षेत्र को नजरअंदाज करने की गलती की। लेकिन बाद में उन्होंने हॉटमेल को खरीदकर इस गलती को सुधार लिया। यही उन्होंने स्काईप के साथ भी किया। बिल गेट्स की सफलता का मंत्र यही है कि उन्होंने अपनी गलतियों से हमेशा सीखा और उन्हें सुधारा।

जैसा फिलिस थेरोक्स ने कहा है, 'गलती अनुभवहीनता और बुद्धिमानी के बीच का पारंपरिक पुल है।'

यही सफलता की राह है। हम अपने झूठ तथा अपनी गलतियों को समझें, सीखें और उनसे बाहर आ जाएँ। हमसे नई गलती हो तो कोई दिक्कत नहीं है क्योंकि हम उन गलतियों से नई बातें सीखकर गलतियों से मुक्त हो जाएँगे। पुरानी गलतियों और झूठ से मुक्त होना हर उस इंसान के लिए आवश्यक है, जो अपनी नींव नाइन्टी फौलाद जैसी मजबूत बनाना चाहता है।

12
बेस्ट मनोरंजन
Right Entertainment
अनहेल्दी एंटरटेनमेंट से सावधान रहें

पाँचवाँ उपाय

लोगों की नींव कमजोर होने का एक मुख्य कारण अस्वस्थ मनोरंजन भी है। हर इंसान को प्रेम और आनंद की तलाश है, जिसे पाने के लिए वह बिना सोचे-समझे मनोरंजन की दुनिया की ओर दौड़ पड़ता है।

इस वैज्ञानिक युग में आविष्कारों यानी इन्वेंशन्स की झड़ी सी लगी है। यदि बीसवीं सदी को आविष्कारों की सदी कहा जाए तो गलत नहीं होगा। इक्कीसवीं सदी की शुरुआत में ही बहुत से क्रांतिकारी आविष्कार हो चुके हैं। ज्यादातर नए आविष्कार मनोरंजन के क्षेत्र में हुए हैं। नित नए आविष्कारों ने लोगों के रहन-सहन, खान-पान, पहचान यानी पूरी जीवनशैली को बदल दिया है। विज्ञान ने लोगों के सामने सुविधाओं यानी

कम्फर्ट्स और लग्जुरीज का अंबार लगा दिया है। ऐसा नहीं है कि ये आविष्कार गलत हुए हैं। इनका उद्देश्य तो इंसान को सुविधा पहुँचाना था, लोगों को अच्छा मनोरंजन और आराम देना था। लेकिन मानव की मूर्खता के कारण इन्वेंशन्स का बहुत गलत तरीके से इस्तेमाल होने लगा है। जैसे टी.वी., कंप्यूटर, इंटरनेट, मोबाईल वगैरह। इन साधनों ने संचार (communication) को नया आयाम तो दे दिया लेकिन इंसान के अनियंत्रित व्यवहार (uncontrolled behaviour) ने इसे वरदान से अभिशाप बना दिया।

हमें लगता है कि स्मार्ट फोन या आज-कल मिलनेवाले लेटेस्ट गॅजेट्स हमारे मनोरंजन के लिए बनाए गए हैं लेकिन जरा सोचें कि हम इनका कितना सही उपयोग करते हैं। हम अपना ज्यादा समय वॉट्स ॲप, बी.बी.एम. या एस.एम.एस. के जरिए जोक्स, फोटोज भेजने और रिसीव करने में गँवा देते हैं। यह आदत हमें हानिकारक नहीं लगती लेकिन यह हमारा कीमती समय बरबाद कर देती है। इन बातों से होनेवाले नुकसान को हमने अपने जीवन में होते हुए देखा भी होगा। इसलिए इन चीजों के इस्तेमाल के लिए एक निर्धारित समय तय करें। बेहतर यही होगा कि हम अपने आपको डिसिप्लिन में लाएँ। हम इन गॅजेट्स के मालिक बनें, न कि गुलाम।

एक सर्वे में यह पाया गया कि कई सारे लोग हर हफ्ते में लगभग 17 घंटे टी.वी. देखते हैं यानी लगभग ढाई घंटे प्रति दिन। इसका मतलब है कि लोग हर दिन अपने पास उपलब्ध ऍक्टिव समय का 20 प्रतिशत हिस्सा टी.वी. देखने में गँवा रहे हैं।

आई.डी.सी. की एक रिसर्च में यह तथ्य सामने आया कि लोग खास तौर पर युवा, हर सप्ताह 33 घंटे इंटरनेट पर रहते हैं यानी लगभग 5 घंटे प्रतिदिन। उसके अलावा समय का सबसे ज्यादा उपयोग या दुरुपयोग फेसबुक में होता है, जिसमें कई युवा 20 घंटे प्रति सप्ताह तक लगाते हैं। इसके बाद ट्यूब, सर्च एंजिन और ई-मेल में सबसे ज्यादा समय लगता है। यानी इंटरनेट का जितना भी

उपयोग किया जाता है, उसमें से ज्यादातर समय अनुपयोगी कार्यों में बरबाद होता है। हमने खुद ही देखा है कि छोटी-छोटी बातों के लिए भी हम इंटरनेट पर सर्च करते हैं। इसलिए हमें भी इस मनोरंजन के तरीकों से सावधान रहना चाहिए।

युवा पीढ़ी को तो इन चीजों पर बहुत गंभीरता से सोचने की आवश्यकता है। अपने भविष्य को सँवारने के बजाय यदि युवा इन चीजों में अटकेंगे तो मिले हुए बहुमूल्य समय और जीवन को व्यर्थ गँवाएँगे। जिसका गहरा असर पूरे समाज पर भी होनेवाला है।

वर्तमान में कई सारे युवक आलस के शिकार हो रहे हैं। जब बगल में मोबाईल, लैपटॉप, आय-पॉड, आय-फोन के जरिए इंटरनेट, फेसबुक है तो दोस्तों से मिलने जाने की क्या जरूरत है? आज-कल खेल के मैदान पर खेले जानेवाले फुटबॉल और क्रिकेट भी मोबाईल में इंटरनेट द्वारा खेला जाता है। मोबाईल में उपलब्ध हजारों ॲप्लीकेशन्स् ने लोगों का जैसे पूरा समय ले लिया है।

आज-कल कई युवकों में सब कुछ इन्स्टंट पाने की चाहत होती है। इधर बटन दबाया, उधर मनचाही चीज हाजिर हो जानी चाहिए। फास्ट फूड की लोकप्रियता के पीछे भी यही वजह है। बस मोबाईल से फोन कर दें और पिज्जा आपके घर आ जाएगा। अब सवाल यह है कि क्या किशोरों या युवाओं का भविष्य इसी तरह सँवरेगा? क्या उनका चरित्र मजबूत बन पाएगा? क्या वे भविष्य की चुनौतियों के लिए तैयार हो पाएँगे? क्या उनमें नैतिकता (morality) के वे संस्कार आ पाएँगे, जिन पर उनके माता-पिता को ही नहीं, पूरे समाज को गर्व हो?

आज का दौर ऐसा है, जब लोगों को अपने परिवार के साथ बैठकर टी.वी. देखने में झिझक होती है। उन्हें पता है कि मनोरंजन के नाम पर जो भी परोसा जा रहा है, वह न तो अच्छे संस्कार देता है और न ही पारंपरिक मूल्यों की रक्षा करता है। इस तरह पिछले 30 सालों में टी.वी. की संस्कृति में भयंकर बदलाव आ चुका

है। टी.वी. के हर चैनल पर हिंसा, भ्रष्टाचार, भयानक हादसे बार-बार दिखाए जाते हैं। इन्हें देखकर अनजाने में लोग उन चीजों को अपने जीवन में आकर्षित और आमंत्रित करते हैं।

इस तरह दु:ख का ही प्रचार और प्रसार हो रहा है। इसलिए अगर हम अपना भला चाहते हैं तो निरुद्देश्य होकर टी.वी. के सारे कार्यक्रम देखना बंद कर दें। कुछ निर्धारित कार्यक्रम ही देखें, जो हमारे लक्ष्य में सहायक हों। हम न्यूज चैनल्स और हॉरर शोज देखना अवॉइड करें। ये मन में डर और परेशानियाँ भर देते हैं। अगर हमें न्यूज पढ़ना ही है तो हम न्यूज पेपर की सहायता ले सकते हैं। मनोरंजन के जाल में उलझकर हम अपने विकास को न भूल जाएँ।

विज्ञापन (advertisement) का अर्थ ही है, जिसमें बहुत कुछ ऍड यानी जोड़ा गया हो। सीधे शब्दों में कहें तो ऍडवर्टाइजमेंट में हर वस्तु को इतने लुभावने तरीके से प्रस्तुत किया जाता है कि लोग देखते ही अनचाही वस्तुओं को भी खरीदने के लिए विवश (persuade) हो जाते हैं इसलिए इनसे हमें प्रभावित नहीं होना है। इन्हीं विज्ञापनों के चलते हमने कई सारी अनावश्यक चीजें अपने घरों में लेकर रखी होंगी , जिनका उपयोग कम या कभी भी नहीं किया होगा, जैसे कपड़े, कॉस्मेटिक्स, जूते, क्लीनिंग और कुकिंग अप्लायंसिस वगैरह।

टी.वी. और अखबार के सारे सीरियल और विज्ञापन हमें बता रहे हैं कि 'अमुक शैम्पू लगाओगे तो आपके बाल सुंदर बन जाएँगे। यदि इस-इस तरह के कपड़े पहनेंगे तो लोग आपकी छवि से प्रभावित होने लगेंगे। अमुक-अमुक टूथपेस्ट का इस्तेमाल करोगे तो दाँत मोतियों जैसे चमकेंगे और लोग आपका साथ पाने के लिए उत्सुक रहेंगे। ऐसा डियो लगाओगे तो लड़किया आपकी दिवानी होकर आपके आस-पास मँडराएँगी' इत्यादि। वस्तुओं तथा गाड़ियों के विज्ञापन हमें यह बताते हैं कि अमुक-अमुक चीज के होने पर ही हम शानदार जीवन जी सकते हैं। इस प्रकार हमारे मन की नई लेकिन गलत प्रोग्रामिंग कर दी जाती है।

टी.वी. से ध्यान कैसे हटाएँ
How to divert your attention from the television

टी.वी. से ध्यान हटाने के लिए नीचे बताया गया तरीका सबसे कारगर है। इससे हमारी आँखों को आराम मिलता है और हमारा मन भी अपनी प्राथमिकताएँ तय करता है, साथ ही शरीर को हलका सा व्यायाम भी मिल जाता है।

जैसे ही विज्ञापन शुरू हों, हम अपनी कुर्सी/ सोफा/ बीन-बॅग से उठें और पाँच मिनट में कोई काम करके आएँ। पाँच मिनट में कमरे को थोड़ा ठीक कर लें या कल के लिए कॉलेज की तैयारी करें या माता-पिता की मदद करें।

हमें यह ध्यान रखना है कि कहीं यह आयडिया हम अपना होमवर्क खत्म करने के लिए इस्तेमाल न करें। इससे उलटा हमारी सुस्ती बढ़ सकती है।

आज-कल देखा जाता है कि अच्छे घर के लड़के-लड़कियाँ ज्यादा जेबखर्च या मनचाहा जीवन जीने के लिए किसी भी हद तक जाने को तैयार हो जाते हैं। उन्हें अपने चरित्र की जरा सी भी चिंता नहीं होती। टी.वी., फिल्में तथा अखबार ऐसी प्रोग्रामिंग के लिए जिम्मेदार हैं, जिनसे हम पहले से ही सम्मोहित यानी हिप्नोटाइज हो चुके हैं। यह केवल हमारी मान्यता है कि जीने के लिए बहुत सी चीजों की जरूरत होती है। दरअसल सरल जीवन कम चीजों के साथ भी संभव है।

कुछ पर्वतारोही (mountaineers) फ्रांस में ॲल्प्स के पर्वतों के मॉन्ट ब्लँक के शिखर पर चढ़ने की तैयारी कर रहे थे। अभियान के पहले फ्रांसीसी गाइड ने सफलता की मुख्य शर्त बताई। उसने कहा, 'शिखर पर पहुँचने के लिए आपको सिर्फ चढ़ने के लिए आवश्यक औजार ही रखने चाहिए। बाकी सारा ताम-झाम पीछे छोड़ दें क्योंकि चढ़ाई बहुत कठिन है।'

एक युवा अंग्रेज को यह बात पसंद नहीं आई। अगली सुबह वह

अपने बैग में एक भारी कंबल, खाने के बड़े पैकेट, शराब की बोतल, गर्दन में लटके दो कैमरे और ढेर सारे चॉकलेट बार लेकर आ गया। गाइड ने कहा, 'इतने सारे सामान के साथ आप वहाँ नहीं पहुँच पाएँगे। शिखर पर पहुँचना है तो आप सिर्फ कम से कम आवश्यक सामान ही ले जा सकते हैं।' लेकिन अंग्रेज इस बात से नाराज हो गया और अपने ग्रुप से आगे-आगे चलने लगा। बाकी का ग्रुप गाइड के मार्गदर्शन में पीछे-पीछे चल रहा था। थोड़ा आगे जाने पर उन्होंने देखा कि रास्ते में कुछ चीजें पड़ी हुई थीं। पहले तो उन्हें भारी कंबल मिला, फिर खाने के पैकेट, शराब की बोतल, कैमरे और चॉकलेट बार मिले। अंत में जब वे शिखर पर पहुँचे तो उन्हें वहाँ पर वह अंग्रेज मिला। समझदारी से उसने रास्ते में हर अनावश्यक चीज छोड़ दी थी। जीवन में चरित्र-निर्माण के शिखर पर पहुँचने का तरीका भी यही है।

अस्वस्थ मनोरंजनों को बल देने तथा नकली शान दिखाने के लिए कुछ लोग कर्ज लेकर पानी की तरह पैसा खर्च करते हैं और बड़ी धूमधाम से घरों में शादियाँ या पार्टियाँ करते हैं। उन्हें नकली शान दिखाने के लिए कर्ज लेने में हिचकिचाहट नहीं होती। फिर कर्ज से मुक्ति पाने के लिए वे गलत तरीकों का सहारा लेते हैं। इस तरह इंसान दिन-ब-दिन अपनी नींव कमजोर बनाता जा रहा है।

ऐसे लोग कहा-सुनी और देखा-देखी में अपनी झूठी शान दिखाने के चक्कर में कंगाल हो जाते हैं। वे यह नहीं सोचते कि 'हमारे पास पैसे नहीं थे तो हमें यह सब नहीं करना था।' यदि वे ऐसा सोच पाते तो उनका जीवन सीधा, सहज, सरल और नैचरल होता तथा वे सही निर्णय ले पाते थे।

वास्तव में इंसान एक पल भी 'बोर' नहीं होना चाहता इसलिए उसे हर

कार्य में जोश चाहिए, उत्तेजना चाहिए। जिससे वह नकली आनंद प्राप्त कर सके। लेकिन उस नादान को इस बात की फिक्र ही नहीं है कि वह जिस प्रेम और आनंद की तलाश में व्यस्त है, वह उसे खुद से दूर किए जा रहा है। जिस खुशी की तलाश में इंसान व्याकुल है, वह खुशी, प्रेम, आनंद तो उसके भीतर ही है।

स्वस्थ मनोरंजन के 10 कदम अपनाएँ
10 steps for healthy entertainment

किसी भी अस्वस्थ मनोरंजन में फँसने के बजाय इंसान को अपनी नींव मजबूत बनाने के लिए किसी स्वस्थ मनोरंजन की तलाश करनी चाहिए। जैसे :

१. योग और प्राणायाम/जिम/स्पोर्ट्स (sports)/डान्स का अभ्यास करके तन-मन को स्वस्थ बनाएँ। इससे हमें दिनभर बादलों पर चलने का एहसास होगा।

२. मेडिटेशन यानी मौन-ध्यान का अभ्यास करके हम असली आनंद में गोता लगाएँ।

३. संगीत सीखकर संगीत द्वारा हम अपने सारे तनाव दूर करें। संगीत से प्रेरणा पाकर अपने जीवन में लय और ताल का समावेश करें।

४. अच्छी पुस्तकें पढ़कर अपनी बुद्धि को सही आहार दें। पुस्तकों द्वारा हम घर बैठे विश्व के महान लोगों से मिल सकते हैं। एक छोटी सी पुस्तक के रूप में वे आपके सामने उपस्थित रहते हैं। आप महापुरुषों के विचार जानकर आगे बढ़ने और सही काम करने के लिए प्रेरित हो सकते हैं। फिर हमें किसी अस्वस्थ मनोरंजन की आवश्यकता नहीं होगी। जैसा मार्क ट्वेन ने लिखा था, **'जो इंसान पढ़ तो सकता है लेकिन पढ़ता नहीं है, उसकी दशा उस इंसान से बेहतर नहीं है, जो पढ़ ही नहीं सकता।'**

५. हम हॉबी क्लासेस में जरूर जाएँ। वहाँ जीवन के नित नए डायमेंशन्स उजागर करें। हम अपने मनपसंद खेल या शौक का क्रिएटिव इस्तेमाल करें। लोगों से मिलकर उनके शौक पूछें और लोग हमसे मिलकर खुश होंगे।

६. अगर हमें नई-नई बातें सीखना पसंद है तो अलग-अलग म्यूजिकल इंस्ट्रूमेंट्स जैसे हारमोनियम, तबला, गिटार, माऊथ ऑर्गन आदि सीखने जाएँ।

७. आत्मविकास करने के लिए हम कोई हुनर, कोई कला सीखने की क्लास लगाएँ। हरदम सीखते रहेंगे तो हम कभी बूढ़े नहीं होंगे। जैसा हेनरी फोर्ड ने कहा था, **'जिस इंसान ने सीखना बंद कर दिया है, वह बूढ़ा हो चुका है, फिर चाहे उसकी उम्र बीस साल हो या अस्सी साल।'**

८. सुबह-सुबह सुंदर वातावरण में अथवा बगीचे में सैर के लिए जाएँ। हर दृश्य को ऐसे देखें, मानो वह दृश्य आप पहली बार देख रहे हैं।

९. चित्रकारी सीखें। अपनी भावनाओं को चित्रों में उतारने का प्रयास करें। इस तरह चित्रकारी सीखने के साथ-साथ आपका मानसिक स्वास्थ्य भी बढ़ेगा।

१०. लिटरेचर, राईटिंग करने का प्रयास करें। अपनी भावनाओं को शब्दों, कहानियों, कविताओं, गीतों या भजनों में पिरोने की कोशिश करें। इस कोशिश से न केवल हमें बल्कि पढ़नेवाले पाठक को भी लाभ और आनंद होगा।

ऊपर दिए गए दस कदम न केवल हमारा विकास करेंगे बल्कि वे हमें स्वस्थ मनोरंजन भी प्रदान करेंगे।

अगर हम चाहते हैं कि हमारी नींव इतनी मजबूत हो कि हम हर समस्या का मुकाबला आसानी से और आत्मविश्वास के साथ कर पाएँ तो आज ही मन के अस्वस्थ मनोरंजन और उत्तेजना से मुक्त हो जाएँ या इसे कम करना शुरू कर दें। धीरे-धीरे धीरज और संयम के साथ नींव नाइन्टी की मंजिल आपको जरूर मिलेगी।

13
बेस्ट मित्र
Right Friends
आपके फ्रेंडस् कैसे हैं
छठवाँ उपाय

आप लायब्ररीज या पुस्तकों की दुकानों में जाते होंगे। वहाँ पर अलग-अलग विभागों में अलग-अलग विषयों (subjects) पर पुस्तकें रखी हुई देखी होंगी। जैसे लिटरेचर, बाल साहित्य, बीमारियों और उनके इलाज से संबंधित पुस्तकें, नॉवेल्स, मनोविज्ञान (psychology) दर्शनशास्त्र (philosophy) आत्मविकास (self development), आध्यात्मिक इत्यादि।

हर शेल्फ में पुस्तकें उनके सब्जेक्ट और कॅटेगरी के आधार पर रखी हुई होती हैं। उदाहरण के लिए अगर पंचतंत्र की कहानियाँ या तेनालीराम की पुस्तक है तो यह आपको बाल साहित्य के शेल्फ पर मिलेगी, मनोविज्ञान की शेल्फ पर नहीं।

इसी तरह अरस्तू (Aristotle) की पुस्तक आपको दर्शनशास्त्र के शेल्फ पर ही मिलेगी। हो सकता है कि गलती से कोई अरस्तू की पुस्तक को बाल साहित्य के शेल्फ में रख दे, तब क्या होगा? संभव है कि लोग अरस्तू को भी बच्चों की पुस्तकें लिखनेवाला लेखक मान सकते हैं।

हम भी देखें कि हमारी पुस्तक कौन सी पुस्तकों के बीच में रखी हुई है? यह बात भी महत्वपूर्ण है। हमारे आस-पास की पुस्तकें देखकर खरीदनेवाला समझ जाता है कि यह पुस्तक किस कॅटेगरी में आती है? हमारे आस-पास की पुस्तकें अगर अच्छी और विश्वसनीय हैं तो हमारी पुस्तक का महत्त्व और हम पर लोगों का विश्वास बढ़ जाता है।

मित्रता के संदर्भ में भी यही होता है। इंसान जैसे मित्रों के बीच रहता है, उसकी इमेज वैसी ही बन जाती है। लोग मान लेते हैं कि अगर यह इंसान अच्छे लोगों के बीच रहता है तो अच्छा होगा और अगर वह मवालियों के साथ रहता है तो उसमें भी मवालियों के गुण आ गए होंगे।

जैसे शुरू में इंसान शराबखाने में किसी का साथ देने के लिए जाता है, खुद शराब नहीं पीता मगर यदि वह लंबे समय तक शराबी मित्र का साथ देने के लिए शराबखाने में जाता रहा तो ज्यादा समय तक खुद को पीने से रोक नहीं पाता। इस प्रकार अच्छी संगति हमारी नींव नाइन्टी मजबूत करती है तो दूसरी ओर बुरी संगत हमारी नींव नाइन्टी को कमजोर बनाती है।

हमारे मित्रों के चुनाव से हमारे चरित्र (character) की जानकारी मिलती है। मित्रों का जैसा चरित्र होगा, लोग हमारे चरित्र को भी वैसा ही समझेंगे। इमर्सन नामक दार्शनिक (philosopher) ने कहा है, '**तुम अपने मित्रों के नाम बताओ, उससे यह समझ में आ जाएगा कि तुम्हारा चरित्र कैसा है। तुम्हारी खबर तुम्हारे मित्रों से मिलती है।**' ऐसा इसलिए कहा गया क्योंकि हम जैसे होंगे, वैसे ही मित्र बनाएँगे। हम अज्ञान में रहना पसंद करते हैं तो हम वैसे ही मित्र बनाएँगे, जो अज्ञान की बातें करते हैं।

अब सवाल यह आता है कि सही दोस्त कैसे चुनें? आज के जमाने में हम किसी से बात न करके दुश्मनी नहीं मोल ले सकते। चाहे कोई कैसा भी इंसान हो कभी न कभी ऐसे लोग भी काम आ जाते हैं। ऐसे में हमें सबके साथ एक 'हाय-हैलो' का व्यवहार रखना होगा। कहने का मतलब यह है कि हरेक के साथ न गहरी दोस्ती हो, न ही कोई अनबन हो। सबके साथ एक समान, मेल-जोल बनाकर रखना सही होता है। यदि हम अनजान लोगों के बीच रह रहे हैं तो हम उनके कार्य करने और आपसी बातचीत के पीछे छिपे इरादों (intentions) को समझने की कोशिश करें। यदि कोई हमारे सभी काम कर रहा है, हमें बहुत इम्प्रेस कर रहा है तो हमें सतर्क हो जाना चाहिए कि ऐसा करके वह इंसान हमसे क्या चाहता है? हमारी थोड़ी सी सावधानी से कई समस्याएँ हल हो सकती हैं।

बहुत बार हम ऐसा सोचते हैं या लोगों के बोलने से पता चलता है कि आज-कल अच्छे चरित्रवाले नौजवान हैं ही नहीं। आज-कल बहुत सारे लड़के-लड़कियाँ शराब और सिगरेट पीते हैं। यदि हम इनमें से किसी के साथ दिखाई देंगे तो लोग अनुमान लगाएँगे। ऐसे में हमें क्या करना चाहिए?

इसका जवाब है -

१. अगर हम साफ-सुथरे कैरेक्टर के हैं तो चाहे माहौल कितना भी खराब क्यों न हो, हमें कोई हिला नहीं सकता।

२. हम लॉजिकली खुद को सही मानकर खुद को ही उल्लू न बनाएँ। हम ऐसे लोगों का विरोध न करें, न इनसे ज्यादा दोस्ती रखें। बस हैलो, हाय-बाय तक का ही व्यवहार रखने में समझदारी है।

इस अध्याय के अंत में कुछ सवाल दिए गए हैं, जिससे हमें दोस्त चुनने में मदद मिलेगी।

अज्ञानी और अहंकारी इंसान जब मित्र चुनेगा तो ऐसे लोगों को चुनेगा, जो

उससे कम ज्ञानी हों, कमतर हों, हीन हों क्योंकि तभी उसका अहम् संतुष्ट होगा। अपने से कमतर लोगों का साथ अहंकारी इंसान को अच्छा लगता है, उसे अपनी श्रेष्ठता का एहसास होता है क्योंकि जो हमसे कम जानकार है, उसके साथ हमें अपनी श्रेष्ठता महसूस होती है और जो हमसे अधिक जानकार है, उसके सामने हमें अपने अंदर कमी महसूस होती है। लेकिन ध्यान रहे, यह बात केवल नकारात्मक मानसिकतावाले अहंकारी लोगों पर ही लागू होता है। सकारात्मक लोग हमेशा सकारात्मक लोगों के साथ रहना चाहते हैं।

हम स्कूल में भी देखते हैं कि होशियार बच्चे, होशियार बच्चों के साथ बैठते हैं और पढ़ाई में कमजोर बच्चे कमजोर बच्चों के साथ बैठना पसंद करते हैं क्योंकि वहाँ उन्हें अच्छा, सुखद महसूस होता है। कमजोर बच्चे अगर होशियार बच्चे के साथ बैठें तो वे उनके काम देखकर परेशान हो जाएँगे। जैसे उनकी लिखावट, उनका सलीका, उनकी तेज बुद्धि, उनका ग्रास्पिंग पावर, उनकी मेमरी शक्ति आदि।

दूसरी ओर, पढ़ाई में कमजोर बच्चे टीचर के शब्दों पर ध्यान न देकर आपस में बातचीत करने, हँसी-मजाक उड़ाने या शरारत करने पर ध्यान देते रहते हैं। इसी कारण दोनों का तालमेल नहीं जम पाता। होशियार बच्चों का पढ़ाई पर पूरा ध्यान रहता है। जबकि कमजोर बच्चे बिलकुल नहीं करते। यही वजह है कि अगर कमजोर बच्चों को होशियार बच्चों के साथ बैठाया जाए तो वे सोचने लगते हैं कि या तो हम जगह बदल लें या फिर खुद बदल जाएँ।

चरित्र बलवान करने के लिए जगह बदलने से अच्छा है कि इंसान खुद ही बदल जाए। क्योंकि ऐसा करके ही वह अपने चरित्र पर काम करना शुरू कर सकता है। होशियार बच्चे की कार्यप्रणाली और उसके गुण देखकर कमजोर बच्चे को इस बात का एहसास होता है कि 'मुझे अपने अंदर के अवगुणों को निकालकर गुणों पर काम करना चाहिए।'

दोस्त का सही अर्थ
True meaning of friend

दोस्त शब्द में 'दो' का अर्थ है 'दो लोगों का संघ' और 'स्त' का अर्थ है 'सत्य।' दो लोग मिलकर जब सत्य के मार्ग पर चलते हैं तो उन्हें दोस्त कहते हैं।

सच्चा दोस्त वह होता है, जो अपने मित्र को गलत कार्य करने से रोकता है, जो उसे उसके अवगुण दिखाता है। ऐसे मित्रों के संघ में रहकर ही हम अपने चरित्र का सही निर्माण कर पाएँगे। वरना नकली दोस्तों में उलझकर हम चरित्र की कीमती दौलत गँवा बैठेंगे।

हमारे मित्रों में यदि एक इंसान भी असीम (unlimited) और नई सोच रखता है तो उसके विचारों का लाभ हमें भी मिलता है। ऐसा इंसान यदि संघ में चरित्र या नवनिर्माण के विषय पर बात करे तो औरों में सकारात्मक सोच तुरंत शुरू हो जाती है।

आज-कल लोग इंटरनेट या फेसबुक के जरिए फ्रेंडस् बनाते हैं लेकिन ऐसे कई स्कैंडल्स सामने आए हैं, जिनमें लोगों को ऐसे दोस्तों से धोखा मिला है। इसलिए हमें इस तरह से दोस्त बनाते समय बहुत सावधानी बरतनी होगी या हम ऐसे दोस्त बनाना अवॉईड करें तो ही अच्छा है।

यूस्टेश डेसचैंप्स ने कहा है, **'मित्र वे रिश्तेदार हैं, जिन्हें आप खुद बनाते हैं।'** क्या हमने खुद से कभी सवाल किया है कि हमने कैसे मित्र बनाए हैं? हम अपने रिश्तेदारों को स्वयं नहीं चुनते, सिवाय शादी करते वक्त। अपने माता-पिता को भी हम स्वयं नहीं चुनते हैं, भाई-बहनों, मौसा-मौसी, दादा-दादी, नाना-नानी इनमें से किसी के भी चुनाव का अधिकार या अवसर हमारे पास नहीं होता। इसका अर्थ है हमारे रिश्तेदारों के चुनाव में हमारी कोई भागीदारी नहीं होती। दूसरी ओर, मित्र हम स्वयं बनाते हैं इसलिए हमें इस मामले में पूरी सावधानी रखनी चाहिए ताकि हम सही मित्र बनाएँ, जो हमारी प्रगति में बाधक न

होकर, सहायक बनें।

आइए, जानें कि दोस्तों के कौन से पाँच प्रकार हैं और हम किन दोस्तों के संघ में रहते हैं :

१. बेन्टेक्स फ्रेंड्स - Bentex friends : बेन्टेक्स फ्रेंड्स का अर्थ है दिखावटी दोस्त, नकली दोस्त। ऐसे मित्र बाहर से तो सोने जैसे सच्चे लगते हैं मगर वे नकली गहनों यानी बेन्टेक्स ज्वेलरी जैसे होते हैं। ऐसे दोस्त हमारा फायदा नहीं करते बल्कि नुकसान ही करते हैं। हमने अपने आस-पास ऐसे कई सारे उदाहरण देखे होंगे, जिन्हें लोग दोस्त कह रहे थे लेकिन उन्हीं के कारण इंसान गड्ढे में गिर गया। ये लोग दोस्ती का दिखावा करते हैं और मौका मिलते ही नुकसान पहुँचा देते हैं। ये दोस्तों के वेश में दुश्मन (An enemy in friends clothes) होते हैं। यदि हमारे ऐसे दोस्त हैं तो हमें दुश्मनों की कोई जरूरत ही नहीं है क्योंकि ये हमारे राज जानकर, दूसरों को बता देते हैं या खुद उनसे फायदा उठाते हैं।

२. महँगे दोस्त - Expensive friends : महँगे दोस्त यानी वे मित्र जिन्हें बहुत खिलाना-पिलाना पड़ता है। उनमें सदा यही चर्चा होती रहती है कि 'चलो आज इस होटल में खाना खाने चलें, कल पिकनिक पर चलेंगे, पार्टी करेंगे' इत्यादि। जब तक हम खिलाते-पिलाते रहेंगे, उधार देते रहेंगे तब तक वे हमारे साथ चिपके रहेंगे। जहाँ हमने उन पर खर्च करना छोड़ा तो वे भी पलक झपकते ही हमारा साथ छोड़ देते हैं। हमारे पास पैसा नहीं होता तो वे कभी हमारे साथ दोस्ती का नाटक भी नहीं करते। जब तक हम उन्हें पार्टियाँ देते हैं, उनकी मनचाही चीजों पर खर्च करते हैं तब तक वे हमारा साथ देते रहते हैं और आधी रात को भी हमारे लिए हाजिर रहते हैं।

इस प्रकार के मित्र हमारी गलती होने के बावजूद भी हमें सही कहेंगे। ऐसे लोगों को दोस्त कहना गलत होगा। ये दरअसल दोस्त नहीं हैं बल्कि चापलूस हैं, जो हमारे पैसों के चक्कर में हमारी हाँ में हाँ मिलाते रहते हैं। वे हमारे शुभचिंतक नहीं हैं। वे तो मतलब के यार हैं। ऐसे महँगे दोस्त हमें गड्ढे में ही ले जाएँगे। जब

तक हम उनके साथ रहेंगे तब तक हमें अपनी गलती कभी पता नहीं चलेगी और न ही हमें कभी अपनी नींव की मजबूती पर काम करने की जरूरत महसूस होगी। महँगे मित्र सिर्फ कहेंगे कि 'यू आर राइट, तुम सही हो।' वे हमारी हर अच्छी-बुरी बात की प्रशंसा करते रहेंगे क्योंकि उन्हें मुफ्त में खाने की चीजें मिलती हैं। ऐसे में उन्हें डर होता है कि अगर उन्होंने हमें असलियत बताई तो हम उनसे नाराज हो जाएँगे और उन्हें खिलाना-पिलाना छोड़ देंगे। यदि हम ऐसे दोस्तों के संघ में हों तो उनसे अभी सावधान हो जाएँ क्योंकि ये हमारे दोस्त नहीं बल्कि चापलूस हैं, जो झूठी तारीफ करके हमें खुश करने के चक्कर में रहते हैं।

३. सस्ते दोस्त - Cheap friends : महँगे दोस्तों की तरह ही कुछ सस्ते दोस्त भी होते हैं। सस्ते दोस्त हमारे अहंकार को बढ़ावा देने और गलत कार्य करने में हमारी सहायता करते हैं। ऐसे मित्र आम-जाम बन जाते हैं, बनाने नहीं पड़ते। वे गलत कार्यों को बढ़ावा देने में हमारा हाथ बँटाते हैं। ऐसे मित्रों के साथ मिलकर हम गलत कार्य करते हैं।

सस्ते दोस्त पढ़ाई करने के बजाय हमेशा पार्टियों में मौज-मस्ती में लगे रहते हैं, गलत रिश्ते बनाते रहते हैं और खुद को बचाने के लिए अपने परिवारवालों से झूठ बोलते रहते हैं। साथ ही अपने दोस्तों को भी कहते हैं कि 'इन बातों के बारे में किसी को कुछ नहीं बताना।' उनके मित्र भी गलत बातों में उनका साथ देते हैं। ऐसा करके उन्हें लगता है कि वे उनसे मित्रता निभा रहे हैं मगर वे मित्रता नहीं निभा रहे हैं। इस तरह हम अपने साथ अपने दोस्तों के चरित्र को और भी नीचे गिराने का कारण बनते हैं। हम खुद भी नहीं जानते कि गलत कार्यों को छिपाने से क्या होगा? उस इंसान का नुकसान हो जाएगा। वह जो भी करता है, उस वक्त उसे वही सही लगता है, भले ही वह गलत राह पर चले। लेकिन उसे सही राह पर न लाने के बजाय, गलत राह पर चलने के लिए प्रेरित करना किसी सच्चे दोस्त का काम नहीं है। यह तो बिलकुल वैसे ही हुआ, जैसे किसी को अंगूठा चूसने की आदत हो और आप ऊपर से उसके अंगूठे पर गुड़ लगाते रहें। इस तरह तो उसकी

वह आदत और बढ़ेगी। वह गलत राह पर और आगे पहुँच जाएगा। इसीलिए हर इंसान को सस्ते दोस्तों से बचने की हर संभव कोशिश करनी चाहिए।

४. **सच्चे दोस्त - True friends :** सच्चे दोस्त वे हैं, जो हमें पूर्ण बनाते हैं, हमें आज़ाद करके अखंड बनाएँ। ऐसे मित्रों के साथ रहकर हमारे भाव, विचार, वाणी और क्रिया सभी एक होने लगते हैं। इन्हें सच्चा मित्र, अच्छा मित्र कहा गया है क्योंकि ये हमें पूर्णता देते हैं। सच्चा मित्र वही होता है, जो अपने मित्रों के गलत कार्य में उनकी सहायता नहीं करता बल्कि उन्हें सही रास्ते पर ले आता है। सच्चा मित्र ही अपने मित्र के चरित्र का निर्माण कर सकता है इसलिए हमेशा सच्चे मित्रों के संघ में रहना चाहिए। सच्चे मित्र एक-दूसरे की बातों का बुरा नहीं मानते हैं क्योंकि वे जानते हैं कि सहनशीलता ही सच्ची मित्रता की नींव है और सामनेवाला उनका शुभचिंतक तथा हितैषी है। इस संदर्भ में एक उदाहरण पर गौर करें।

दो मित्र जंगल के रास्ते से जा रहे थे। अचानक दोनों में बहस हो गई और एक ने दूसरे के गाल पर तमाचा जड़ दिया। दूसरा मित्र चुपचाप रहा और उसने नदी किनारे की रेत पर लिख दिया, 'आज मेरे सबसे अच्छे मित्र ने मुझे चाँटा मारा।'

फिर वे दोनों नदी में नहाने लगे। दूसरा मित्र, जिसे चाँटा मारा गया था, अचानक नदी में बहने लगा और 'बचाओ, बचाओ' चिल्लाने लगा। पहले मित्र ने उसे बचा लिया। दूसरे मित्र ने एक ऊँची चट्टान पर लिखा, 'आज मेरे सबसे अच्छे मित्र ने मेरी जान बचाई।'

यह देखकर पहला मित्र हैरान हुआ और उसने पूछा, 'जब मैंने तुम्हें चोट पहुँचाई तो तुमने रेत में लिखा और अब तुम चट्टान पर लिख रहे हो। ऐसा क्यों?' दूसरे मित्र का जवाब था, 'जब सबसे अच्छा मित्र आपको नुकसान पहुँचाता नजर आए तो हमें वह बात रेत में लिखनी चाहिए ताकि क्षमा की हवा उसे मिटा सके। लेकिन जब सबसे अच्छा मित्र आपका हित करे तो उसे चट्टान

पर लिखना चाहिए ताकि वक्त की हवा भी उसे न मिटा सके।' इसका अर्थ सच्चे मित्र अपने दोस्त की अच्छाई को याद रखते हैं और कभी-कभार की अप्रिय घटनाओं को हमेशा नजरअंदाज कर देते हैं।

५. तेजमित्र - 'Bright' friends : तेजमित्र ऐसे मित्र हैं, जो हमारे लिए आइने का काम करते हैं। हर घटना किस तरह से एक मौका है, इस बात का हमसे दर्शन करवाते हैं। हम स्वयं कौन हैं, यह हमें दर्शाते हैं। तेजमित्र के सामने जाने पर हमें अपना दर्शन होता है। तेजमित्र यानी ऐसा मित्र जो मित्रता और शत्रुता इन दोनों से परे है।

हमारे जीवन में जो भी अज्ञान, भ्रम- मायाजाल था, तेजमित्र से मिलने पर वह सब हट जाता है। अब हमें अपना दर्शन साफ-साफ होने लगता है। बाहर का आइना तो हमें अपने शरीर का दर्शन करवाता है मगर तेजमित्र हमें हमारी वास्तविकता का, हमारे असली स्वरूप का दर्शन करवाता है। अरस्तू ने कहा है, **'एक मित्र पचास शत्रुओं का तोड़ है।'** उनका इशारा तेजमित्र की ओर ही था, जो हमें पचास अवगुणों से दूर रखता है।

यहाँ हमें एक टेबल दी गई है, जिसके जरिए हमें समझ में आएगा कि किस प्रकार के लोग कैसे दोस्त बनाएँगे।

१. अहंकारी	अज्ञानी दोस्त बनाएँगे
	कारण - इससे उनके अहम् को संतुष्टि मिलती है।
२. कमजोर और सहमे	कमजोर और सहमे हुए दोस्त बनाएँगे
३. मस्तमौला	घुमक्कड़, मस्तीखोर दोस्त बनाएँगे
४. दुःखी	दुःखी, नाराज दोस्त बनाएँगे
५. आनंदित	आनंदित दोस्त बनाएँगे

दोस्ती किससे करें, किससे न करें
Whom to befriend & whom not to

हम अपने लक्ष्य को पूर्ण करने के लिए उन्हीं लोगों की सहायता लें, जिनका लक्ष्य हमारे लक्ष्य के अनुसार हो। पहाड़ पर चढ़ते वक्त पहाड़ पर चढ़नेवालों से हाथ मिलाएँ, न कि पहाड़ से उतरनेवालों से। ऐसा इसलिए क्योंकि जरूरत पड़ने पर पहाड़ चढ़नेवाला हमारा हाथ पकड़कर हमें अपने साथ ऊपर की ओर ले जाएगा, जबकि नीचे उतरनेवाला हमें नीचे घसीट लेगा। याद रखें, नीचे फिसलते समय रफ्तार ज्यादा होती है इसलिए वहाँ हमारी मदद की कोई जरूरत नहीं होती। जिस इंसान का नुकसान (पतन) हो रहा है, उसे मित्र बनाएँगे तो हम भी तेजी से पतन (गिरने) की ओर बढ़ते जाएँगे। दूसरी ओर, पहाड़ पर चढ़ते वक्त मदद की जरूरत होती है क्योंकि उसमें ज्यादा कोशिश करनी पड़ती है। इसलिए अपने जैसे लक्ष्यवाले लोगों से मित्रता करनी चाहिए।

कहने का अर्थ है- मित्रता हमेशा लक्ष्य के अनुरूप होनी चाहिए। यदि हम डॉक्टर बनना चाहते हैं तो डॉक्टरों के संघ में रहने से हमें अपना लक्ष्य पूर्ण करने में सहायता मिलेगी, न कि इंजीनियर्स या टीचर्स के संघ में जाने से हमारा लक्ष्य पूर्ण होगा। उसी प्रकार यदि हमें अपने चरित्र का निर्माण करना है, अपनी नींव नाइन्टी पर काम करना है तो हमें ऐसे मित्रों के संघ में रहना होगा, जिनकी नींव नाइन्टी मजबूत है और जो अपने चरित्र पर पहले काम कर चुके हैं।

दोस्ती हमेशा उनसे की जाए, **जो गुणों में (न कि पैसों में) हमसे कम से कम दो कदम आगे हों या हमारी बराबरी के हों।** ऐसे दोस्तों के साथ दोस्ती रखने से हमारे चरित्रवान बनने की संभावना खुलती है क्योंकि हमारे साथ जो है, वह भी चरित्रवान बनने का महत्त्व जानता है इसलिए दोनों चरित्रवान बनकर सुखी जीवन जी सकते हैं। यदि हमारा मित्र पहले से ही चरित्रवान है तो हमारे लिए यह बहुत अच्छी बात है क्योंकि उसके साथ रहकर हम सीख सकते हैं और जल्द ही अपने चरित्र के निर्माण कार्य में जुट सकते हैं।

गलत मित्रों के संघ में रहकर हमारे अंदर भी उनके अवगुण आने लगते हैं। गलत संगत की वजह से इंसान अपना नियंत्रण खो बैठता है और ऐसे काम करने लगता है, जिससे उसका चरित्र दिन-ब-दिन गिरता जाता है। इसीलिए यह कहावत बनी है कि 'ताड़ के पेड़ के नीचे दूध नहीं पीना चाहिए।' ताड़ के पेड़ से ताड़ी बनती है। वहाँ आप दूध भी पिएँगे तो देखनेवाले को लगेगा कि आप ताड़ी पी रहे हैं। उससे भी महत्वपूर्ण यह है कि ताड़ के पेड़ के नीचे आपका ध्यान कहाँ पर होगा? आपको तो वह ताड़ का पेड़ ही दिखाई देगा। जो चीज आप देखते हैं, उसी के बारे में मन में विचार आने लगते हैं। जिस चीज के हमें विचार आते हैं, उसी चीज का जिक्र हमारी वाणी में आने लगता है। हमारी वाणी में जो बात आ जाती है, वह देर-सवेर क्रियाओं में उतर आती है और क्रियाओं में प्रकट हुआ गलत कर्म असफलता और दुःख ही लाता है। इसलिए ताड़ के पेड़ के नीचे न बैठें, साथ ही विश्वसनीय भी बनें।

एक कौआ और एक हंस एक ही पेड़ पर रहते थे। पहले तो हंस कौए से दूरी बनाए रखता था लेकिन लंबे समय तक साथ-साथ रहते हुए, उनमें दोस्ती हो गई। एक दिन उस राज्य का राजा शिकार खेलने जंगल में आया। काफी दौड़-भाग के कारण वह थक गया और उसी पेड़ के नीचे बैठ गया। थोड़ी ही देर में उसे गहरी नींद लग गई। कौआ उसी पेड़ की एक खाली डाली पर बैठा था। उसने नीचे सोए हुए राजा पर बीट कर दी। गंदगी करके कौआ उड़ गया। थोड़ी ही देर में हंस आया और उसी डाली पर और उसी जगह पर बैठा, जहाँ पहले कौआ बैठा हुआ था। अचानक राजा की नींद खुली और उसने अपने ऊपर की गई गंदगी देखी। उसकी नजर ऊपरवाली डाली पर गई, जहाँ हंस बैठा हुआ था। राजा ने समझा कि यह सब इसी हंस की हरकत है। सो राजा ने आव देखा न ताव, ऊपर बैठे हंस को बाण से घायल कर

दिया। बेचारा हंस घायल होकर नीचे गिर पड़ा और तड़पने लगा। वह तड़पते हुए राजा से बोला, 'सिर्फ एक बार कौए जैसे दुष्ट दोस्त की जगह पर बैठने मात्र से ही व्यर्थ में मेरे प्राण चले जा रहे हैं, फिर दुष्टों के साथ सदा रहनेवालों का क्या हाल होता होगा? ओ राजा, तुम भी इससे सबक लो और दुष्टों की संगति नहीं करना, उनकी संगति का फल ऐसा ही होता है।

आगे कुछ सवाल दिए गए हैं, जिससे आपको सही दोस्त चुनने में मदद मिलेगी।

१. क्या यह दोस्त मुझसे ज्यादा गुणवान है?

२. क्या मेरे नए दोस्त के कार्य के पीछे केवल स्वार्थ छिपा है?

३. क्या मेरी दोस्ती मेरे लक्ष्य के बीच आएगी?

४. क्या मेरे दोस्त का कोई हिडन अजेंडा है?

५. क्या मेरा दोस्त विश्वसनीय है?

६. क्या मेरा दोस्त हर सिच्युएशन में मेरा साथ देगा?

14
बेस्ट बल
Right Strengths
चार बल प्रबल बनाएँ
सातवाँ उपाय

इंसान में चार प्रमुख बल हैं : बाहुबल (Physical strength), मनोबल (Mental strength) बुद्धिबल (Intellectual strength) और आत्मिक बल (Inner strength)। विश्वसनीय (reliable) बनने के लिए इन चारों को मजबूत बनाने की जरूरत होती है। यदि किसी भी एक बल में कमी हुई तो विश्वसनीयता पर उलटा असर पड़ता है।

बाहुबल

यदि शरीर में कमजोरी है और इंसान बार-बार बीमार पड़ जाता है तो लोग उस पर विश्वास नहीं करेंगे। आप कोई महत्वपूर्ण काम उस इंसान को कभी नहीं सौंपेंगे, जो बार-बार बीमार पड़ जाता है, कमजोरी महसूस करने लगता है और कार्य करने के लिए खुद को कमजोर समझता है। इसलिए शारीरिक शक्ति को बढ़ाकर अपने शरीर को चुस्त और शक्तिशाली बनाएँ। सही डायट, व्यायाम या कसरत की आदत डालें। ठान लें कि 'दिन में चौबीस घंटे होते हैं, जिनमें से एक घंटा मैं अपने शरीर की तंदुरुस्ती के लिए दूँगा/दूँगी।'

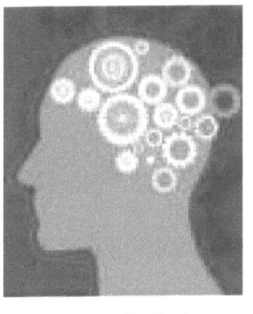

मनोबल

इसी तरह यदि मनोबल की कमी है तो इंसान अपने चुने हुए लक्ष्य और तय की हुई योजना पर चल नहीं पाएगा। रास्ते में जो मन को लुभानेवाली चीजें और आकर्षण आएँगे, वह उनमें उलझ जाएगा, माया के जाल में फँसकर अपने लक्ष्य को भूल जाएगा। वह दिनभर मनोरंजन की दुनिया में खोया रहेगा और जिम्मेदारियों से उसका ध्यान हट जाएगा। ऐसा इंसान भी विश्वसनीय नहीं बन सकता, जिसमें मनोबल की कमी हो क्योंकि भले ही उसके इरादे अच्छे हों लेकिन मन की चंचलता और कमजोरी के कारण वह बहुत आसानी से राह भटक जाता है।

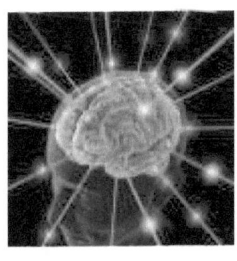

बुद्धिबल

नींव नाइन्टी ■ 139

विश्वसनीय बनने के लिए बुद्धिबल का होना भी आवश्यक है। अशुद्ध बुद्धि के रहते इंसान बहानों को प्रायोरिटी देता है। बहानों और कारणों से बाहर आकर, अपने शरीर से काम करवाने के लिए अपनी बुद्धि को शुद्ध करें ताकि बीरबल की तरह आपका भी बुद्धिबल बढ़े। विवेक और बुद्धिबल के होने से आप कठिन से कठिन निर्णय चुटकियों में ले सकते हैं।

आत्मिक बल

आत्मिक बलवाला इंसान ईमानदारी के रास्ते पर चलता है, उसका चरित्र मजबूत होता है, वह मन को लुभानेवाली चीजों के सामने विचलित नहीं होता, बाधाओं से नहीं घबराता, **वह जो कहता है वही करता है, वह सच्चा और चरित्रवान होता है**। जाहिर है, जिस इंसान का आत्मिक बल कमजोर होता है, वह बहाने बनाता है, झूठ बोलता है, मन को लुभानेवाली चीजों के जाल में फँसकर, आर्थिक लाभ के लोभ में आ जाता है इसलिए लोग उस पर आसानी से विश्वास नहीं कर पाते।

आपकी नींव नाइन्टी कितनी मजबूत है, यह इस बात से पता चलता है कि आप कितने विश्वास योग्य हैं। लोगों की तथा अपनी नजरों में विश्वसनीय बनने की पूरी कोशिश करें। विश्वसनीय बनने की दिशा में यदि आप पहला कदम उठाना चाहते हैं तो कमिटेड बनें यानी जो वचन दें, उसे निभाएँ।

अपने कामों तथा शब्दों के प्रति कमिटेड रहने से हमारी नींव नाइन्टी मजबूत होती है। कमिटेड रहना एक ऐसी आदत है, जिसमें **साहस** के साथ-साथ **दिल और दिमाग** दोनों का इस्तेमाल जरूरी है। साहस इसलिए क्योंकि इससे

काम करने की प्रेरणा मिलती है। जब हम किसी से कहते हैं कि 'मैं आपका काम करने के लिए कमिटेड हूँ' तो इसका अर्थ है कि आप वह काम करने ही वाले हैं। कमिटेड होते ही हमारा दृष्टिकोण अपने काम के प्रति सकारात्मक हो जाता है। वरना नकारात्मक दृष्टिकोण ही वह बहुत बड़ा कारण है, जिसकी वजह से हम कोई काम नहीं करते। ऐसे में या तो काम हमें मुश्किल, बोरिंग, निरर्थक लगता है या फिर कोई दूसरा सरल और रोचक काम सामने आ जाता है, जिसकी वजह से हम उस काम को नहीं करते, जिसका हमने वादा किया है। ये सारी बातें हमारे नकारात्मक दृष्टिकोण की ओर ही इशारा करती हैं, जिनकी वजह से हम किए गए वादे को नजरअंदाज कर देते हैं।

वचनबद्धता का अर्थ है काम के प्रति आपने जो वचन दिया है, उस पर कायम रहना। आपने यह कहावत तो सुनी होगी कि 'प्राण जाए पर वचन न जाए।' इसका अर्थ है- अपने काम को अंजाम तक ले जाने के लिए आपको हर सीमा को पार कर जाना चाहिए। हनुमानजी माता सीता को खोजने के लिए वचनबद्ध थे इसलिए उन्होंने अपने वचन को पूरा करने के लिए विशाल समुद्र को भी लाँघ लिया। इसी तरह जब हनुमानजी ने भगवान श्रीराम से वादा किया कि वे सुमेरु पर्वत से संजीवनी बूटी लेकर आएँगे तो अपने वादे को पूरा करने के लिए वे पूरा पर्वत ही उखाड़ लाए। हमें भी इसी तरह की वचनबद्धता यानी कमिटमेंट विकसित करनी चाहिए ताकि हमारी इमेज विश्वसनीय इंसान की बन जाए। परंतु ध्यान रहे कि परिवार को दिए गए वचन दोस्तों और अन्य लोगों से ज्यादा मूल्यवान होते हैं। दोस्त दोबारा मिल सकते हैं लेकिन परिवार का विश्वास दोबारा प्राप्त करना बहुत मुश्किल है। इसलिए पहले अपने परिवार के प्रति वचनबद्ध रहें।

विश्वसनीय बनने के लिए नीचे दी गई पाँच बातों का पालन करें।

१. **समय को समय पर पकड़ें - Catch time on time**

जब कोई इंसान अपना वादा पूरा नहीं कर पाता है और ऐसा कई बार

हो जाता है तो लोगों की नजरों में उसकी अविश्वसनीय इमेज बन जाती है। लोग उस पर भरोसा नहीं करते तथा उसे कोई महत्वपूर्ण कार्य नहीं सौंपते। विश्वसनीय बनने के लिए इंसान को दिए हुए वचन का पालन करना चाहिए।

नींव नाइन्टी तब मजबूत होती है, जब आप जो कहते हैं, वह करते भी हैं। आपने जो वचन दिया, वह पूरा किया और समय को समय पर पकड़ा तभी आप विश्वसनीय बनते हैं। इसमें केवल दूसरों को ही नहीं बल्कि खुद आपको भी स्वयं पर विश्वास होना चाहिए। यदि आपने कोई लक्ष्य तय किया है तो उसे समय पर पूरा करना आवश्यक है, चाहे कोई दूसरा यह बात जानता हो या न जानता हो। लोग जानें या न जानें लेकिन आप तो जान ही जाएँगे कि आपने खुद से किया वादा नहीं निभाया।

कार्ल बेंज टू–स्ट्रोक एंजिन पर प्रयोग कर रहे थे। उन्होंने खुद से वादा किया था कि वे सन 1878 में टू–स्ट्रोक एंजिन बना लेंगे। जब दिसंबर का महीना आया तो कार्ल बेंज दिन–रात अपने कार्य में जुट गए। खाना–पीना, नींद, लोगों से मिलना–जुलना छोड़कर अपने कार्य में जुट गए। वे अपनी प्रयोगशाला से बिलकुल बाहर नहीं निकले। आखिरकार 31 दिसंबर 1878 को वे एक विश्वसनीय टू–स्ट्रोक एंजिन बनाने में कामयाब हो गए। उन्होंने साल के आखिरी दिन खुद से किया वादा पूरा किया, जिससे उनकी खुद की नजरों में उनका सम्मान तथा विश्वसनीयता बढ़ गई।

जो काम जिस समय पर तय किया है, वह काम उस समय पर पूर्ण हो जाए, इसके लिए वचनबद्ध रहें। हर कार्य को समय पर पूर्ण करने की एक तारीख निश्चित करें, जिसे **व्हाइट लाइन** कहा जाता है। आम तौर पर लोग 'डेडलाइन' शब्द का इस्तेमाल करते हैं लेकिन डेडलाइन से नकारात्मक संकेत मिलता है।

इसलिए हम इसे 'व्हाइट लाइन' भी कह सकते हैं। व्हाइट लाइन यानी जिस समय पर कार्य पूर्ण होकर प्रकाश में आएगा, वह समय। किसी कार्य को व्हाइट लाइन दी यानी आपने यह तय किया कि वह कार्य इस-इस तारीख पर पूरा होना चाहिए। यदि वह कार्य उस दिन तक पूरा नहीं हुआ तो हमें मनन करना चाहिए कि 'वह कार्य समय पर पूरा क्यों नहीं हो पाया, ऐसी कौन सी बातें थीं, जो हम नहीं सोच पाए थे, हमें कौन सी सावधानियाँ रखनी चाहिए थीं, हमें अपनी प्लानिंग में कौन से बदलाव करने चाहिए थे।' हर बार मनन करने के बाद एक समय ऐसा आएगा कि आप जो व्हाइट लाइन तय करेंगे, उस समय पर ही सारे कार्य पूरे होते हुए देखेंगे।

जब आप जो कहते हैं, वही करते हैं; जो करते हैं, वही सोचते हैं और जो सोचते हैं, वही आपकी बातचीत में आता है तब कुदरत की तमाम शक्तियाँ आपकी मदद करने के लिए सक्रिय हो जाती हैं। तब आप अखंड बनकर विश्वसनीय बन जाते हैं।

खंडित इंसान को काम देकर लोग यह सोचते हैं कि इस इंसान को जो काम दिया है, वह उससे पूरा होगा या नहीं। अविश्वसनीय इंसान हमेशा 'समय नहीं है' का बहाना बनाता रहता है। समय का बहाना बनाते-बनाते इंसान यह भूल ही जाता है कि इस तरह के बहाने बनाकर वह समय के साथ लोगों की नजरों में अविश्वसनीय बनता जा रहा है। अविश्वसनीय बनने की वजह से कार्य को टालने या बहाने बनाने में उसे कोई हिचक नहीं होती। इस तरह बहानेबाजी और अविश्वास का दुश्चक्र बड़ा होता जाता है।

अगर हमें विश्वसनीय बनना है तो 'समय नहीं है' का बहाना कभी न बनाएँ क्योंकि हमारे पास भी हर रोज उतना ही समय होता है, जितना हर सफल इंसान के पास होता है। आप यदि बड़ी सफलता पाना नहीं चाहते तो कम से कम अपने जीवन के सारे कार्य समय पर तो कर ही सकते हैं। परंतु यह रूल आप कॉमन सेंस के साथ अप्लाय करें।

समय का मूल्य परखें। बीता हुआ समय दोबारा नहीं लौटता। समय बरबाद करने का अर्थ जीवन को बरबाद करना है। **आपका लक्ष्य जितना बड़ा होगा, समय नियोजन की कला में भी आपको उतना ही कुशल होना होगा क्योंकि समय नियोजन** (time management) **के बाद ही हमारे समय का सचमुच सही उपयोग होता है।**

समय पर उठनेवाले लोग सुबह की भाग-दौड़, हड़बड़ाहट, चिड़चिड़ाहट से तो बचते ही हैं, साथ ही कॉलेज/स्कूल समय पर पहुँचकर वे बिना वजह की दौड़-धूप, चिल्ला-चिल्ली, होमवर्क/ प्रोजेक्ट न करने के तनाव से भी बच जाते

हैं। उसी तरह समय पर वचन के अनुसार काम खत्म करनेवाले लोग नए काम का बोझ पहले से ही महसूस नहीं करते। वे हर कार्य के लिए पहले से ही तैयार रहते हैं। जब एक कार्य खत्म नहीं हुआ है और दूसरा कार्य सामने खड़ा है तब इंसान विचलित होने लगता है। समय पर काम शुरू और खत्म करने की भावना उसे हमेशा समय से आगे और समय से मुक्त रखती है।

वक्त की जरूरत को न टालें या 'बाद में-बाद में' करके उस काम से न भागें। यदि किसी को फोन करके कुछ सूचित करना हो तो उसी वक्त कर दें, चाहे उस वक्त आपको कितनी भी असुविधा महसूस हो। अपने मन से सलाह न लें। चाहे काम पसंद हो या न हो, उसे कर दें। वरना टालते रहने की यही छोटी-छोटी बातें मिलकर आगे बड़ी समस्या का रूप ले लेती हैं। इसमें 'टु डू लिस्ट' बनाने से

आपको काफी मदद मिलती है। इस लिस्ट में अपनी प्रायॉरिटीज को तय करें। जैसे आप 'ए' में अपने सबसे जरूरी कामों को लिखें। फिर 'बी' में उससे थोड़े कम जरूरी कामों को लिखें और 'सी' में सबसे कम जरूरी कामों को लिखें। जिससे आपको पता चलेगा कि आपको सबसे पहले कौन से कार्यों को पूरा करना है और कौन से कार्यों को बाद में पूरा करना है।

किसी भी कार्य को समय पर पूर्ण करने से आपकी विश्वसनीयता सिद्ध होती है। लिखने का लाभ यह होता है कि आप छोटे से छोटा काम करना भी नहीं भूलते। इस आदत की वजह से लोग आपको विश्वसनीय समझकर पूर्ण सहयोग करने लगते हैं।

समय नियोजन की तकनीकों का अभ्यास करें। रात में सोते वक्त अगले दिन के कार्य मन में होते हुए देखें। उन कामों में आनेवाली अड़चनों का हल सोच लें। ऐसा करने से आप सचमुच अगले दिन हर कार्य समय पर होते हुए देखेंगे और अपने वचन पर कायम रह पाएँगे वरना समय के साथ आप लोगों का विश्वास खो देंगे।

२. अपनी डायरी के लेखक बनें - Be the author of your diary

एक कामयाब इंसान में अपने लक्ष्य, अपने काम, अपने विचार लिखने का गुण होता है। इस गुण से भी नींव नाइन्टी मजबूत होती है। जो इंसान विश्वसनीय बनने का महत्त्व नहीं जानता, वह अपने कार्यों को अपनी डायरी में लिखकर नहीं रखता। नतीजन वह कई कार्य करना भूल जाता है। किसी भी कार्य को लिखकर रखने की तकनीक बहुत ही प्रभावशाली है, जो काम टालने या भूलने की आदत को तोड़ने में पूरी तरह से उपयोगी है। परंतु लिखने के बाद उसे रेग्युलरली रेफर करना भी जरूरी है।

जिन लोगों ने यह ठान लिया है कि उन्हें विश्वसनीय बनना ही है, वे अपने कार्यों को लिखकर रखते हैं। उन्हें पता है कि हमने जो कार्य निश्चित किया है, उसे

समय पर क्यों पूरा करना चाहिए।

आपको जो काम करने हैं, उन्हें अपनी डायरी, कैलेंडर, मोबाईल या कंप्यूटर में लिखकर रखें।

अपने अंदर लिखने की आदत विकसित करें। वैसे तो डायरी कई लोग लिखते हैं लेकिन सही तरीके से लिखनेवाले बहुत ही कम होते हैं और वे ही आगे जाकर सफल बनते हैं। यदि हम सही तरीके से डायरी लिखते हैं तो भविष्य में हमें उससे बहुत लाभ मिलेगा। जिन लोगों ने डायरी का सफलतापूर्वक उपयोग किया है, उन लोगों से यह सीखें कि डायरी का इस्तेमाल कैसे किया जाए।

एक इंसान ने अपने मित्र से कहा, 'मैं अपने सारे काम अपनी डायरी में लिखकर रखता हूँ, मुझे अब सोचने की जरूरत ही नहीं पड़ती कि कब कौन सा काम करना है।' यह सुनकर मित्र ने कहा, 'यह तो बड़ी अच्छी बात है मगर तुम यहाँ-वहाँ क्या ढूँढ़ रहे हो?' इस पर वह इंसान कहता है, 'मैं अपनी डायरी ही ढूँढ़ रहा हूँ।'

इस चुटकुले से समझें कि डायरी का इस्तेमाल कर रहे हैं तो उसे कहाँ रखना है और कब खोलकर पढ़ना है, यह सब आपको मालूम होना चाहिए। सारे काम डायरी में लिखे हैं और डायरी ही नहीं मिल रही है तो जो फायदे आपको डायरी से मिलनेवाले थे, वे नहीं मिलेंगे। यदि आप विश्वसनीय बनना चाहते हैं तो डायरी लिखने की आदत आपके लिए बड़े काम की सिद्ध हो सकती है।

हम पर जो भी जिम्मेदारी है, उसे बेहतरीन ढंग से कैसे निभाएँ, इस बात का हमें सदा ध्यान रखना है। वर्तमान की जिम्मेदारियों से न घबराते हुए हम उसका पूरा-पूरा लाभ उठाएँ। रो-धोकर भी सारे काम हो जाते हैं मगर हमें अपने कार्यों को इस तरह नहीं करना चाहिए। रो-धोकर काम करने की पुरानी आदत को छोड़कर, हँसते-हँसते काम करने की नई आदत हमें अपने अंदर डालनी

होगी। बोरिंग असाईनमेंट और प्रोजेक्ट को चैलेंज समझकर खुद को चुनौती दें। जैसे, 'मॅथ्स का प्रोजेक्ट मैं दो दिन में पूरा करूँगा/करूँगी।' काम करने के साथ अपने बारे में जो नए विचार, गुण तथा अवगुण पता चलें, उन्हें लिख लें ताकि आगे चलकर उन विचारों का उपयोग कर, अवगुणों को खत्म किया जा सके।

३. निर्णय लेने का निर्णय लेकर, निर्णय लेने की कला सीखें - Learn the art of decision-making by deciding to take a decision

अगर आपको विश्वसनीय बनकर बड़ी सफलता प्राप्त करनी है तो आपको बहुत पहले ही निर्णय लेने की कला सीख लेनी चाहिए वरना बाद में ऐसे हालात पैदा होते हैं कि प्यास लगी है और कुआँ खोदने की नौबत आ गई है।

निर्णय न ले पाना अविश्वसनीय बनने के पीछे का एक बहुत बड़ा कारण है। ऐसे लोगों के मन में हमेशा दुविधा रहती है, यह काम करें कि न करें? यह सामान खरीदें या न खरीदें? उन्हें यह समस्या रहती ही है कि 'मुझे निर्णय लेना क्यों नहीं आता? अगर कभी कोई निर्णय लेना पड़े तो मैं किसी और से सलाह लूँ या नहीं? मुझे निर्णय लेने में डर क्यों लगता है?' इस तरह वे लोग शंकाओं में उलझकर निर्णय लेना टालते रहते हैं। परिणाम यह होता है कि वे अपने जीवन में कभी निर्णय लेना नहीं सीखते। वे चाहते हैं कि कोई और निर्णय ले ताकि वे गलत निर्णय के इल्जाम से भी बचे रहें।

अगर हमें निर्णय लेने से डर लगता है तो इसका मतलब है कि हमने अभी तक निर्णय लेने की कला नहीं सीखी है। ऐसा इंसान लोगों का विश्वास जीतने में असफल रहता है। यदि हमें अपने निर्णय पर भरोसा नहीं है तो पहले यह देख लें कि हमारे पास काम करने के कितने ऑप्शन्स मौजूद हैं और इसके बाद छोटे-छोटे निर्णयों से शुरुआत करें। हमने चाहे गलत निर्णय भी लिया हो लेकिन वह लेना जरूरी है क्योंकि एक बार जब हम उस राह पर चलना शुरू कर देते हैं तो धीरे-धीरे हम सही निर्णय लेना सीख जाएँगे। हम चाहें तो दूसरों से भी सलाह

अवश्य लें, हम सुनें सबकी लेकिन करें मन की। हम वही करें, जो हृदय से सही लगता हो।

यदि आपको कोई निर्णय लेने में दिक्कत महसूस हो तो पहले आप पेपर पर एक चार्ट बनाए, जिसमें दो कॉलम हों। 'ए' साइड में निर्णय से होनेवाले फायदे लिखें और 'बी' साइड में उससे होनेवाले नुकसान लिखें। जैसे, आप किसी अच्छे कॉलेज में एडमिशन लेना चाहते हैं मगर डिसीजन नहीं ले पा रहे हैं कि कौन से कॉलेज में एडमिशन लिया जाए। ऐसे में सही निर्णय लेने के लिए यह टेकनिक उपयोगी साबित हो सकती है।

असल में होता यह है कि हम दूसरों के लिए सोचते हैं और दूसरे हमारे लिए सोचते हैं। दूसरों के बारे में निर्णय* लेने में हमें कोई दिक्कत नहीं होती और हम बड़ी आसानी से बता देते हैं कि उसे यह करना चाहिए, वह करना चाहिए। लेकिन जब अपनी बात आती है तो हम खुद के बारे में निर्णय नहीं ले पाते। अपने रिश्तों, महत्वाकांक्षाओं और जीवन से मोह होने की वजह से निर्णय लेना हमारे लिए कठिन हो जाता है। यदि हमें निर्णय लेने की कला सीखनी है तो हमें इस मोह को तोड़ने का निर्णय लेना होगा।

दूसरों के लिए निर्णय लेना बड़ा ही आसान लगता है लेकिन अपने निर्णयों में कैल्क्यूलेटिड रिस्क लेने से भी कई लोग घबरा जाते हैं। असल में हमें अपने अंदर छिपे हुए डरों के बारे में पता ही नहीं होता। निर्णय लेने से पहले हमें अपने डरों पर जीत प्राप्त करनी है या छोटे-छोटे निर्णय लेकर अपने डर खत्म करने हैं।

हमारे सामने निर्णय लेने के ढेरों मौके हर दिन आते हैं। अगर हर मौके को हम पहचानकर, उसका फायदा लेना सीख लें तो हम सही निर्णय लेने की कला सीखकर विश्वसनीय बन जाएँगे।

---

*निर्णय लेने की कला को विस्तार से सीखें तेजज्ञान ग्लोबल फाउण्डेशन द्वारा प्रकाशित पुस्तक 'वचनबद्ध निर्णय और जिम्मेदारी कैसे लें'।

जब आप किसी और के लिए कोई निर्णय लेते हैं तो कैसे तुरंत निर्णय ले पाते हैं क्योंकि आप उस समस्या से इमोशनली जुड़े नहीं होते। ठीक यही तकनीक अपने लिए भी अप्लाय करें। अपनी समस्या को अलग (detach) होकर देखेंगे तो सही निर्णय ले पाएँगे।

४. काम से बचने के ऑप्शन्स् तोड़ें - Cut out the escape routes of avoiding work

दुनिया में ऐसे कई सारे लोग हैं, जो बहुत कुछ करना चाहते हैं लेकिन कर नहीं पाते। सुस्ती, अधूरी जानकारी और बेहोशी उन्हें वह कार्य करने से रोकती है, जो उन्हें करना चाहिए। और ये सारी चीजें नींव नाइन्टी को कमजोर बनाती हैं।

यदि हमने अपने जीवन का कोई लक्ष्य तय किया है और हम उसे पाना चाहते हैं तो जरूरी है कि हम चुस्ती, संपूर्ण समझ और होश प्राप्त करें। लक्ष्य प्राप्ति में जो भी बातें रुकावट पैदा करती हैं या काम से बचने के जो भी ऑप्शन मौजूद हैं, उन्हें तोड़ें।

जब बहादुर सिपाही युद्ध में जाते हैं तब वे 'करो या मरो' का नारा सुनना पसंद करते हैं। ऐसे में उनके लिए लड़ाई के मैदान से भागने की कोई गुंजाइश ही नहीं होती। वे किसी पुल को पार करके आगे जाते हैं तो उनके सामने दो ही लक्ष्य होते हैं, 'जीतना है या मरना है।' पीछे वापस जाने का कोई रास्ता न रहे इसलिए वे पुल पार करने के बाद उस पुल को तोड़ देते हैं ताकि भागने का कोई भी ऑप्शन न बचे।

यदि हम विश्वसनीय बनना चाहते हैं तो काम से बचने के ऑप्शन तोड़ने की इस तकनीक का अपने जीवन में इस्तेमाल करें। अगर हम अपनी सेहत पर काम करना चाहते हैं तो सुबह जल्दी उठकर किसी जिम में जाएँ। शायद देर से उठने की आदत की वजह से हम अपनी सेहत खो रहे हैं। खुद को प्रेरित करने के

लिए हम जिम या योगा क्लास में जाएँ और पहले से ही एक साल की फीस भर दें। आगे का काम वह फीस हमसे खुद-ब-खुद करवा लेगी। हमने फीस भरी है इसलिए अब तो हमें जल्दी उठना ही पड़ेगा। बहुत से लोगों के लिए यह तकनीक उपयोगी साबित हुई है। यदि हम इस बात के टोटल ऑपोजिट हैं तो काम से बचने के ऑप्शन्स् को तोड़ने के लिए नए तरीके ढूँढ़ सकते हैं। नींव नाइन्टी मजबूत करने की शुभ इच्छा हमसे यह काम करवा लेगी।

'अगर दुनिया में एक इंसान कोई कार्य कर सकता है तो वह कार्य हम भी कर सकते हैं', इस समझ के आधार पर हमें सदा आशावादी दृष्टिकोण अपनाना चाहिए।

५. बहानों से बचकर हर बल प्रबल बनाएँ - Avoiding excuses, reinforce your strengths

ओ. जे. सिम्पसन ने कहा था, **'जिस दिन आप अपने बारे में पूरी जिम्मेदारी ले लेते हैं, जिस दिन आप बहाने बनाना बंद कर देते हैं, उसी दिन आप शिखर की ओर की यात्रा शुरू करते हैं।'**

अकसर देखा गया है कि जिन लोगों की नींव नाइन्टी कमजोर होती है, वे कई तरह के बहाने बनाकर काम को टालते रहते हैं। इस वजह से उनके काम अधूरे रह जाते हैं। इससे उनका तो नुकसान होता ही है, साथ में दूसरों को भी तकलीफ होती है।

पिता अपने बेटे से रात में कहते हैं, 'बेटा, जरा बत्ती तो बुझा दो।' बेटा जवाब देता है, 'पिताजी, अपनी आँखें बंद कर लें और समझ लें कि बत्ती बुझ गई है।' फिर पिता बेटे से कहते हैं, 'अच्छा बेटा, जरा बाहर जाकर देखो, कहीं बारिश तो नहीं हो रही है?' तब बेटा जबाव देता है, 'पिताजी, आपके पलंग के नीचे बाहर से बिल्ली आकर बैठी है, उसे छूकर देख लें। यदि वह गीली है तो इसका

मतलब है कि बाहर बारिश हो रही है।' अब पिताजी बेटे से कहते हैं, 'अच्छा कम से कम दरवाजा तो बंद कर दो।' इस पर बेटा कहता है, 'सब काम क्या मैं ही करूँ, कुछ काम आप भी तो कीजिए न!'

इस उदाहरण से आपको समझ में आया होगा कि जिन लोगों के शरीर में सुस्ती भरी हुई होती है, वे काम से बचने के लिए किस तरह अलग-अलग बहाने बनाते हैं। उन्हें लगता है कि 'उनके बहाने बहुत सही हैं।' लेकिन कोई भी बहाना बनाने से पहले हर एक को खुद से यह सवाल जरूर पूछना चाहिए कि 'मैं काम न करने के जो कारण बता रहा हूँ, क्या वे वाकई में सही हैं? या फिर मैं काम से बचना चाहता हूँ?' यह पूछताछ करने के बाद आपको पता चलेगा कि हमें अपने आपको किस तरह का प्रशिक्षण देने की आवश्यकता है। अगर हम किसी काम में इस तरह के बहाने या प्रतिसाद देते हैं तो फिर अपने चरित्र को सँभालना बहुत कठिन है।

चरित्रवान इंसान अनेक दिक्कतों के बावजूद बहाना बनाए बिना कठिन कार्य पूर्ण करता है। सोने को अगर आग में तपाया जाए तो वह कुंदन बनता है। आप सोने को जितना अधिक तपाएँगे, उसमें उतनी ही अधिक चमक आएगी। ऐसा क्यों होता है? क्योंकि सोने को बार-बार तपाया गया है, उसने उतना कष्ट सहा है। इसी तरह हम भी यदि बिना बहानों के कोई कार्य पूरा करने की ठान लेते हैं तो कुछ समय बाद हम भी सोने की तरह खरे बन जाते हैं।

> किसी राजा के दरबार में एक प्रसिद्ध विद्वान कार्य करते थे। उनके अपार ज्ञान के कारण राजा उनकी इतनी इज्जत करते थे कि उनके आने पर खुद सिंहासन छोड़कर उठ खड़े होते थे।
>
> एक बार उस विद्वान के मन में जिज्ञासा हुई कि राजदरबार में उन्हें आदर ज्ञान के कारण मिलता है या चरित्र के कारण? उन्होंने एक योजना बनाई और राजा के खजाने में जाकर पाँच कीमती मोती जेब में

डाल लिए। यह करते हुए उन्होंने ऐसा अभिनय किया कि खजांची को लगे कि वे उसकी नजर छिपाकर मोती चुरा रहे हैं। दूसरे दिन भी उन्होंने ऐसा ही किया और यही क्रिया तीसरे दिन भी दोहराई। यह देखकर खजांची, जो विद्वान पर पहले बहुत श्रद्धा रखता था, अब उन्हें चोर समझने लगा और उसने राजा को पूरा किस्सा सुनाया।

राजा को इस सूचना से बड़ा आघात पहुँचा। उनके मन में विद्वान के प्रति आदर खत्म हो गया। चौथे दिन जब वे विद्वान दरबार में पहुँचे तो राजा सिंहासन से नहीं उठे बल्कि ऊँची आवाज में बोले, 'क्यों पंडितजी, खजाने में क्या गड़बड़ी चल रही है? वहाँ से कुछ मोती उठाए हैं?' विद्वान ने एक पुड़िया जेब से निकाली और राजा के सामने रख दी, जिसमें कुल पंद्रह मोती थे। राजा बोले, 'आपने ऐसा करके जीवनभर की प्रतिष्ठा खो दी है। कुछ तो बोलिए, आपने ऐसा क्यों किया?'

विद्वान मुस्करा दिए और राजा को अपनी जिज्ञासा के बारे में बताकर कहा, 'केवल इस बात की परीक्षा लेने के लिए कि ज्ञान और चरित्र में कौन बड़ा है, मैंने आपके खजाने से मोती उठाए थे। आज चरित्र के प्रति मेरी आस्था पहले की अपेक्षा और अधिक बढ़ गई है। मैं जान गया कि आपसे और आपकी प्रजा से अभी तक मुझे जो प्यार और सम्मान मिला है, वह ज्ञान के कारण नहीं बल्कि उत्तम चरित्र के कारण ही था।'

15

बेस्ट पढ़ना

Right Reading

महान हस्तियों की ऑटोबायोग्राफीज़् पढ़ें

आठवाँ उपाय

ऐसा नहीं है कि इंसान की लिखावट नहीं बदल सकती। इंसान की लिखावट उसकी मनोदशा के साथ भी बदल सकती है। जब कोई इंसान निराश होता है तब उसकी लिखावट अलग हो जाती है। जब कोई इंसान आशावादी और खुश होता है तब उसकी लिखावट अलग हो जाती है। इंसान एक ही होता है लेकिन उसकी लिखावट समय-समय पर बदलती रहती है।

कहने का अर्थ है कि जब इंसान खुद को सुधारता है तब इस बात का असर उसकी लिखावट पर भी होता है। खुद को बदलने के साथ लिखावट में और लिखावट बदलने से खुद में सुधार होता है।

लिखावट बदलने का आसान तरीका यह है कि हम हर

दिन एक पन्ना लिखें और अपनी पहलेवाली लिखाई से मिलाकर देखें। अगर हम इस तरह रोज लिखावट सुधारने की कोशिश करेंगे तो बहुत जल्दी हमारी राईटिंग में सुधार होता हुआ दिखेगा। पहले की तुलना में हमारे शब्द ज्यादा स्पष्ट, सुंदर और खुले हुए दिखेंगे। बच्चों के लिए 'करसिव राइटिंग' की एक्सरसाइज बुक बाजार में उपलब्ध होती है। अपनी हैन्डराईटिंग में सुधार लाने के लिए हम उस पुस्तक में छपी लिखावट के ऊपर लिखने का अभ्यास करें।

इससे भी उत्तम तरीका यह है कि हम खुद को बेहतर बना लें। हम अपने मन से डर, झूठ, कपट, कनफ्यूजन जैसी नकारात्मक बातें निकाल दें तो हम खुलकर लिखने लगेंगे, हमारी लिखाई में हमारा आत्मविश्वास झलकेगा। हमारे साथ-साथ हमारी लिखावट में भी सलीका आ जाएगा। जैसे-जैसे हमारे अंदर बदलाहट होगी, वैसे-वैसे हमें अपनी लिखाई भी सुंदर और चमकती हुई महसूस होगी। यही लिखावट हमारे चरित्र को दर्शाती है। अतः हमारी लिखावट का सुंदर होना हमारे चरित्र के सुंदर होने का आइना बनती है।

आत्मचरित्र (autobiographies) पढ़ें और उनसे प्रेरणा लें
Derive inspiration from autobiographies

जब हम संतों के आत्मचरित्र यानी आत्मकथाएँ पढ़ेंगे तब हमें उनके फौलादी चरित्र का पता चलेगा कि नींव नाइन्टी मजबूत कैसे की जाती है। भगवान बुद्ध या भगवान महावीर के जीवन चरित्र पढ़ने पर हमें पता चलेगा कि उनके जीवन में भी वे सारी बातें हुईं थी, जो आज हमारे जीवन में हो रही हैं। मगर उन दुःखद घटनाओं में भी उन्होंने हमेशा सकारात्मक कदम ही उठाया।

लोग अपनी नींव नाइन्टी मजबूत करना चाहते हैं यानी उनकी पुस्तक के अंदर जो छपा हुआ है, उसे सुंदर और पढ़ने योग्य बनाना चाहते हैं तो वे इन महान विभूतियों (great saints) के जीवन चरित्र अवश्य पढ़ें। इनसे हमें भी अपने चरित्र को आकार देने की प्रेरणा मिलती है। खुद से यह सवाल पूछें, 'आज तक मैंने कितनी ऑटोबायोग्राफीज पढ़ी हैं?' अपने महान लक्ष्य के अनुसार हम

कुछ ऑटो बायोग्राफीज़ अवश्य पढ़ें। इस बात का महत्त्व हम उन चरित्रों को पढ़कर ही जान सकते हैं।

दुनिया का हर सफल इंसान, जिसने अपनी नींव नाइन्टी मजबूत बनाई है, जिसने निरंतरता से उस पर काम किया है, उसका आत्मचरित्र पढ़कर आपको ये बातें समझ में आएँगी। जैसे स्वामी विवेकानंद, लाला लजपत राय, डॉ. बाबासाहेब आंबेडकर, भगत सिंह, मदर टेरेसा, बादशाह अकबर, अंतरिक्ष में जानेवाली पहली भारतीय महिला कल्पना चावला इत्यादि। ये सभी लोग अपने जीवन में अपने लक्ष्य के अनुसार सफलता के उच्च शिखर तक पहुँचे थे। उनके जीवन में भी कई अड़चनें आईं मगर उनके अंदर विश्वास था और उस विश्वास ने बड़ा काम किया। उन्होंने मुसीबतों के बावजूद एक सही और नया रास्ता ढूँढ़ निकाला। उन्हें यह विश्वास था कि इस रास्ते पर चलकर ही उनकी नींव मजबूत बनेगी। इन महान हस्तियों के आत्मचरित्र पढ़कर आपके अंदर भी दृढ़ विश्वास जाग्रत होगा और हम ऐसी पुस्तक बनने की ओर आगे बढ़ेंगे, जिसे लोग पढ़ना चाहें, जिससे लोगों को प्रेरणा और सीख मिले।

नीचे दिए गए कुछ उदाहरणों से आप भी अपने अंदर विश्वास जाग्रत कर पाएँगे तथा आपको अपने लक्ष्य की ओर बढ़ने की प्रेरणा भी मिलेगी।

१. कुछ वैज्ञानिकों ने सामान्य डिस्टिल्ड पानी की एक बूँद को -२५ डिग्री पर जमाया और उस बूँद का फोटो लिया। उसमें सब कुछ सामान्य था। फिर उन्होंने उसी बोतल पर लेबल लगाया 'थैंक यू'। कृतज्ञता के इस विचार और इरादे को लगातार कुछ दिनों तक दोहराने के बाद उस बूँद का फोटो लिया गया। पानी वही था, प्रोसेस वही था लेकिन दिलचस्प बात यह थी कि पहले की बूँद का फोटो अलग था और बाद की बूँद का अलग। 'थैंक यू' या ग्रॅटिट्यूड के विचार से ही सारा फर्क पड़ा था।

फिर उन्होंने उस बोतल पर दूसरा लेबल लगाया, 'मैं तुम्हें जान से मार डालूँगा'। इस नकारात्मक विचार को लगातार दोहराने के बाद जब उस बूँद का

फोटो लिया गया तो उसके क्रिस्टल्स में फर्क साफ दिख रहा था। जरा सोचें, हमारे विचारों से पानी का केमिकल स्ट्रक्चर ही बदल गया था। जब पानी पर विचारों का इतना गहरा असर हो सकता है तो हमारे शरीर पर कितना असर होता होगा क्योंकि हमारे शरीर में 90 प्रतिशत पानी ही तो है। रीसर्च से यह बात साबित हो चुकी है कि इंसान के जीवन पर विचारों का सबसे ज्यादा असर होता है।

२. कल्पना शक्ति (visualization) का सही उपयोग मानसिक चित्रों के रूप में किया जा सकता है। मान लें, हम कोई चीज चाहते हैं, जैसे मकान या अच्छी सी नौकरी। इस तरह अंतिम परिणाम (end result) तय हो गया। इस तक पहुँचने का एक तरीका तो यह मानसिक चित्र देखना है कि हम मंच पर खड़े होकर घोषणा कर रहे हैं कि 'मैंने ये-ये रचनात्मक कल्पना (creative visualization) की थी, जो साकार हो गई।'

दूसरा तरीका यह मानसिक चित्र देखना कि हम वाकई उसी घर में रह रहे हैं और अपने दोस्त को बता रहे हैं कि 'यह पूरा घर मेरे नाम पर है। इस पर कोई लोन नहीं है। मैंने इसे खुद खरीदा है।' जब आप यह करेंगे तो कुछ समय उपरांत आप हैरान रह जाएँगे कि हमें अपनी मनचाही चीज कितनी आसानी से मिल गई। हमें अपना मनचाहा घर या अच्छी नौकरी कल्पना के उपयोग से मिली है। वैसे हमारा अंतिम परिणाम चाहे जो हो, कल्पना उसे साकार करने में हमारी मदद कर सकती है।

३. हम 'शैडो बॉक्सिंग' भी कर सकते हैं। शैडो बॉक्सिंग यानी यदि साइकिल चलाने से डर लगता है तो हम अपनी कल्पना में स्वयं को साइकिल चलाते हुए देखें। इस तरह हम सफलता की कल्पना कर सकते हैं, जिसमें यह पिक्चर (film) हमें मदद करती है। अगले दिन हम साइकिल चलाते वक्त और बेहतर ढंग से चला पाते हैं, जिससे हमारा आत्मविश्वास बढ़ता है कि यह संभव है। फिर हमें कोई भी काम जो पहले असंभव लग रहा था, वह संभव लगने लगता है यानी हमारा विश्वास बढ़ने लगता है। इस तरह हम देखेंगे कि कुछ समय के बाद हमें

साइकिल चलाना आ गया। फिर हममें इस बात का तो विश्वास आ चुका होगा कि हम दो पहियों पर साइकिल चला ही सकते हैं। अगर हमारी अगली अभिव्यक्ति सर्कस में है तो हम चाहेंगे कि अब एक पहिए पर भी साइकिल चलाएँ।

शुरुआत में हमें विश्वास नहीं आएगा कि एक पहिए पर भी साइकिल चलाई जा सकती है मगर फिर हम सर्कस में जाकर देखेंगे कि एक इंसान एक पहिए पर भी साइकिल चला रहा है। उसे देखकर भी हमारा विश्वास बढ़ेगा।

इसका अर्थ है कि हम उन लोगों के बीच में रहें, जो ऐसे कार्य कर रहे हैं, जो हम करना चाहते हैं, जिसमें हम अपना विश्वास बढ़ाना चाहते हैं।

16

बेस्ट प्रशिक्षण
Right Training
चार मजबूत कदम उठाएँ

नौवाँ उपाय

हम सब पृथ्वी पर अपने-अपने विशेष लक्ष्य लेकर आए हैं। कुदरत हमें अपना लक्ष्य पाने के लिए सदा मार्गदर्शन दे ही रही है। यदि हमारा चरित्र बलवान होगा तो हम बिना हिले कुदरत के बताए हुए रास्ते पर सीधे चल पाएँगे वरना हर छोटी घटना में लालच, सुस्ती और अज्ञान की वजह से डगमगाकर गिर जाएँगे। आपने सोचा है, बंदूक की गोली इतनी इफेक्टिव क्यों होती है? क्योंकि यह तेजी से बिलकुल सीधी जाकर निशाने पर लगती है।

आपने देखा होगा कि किसी मेले में आप गए हैं तो वहाँ पर कुछ गुब्बारे चिपकाकर रखे होते हैं और आपको बंदूक से उन पर निशाना साधना होता है। आप सही निशाना लगाकर

गुब्बारे फोड़ते हैं तो आपको कुछ ईनाम भी मिलता है। जब आप निशाना साधते हैं तो बंदूक से निकली गोली अपना काम सही तरीके से करती है, वह सीधा अपने लक्ष्य की ओर बढ़ती है। मान लीजिए, यदि वह इंसानों जैसा बरताव करती तो क्या होता? वह दो फुट दूर जाने के बाद आराम करने लगती और कहती कि 'मुझे थकान महसूस हो रही है', फिर दायीं ओर मुड़ जाती क्योंकि वहाँ उसे पिज्जा दिख जाता है, फिर बायीं ओर मुड़ जाती क्योंकि वहाँ पर आईस्क्रीम दिखती है, फिर दोबारा पीछे की ओर लौटती क्योंकि वहाँ पर नई फिल्म चल रही है और इसी तरह वह गोल-गोल घूमती रहती है। जाहिर है, यदि बंदूक की गोली इस तरह काम करती तो निशाने पर नहीं लगती और वह किसी काम की नहीं होती। बंदूक की गोली का काम है, सीधे अपने लक्ष्य तक पहुँचना। बिलकुल इसी तरह **इंसान को भी अपने लक्ष्य तक सीधे, सरल और सही रास्ते से पहुँचना चाहिए तभी उसका जीवन कारगर सिद्ध हो सकता है।**

जब भी कोई सकारात्मक चीज लक्ष्य के अनुसार हमारे पास आए तो हमें उसे सही तरीके से और खुले मन से लेनी चाहिए। अगर हमने कुदरत से यह प्रार्थना की है कि 'जो मेरा है, वह मुझे सही दिशा और सही तरीके से मिले' तो कुदरत की तरफ से हमें वैसा ही प्रतिसाद मिलेगा। हमारी यह प्रार्थना ही हमारी नींव की मजबूती को दर्शाती है। आइए, अब हम जानेंगे कि ऐसे कौन से तरीके हैं, जिन्हें अपनाने से नींव नाइन्टी और ज्यादा मजबूत बनती है।

१. न गुलाम बनें, न बनाएँ - Do not become a slave & do not enslave others

चरित्रवान इंसान न दबता है, न किसी पर दबाव डालता है। अविश्वसनीय होने के कारण लोग दूसरों से दबते हैं या दूसरों को अपना गुलाम बनाते हैं। जो लोग दबते हैं, वे तो अनट्रेन्ड हैं ही मगर जो दूसरों को गुलाम बनाना चाहते हैं, वे भी अनट्रेन्ड हैं क्योंकि जो गुलाम बनाना चाहते हैं, वे नहीं जानते कि किसी को

गुलाम बनाए बिना भी उनके काम हो सकते हैं।

दूसरों को गुलाम बनाने की चाहत का एक मुख्य कारण यह है कि हर इंसान अपने काम को पूरा होते हुए देखना चाहता है। इस नतीजे (output) पर ही उसकी योग्यता को आँका जाता है। अपने कार्य का परिणाम दिखाने के बाद ही लोगों को पदोन्नति (promotion) मिलती है।

लोगों को अपना लक्ष्य प्राप्त करने का यही एक रास्ता दिखाई देता है कि दूसरों पर दबाव डालने से ही उनके काम समय पर पूरे होंगे वरना नहीं। जो लोग दबते हैं, वे खुलकर किसी को बता नहीं पाते कि वे किन कार्यों को करने में सक्षम हैं। वे किसी को स्पष्ट रूप से बता नहीं पाते कि 'आप सिर्फ हमें जिम्मेदारी सौंपें, हम काम करके दिखाते हैं।' जब वे अपने दिल की बात कह पाएँगे तभी वे विश्वसनीय तथा आत्मनिर्भर बन पाएँगे। जो इंसान आज़ाद होना चाहता है, उसे यह सोचना चाहिए कि 'मुझे आत्मनिर्भर बनना है, मैं जो कार्य कर रहा हूँ, अपने बलबूते पर कर पाऊँ। मुझे अपने काम में इतनी कुशलता हासिल करनी है कि मेरा काम देखकर लोगों को लगे कि अब इस इंसान पर दबाव डालने की जरूरत नहीं है।'

लोग कई बार बिना प्रशिक्षण के ही ऊँचे पद पर पहुँच जाते हैं। ऊँचे पद की वजह से वे लोगों पर दबाव डालकर अपना काम करवाना चाहते हैं क्योंकि वे दिखाना चाहते हैं कि 'मैं लोगों से कार्य कराने में कितना सक्षम हूँ।' अपनी कार्यक्षमता को दिखाने का यही एक मार्ग उनके पास होता है मगर वे नहीं जानते कि इस तरह लोगों पर दबाव डालने से एक समय ऐसा आएगा कि उनका पद चला जाएगा या वे वहीं रह जाएँगे, जहाँ थे। उनकी कंपनी जहाँ की तहाँ रुकी रहेगी या डूब जाएगी।

अत: हम अपने आपसे पूछें, 'मुझमें क्या कमी है, जो लोग मुझे दबा रहे हैं या मैं दूसरों पर दबाव डाल रहा हूँ?' हमें अपने अंदर जो कमजोरियाँ नजर आती

हैं, उन्हें दूर करने का प्रयास करें। हम शिकायत करते न बैठें। शिकायत करने बैठे भी तो आगे दी गई टेकनीक का इस्तेमाल करें।

सबसे पहले तो हम शिकायत करने के लिए एक समय निश्चित करें। जैसे, मैं अभी पंद्रह मिनट तक फलाँ-फलाँ बात पर शिकायत करूँगा/करूँगी। उस पंद्रह मिनट में अपने अंदर की पूरी भड़ास निकाल दें। जितनी भी शिकायतें हैं, उन्हें उगल दें। मगर पंद्रह मिनट बाद फिर आप उस विषय पर एक भी शब्द बोलकर या सोचकर उस विषय को हाईलाइट न करें।

इस तरह जब हम अपने अंदर उठनेवाली हर शिकायत पर समय तय करके कार्य करेंगे तो देखेंगे कि शिकायत का यह पीरियड धीरे-धीरे कम होता जाएगा। इस टेकनीक का इस्तेमाल करते हुए जल्द से जल्द अपनी कमजोरियों पर काम करना शुरू करें। अगर इसमें सालभर लग जाए तो भी कोई हर्ज नहीं। यदि हम आज से ही काम करना शुरू करेंगे तो एक साल में आपका उद्देश्य पूरा हो जाएगा।

डर या लालच की वजह से लोग गुलाम बनते या बनाते हैं। डर लगने के बावजूद भी हमें काम करना है। डर को हम अपना काम करने दें। डर हमें हमारे शरीर द्वारा दिया गया फीडबैक है, जो यह बताता है कि 'तुम कोई नया काम करने जा रहे हो, जो तुमने पहले कभी नहीं किया है।' यह कितनी अच्छी बात है कि शरीर अपने अंदर सारे रिकॉर्ड रखता है कि वह कौन सा काम पहली बार कर रहा है, कौन सा काम नया कर रहा है तथा कौन सा काम पुराना है। शरीर द्वारा दिए गए फीडबैक को हम धन्यवाद दें और खुद से कहें, 'इस डर के बावजूद मुझे अपना कार्य करना ही है।'

नए प्रयोग के साथ अब हमें अपने मस्तिष्क में नई फाईल (जानकारी) खोलनी है। फिर अगली बार शरीर कहेगा, 'यह काम तुम पहले भी कर चुके हो, यह कोई नई बात नहीं है, यह तो तुम कर सकते हो, इस स्थिति को तुम सँभाल

सकते हो।' इस तरह से वह हमारा आत्मविश्वास बढ़ाता जाएगा।

किसी भी मुकाम पर, कितने ही बड़े शिखर पर हम पहुँच जाएँ, फिर भी सीखना बंद न करें क्योंकि इसी से नई संभावनाएँ खुलेंगी। जो निर्माण हो चुका है, पहले उसे समझने पर काम करना है, फिर जिसका निर्माण अभी तक नहीं हुआ है, उसके लिए शरीर को तैयार करना है। नींव नाइन्टी मजबूत करने का यह लाभकारी उपाय है।

२. संतुलित रहें - Stay balanced

तबीयत और परिस्थिति के हिसाब से हमें हमेशा संतुलित रहना है। शरीर को जो आदत हम डालेंगे, उसे वैसी ही आदत पड़ जाएगी। यदि उसे सुस्ती की आदत डालेंगे तो शरीर हमेशा सोचता रहेगा कि 'मैं काम से कैसे बचूँ, कौन सा बहाना बनाऊँ?' शरीर को सुस्ती की आदत डालने से हम अपनी अभिव्यक्ति में कमजोर पड़ जाएँगे। इसलिए हम यह सोचें कि आगे कौन सी आदत मेरे काम आएगी, काम न करने की या काम करने की? हम अपनी तबीयत का खयाल अवश्य रखें। यह एक सूक्ष्म बात (fine line) है कि कब तक काम किया जाए और कब आराम किया जाए। हम दोनों अतियों में जाने से बचें। **थकने से पहले आराम करें, सुस्ती आने से पहले काम शुरू करें।**

बहुत आराम की आदत पड़ने लगी तो धीरे-धीरे यह आदत बढ़ती जाती है। एक साल के बाद हम देखते हैं कि हमारे शरीर में तमोगुण (सुस्ती) पहले से बहुत ज्यादा बढ़ गया है। पहले हम जितना काम कर पाते थे, अब उससे आधा काम भी नहीं कर पा रहे हैं। यह आदत आगे जाकर हमें तकलीफ देगी। फिलहाल आज से हम अपने शरीर को इस तरह से प्रशिक्षित करें कि उसे ज्यादा से ज्यादा काम करना अच्छा लगे। अगर हम काम को बोझ समझेंगे तो उस काम में हमें थकावट महसूस होने लगेगी। फिर काम से बचने के लिए कपट शुरू होगा। कपट नींव नाइन्टी को हिला देगा इसलिए काम को बोझ नहीं, अभिव्यक्ति

समझकर करें। हर महान इंसान ने काम में आनंद लिया है। मिसाल के तौर पर इस प्रसंग को देखें।

> मैक्डॉनल्डस् का नाम तो सभी ने सुना होगा लेकिन क्या आप जानते हैं कि इसके संस्थापक कौन हैं? इस विश्वव्यापी कंपनी को किसने शुरू किया? यदि आप नहीं जानते हैं तो जान लें कि मैक्डॉनल्डस् कंपनी को रेमंड क्रॉक नामक एक अमेरिकी ने शुरू किया था और वह भी ५२ वर्ष की उम्र में। उस वक्त उन्हें बहुत सी बीमारियाँ थीं लेकिन उनमें काम करने की धुन सवार रहती थी, वे बहाने नहीं बनाते थे बल्कि मौके को देखकर उसका फायदा उठाने की ताक में रहते थे। रेमंड क्रॉक ने कहा है, 'एक पुरानी अंग्रेजी कहावत है, दिनभर काम करने और जरा भी न खेलने से जैक एक आलसी लड़का बन जाता है (All work and no play makes Jack a dull boy)। मुझे इस बात पर कभी यकीन नहीं हुआ क्योंकि मेरे लिए काम ही खेल था। मुझे इससे उतना ही आनंद मिलता था, जितना कि बेसबॉल खेलने से।'

अपने काम में आनंद लेना सीखें क्योंकि यही जीवन में सफलता का अचूक रहस्य है।

३. अपने आपको ट्रेन्ड करें, 'ना' कहना सीखें - Train yourself & learn to say 'no'

अपने आपको ट्रेनिंग देने का कोई भी मौका न गँवाएँ। कान को यह ट्रेनिंग दें कि वह कौन सी बात सुने और कौन सी बात अनसुनी करे। आँख को ट्रेनिंग दें कि वह कौन सी पुस्तकें पढ़े और कौन सी न पढ़े। जो पुस्तकें हमारी नींव को हिलाती हैं, उनकी तरफ न जाएँ। कंप्यूटर या टी.वी. पर ऐसे कार्यक्रम न देखें, जो

हमारी नींव हिलाते हैं।

यदि हम गलत लोगों को 'ना' नहीं बोल पाते तो उन्हें यह बता नहीं सकते हैं कि 'मैं आपके साथ नहीं आ सकता, मैं यह नहीं कर सकता, मुझे क्षमा करें।' ऐसे में सबसे पहले आइने के सामने खड़े होकर 'ना...नहीं' कहने का अभ्यास करें। आइने के सामने खड़े होकर वे पंक्तियाँ बार-बार दोहराएँ, जो हम लोगों से कहना चाहते हैं लेकिन हिचकिचाहट की वजह से नहीं कह पाते। इस तरह कपटमुक्त और अपनी बात पर अटल रहने का अभ्यास करके, हम अपनी नींव नाइन्टी मजबूत करें।

४. शक्ति का रूपांतरण करें और वासना से मुक्ति पाएँ - Transform your energy & free yourself from mental vices

शक्ति अविनाशी है, न तो वह उत्पन्न की जा सकती है और न ही उसका नाश होता है; उसका सिर्फ रूपांतरण (transformation) होता है। हमारे अंदर मौजूद वासना, क्रोध, लोभ, ईर्ष्या आदि का रूपांतरण भी हो सकता है क्योंकि वे भी नकारात्मक ही सही, शक्तियाँ तो हैं। हम नकारात्मक शक्ति को सकारात्मक शक्ति में रूपांतरित कर सकते हैं। शक्ति तो शक्ति होती है, यह हम पर डिपेन्ड करता है कि हम उसका कैसे इस्तेमाल करते हैं। हम परमाणु ऊर्जा से बिजली भी बना सकते हैं और उससे किसी शहर को तबाह भी कर सकते हैं। हम चाकू से सब्जी भी काट सकते हैं और उससे किसी की जान भी ले सकते हैं। अतः हम यह जान लें कि शक्ति का इस्तेमाल करने की जिम्मेदारी हमारी अपनी है।

यदि कोई नकारात्मक ऊर्जा जाग्रत हो तो तुरंत सजग हो जाएँ और उसका सकारात्मक इस्तेमाल करने के तरीके सोचें। हमें जब गुस्सा आता है तब रेत का थैला (punching bag) लेकर उस पर मुक्केबाजी (boxing) करें, डान्सिंग करें या कोई रचनात्मक कार्य करें। इस तरह वह शक्ति रचनात्मकता में रूपांतरित हो जाती है और हमारा गुस्सा भी खत्म हो जाता है।

इंसान के अंदर जब अलग-अलग वासनाएँ (lust) जगती हैं और वह उन वासनाओं से ध्यान हटाकर अपने लक्ष्य पर केंद्रित करता है तब वह वासना में लगी हुई ऊर्जा को सही दिशा देता है। कोई उसी ऊर्जा को रचनात्मक कार्य में लगाकर नया कार्य करता है। इस तरह वह शक्ति निगेटिव से पॉजिटिव में बदल जाती है। यही शक्ति नींव नाइन्टी मजबूत करने में हमारी मदद करती है। यदि हमने अपने अंदर की शक्तियों का उपयोग सही दिशा में नहीं किया तो ये शक्तियाँ हमारी नींव नाइन्टी की कमजोरी का कारण बनेंगी और हमारे चरित्र की इमारत ताश के पत्तों की तरह गिर जाएगी।

बहुत से लोग सवाल पूछते हैं कि हम कैसे वासना मुक्त हों? हम जो निर्णय लें, उसे कैसे पूरा करें? हम विश्वसनीय कैसे बनें? इन सारे सवालों का एक ही जवाब है, 'अपने लक्ष्य को, अपने जीवन का सारथी (driving force) बनाएँ।' अपना लक्ष्य यानी जीवन में जो हम बनना चाहते हैं, जैसे डॉक्टर, इंजीनियर, कार्पेन्टर आदि। अपनी नकारात्मक ऊर्जा (energy) को अपने लक्ष्य के लिए इस्तेमाल करें।

17
बेस्ट आदत
Right Habit
निरंतरता - सफलता का पासवर्ड
दसवाँ उपाय

क्या आपको पता है कि सफलता का पासवर्ड क्या है? पासवर्ड है - निरंतरता। अकसर यह देखा गया है की लोगों को कोई भी काम निरंतरता से करना बड़ा कठिन लगता है। शुरुआत में बड़े जोर-शोर के साथ कार्य होते हैं लेकिन कुछ दिनों के बाद सारा जोश ठंढा पड़ जाता है। लोग यह सोचकर कि इससे कोई फायदा नहीं होनेवाला, कार्य को बीच में ही छोड़ देते हैं। असल में हमारे मन की प्रोग्रामिंग इतनी गहरी हो चुकी है कि हमें निरंतरता का गुण खुद में लाना असंभव सा लगता है। इसलिए इस विषय से जुड़ी हुई मिसिंग लिंक्स को समझना बहुत जरूरी है ताकि हमें निरंतरता का गुण अपने अंदर लाने में आसानी हो। तो आइए, निरंतरता का गुण हासिल करने

के लिए आवश्यक छह मुख्य मिसिंग लिंक्स को समझें।

पहली मिसिंग लिंक : निरंतरता का महत्त्व न जानना
Missing link # 1 : Not understanding the importance of consistency

निरंतरता का गुण हासिल करना कई लोगों को जरूरी नहीं लगता। वे कभी खुद से सवाल-जवाब नहीं करते और न ही खुद को जाँचने-परखने की कोशिश करते हैं। दूसरी तरफ, कुछ लोगों को निरंतरता का गुण और उससे होनेवाले फायदों का पूरा पता होता है लेकिन वे उसे अपने जीवन में नहीं ला पाते।

ऐसे लोगों को बाकी लोगों द्वारा निरंतरता का महत्त्व कई बार सुनने को मिलता है। 'निरंतरता न होना यह एक समस्या है' इस बात को वे स्वीकार ही नहीं कर पाते। इसी बात के कारण कई लोगों को लगातार नुकसान सहना पड़ता है मगर फिर भी वे यह बात मानने को तैयार नहीं होते। यही है सबसे बड़ी पहली मिसिंग लिंक।

इस बात के पीछे मुख्य कारण यह है कि हमारे आस-पास रहनेवाले लोगों में निरंतरता का गुण न होने के कारण हम भी इसे जरूरी नहीं समझते। निरंतरता क्यों होनी चाहिए, यह ज्यादातर लोगों को मालूम ही नहीं होता। हमें सिर्फ भौतिक यानी मटीरियल ऍस्पेक्ट में सफलता पानी है इसलिए निरंतरता का गुण चाहिए ऐसा नहीं है। हमारे जीवन के कई और आयाम (dimensions) हैं, जिनके विकास के लिए निरंतरता का होना जरूरी

दूसरी मिसिंग लिंक : 'मुझमें निरंतरता का गुण नहीं है' यह स्वीकार न कर पाना
Missing link # 2 : Not accepting that 'I don't have the quality of consistency'

'मुझमें निरंतरता का गुण नहीं है', यह बात रोशनी में आते ही कुछ लोग

इसका प्रतिरोध (resist) करते रहते हैं। मगर उन्हें यह पता नहीं है कि टोकने से वह चीज टिक जाती है। (what you resist shall persist) इसलिए उसे स्वीकार करें। अपना नजरिया सकारात्मक रखें। नकारात्मक फोकस रखने से आपकी भावना की शक्ति उसी चीज को आपके जीवन में आकर्षित करती है, जो आप नहीं चाहते। इसलिए यह प्रेम और खुशी से दोहराएँ कि मेरे जीवन में निरंतरता का गुण आ रहा है।

तीसरी मिसिंग लिंक : सभी भागों पर एक साथ काम न करना
Missing link # 3 : Not working together on all areas of life

जीवन का एक महत्वपूर्ण सिद्धांत है- 'जो सूक्ष्म के साथ, वही स्थूल के साथ' (As in big, so in small) । इस नियम का सीधा सा अर्थ है, 'किसी चीज का आपके जीवन के किसी एक लेवल पर परिणाम होता है तो वही परिणाम बाकी सारे लेवल्स पर भी होता है।'

इसी कारण निरंतरता यह विषय पूरी तरह से समझना जरूरी है। लोग समस्या को सिर्फ एक ही दृष्टिकोण (perspective) से सुलझाते हैं। कोई पैटर्न हो या समस्या, उसे सुलझाते वक्त पाँचों स्तरों से सुलझाना चाहिए। आइए, अब समझें कोई भी समस्या कैसे सुलझाएँ।

एक इंसान अपने मकान मालिक के कारण बहुत परेशान है क्योंकि मकान मालिक उसे पैसा (advance) लौटा नहीं रहा है। इसी कारण वह आदमी मकान मालिक के खिलाफ कोर्ट में केस करने के बारे में सोच रहा है। आप जानते हैं कि किसी भी समस्या को सुलझाने के लिए शारीरिक, मानसिक, आर्थिक, सामाजिक और आध्यात्मिक इन पाँचो स्तरों पर कार्य करना है। ऐसे में उस इंसान को पाँचों स्तरों पर क्या करना चाहिए?

कोर्ट में केस दर्ज करने से पहले मानसिक (mentally) तौर पर उसे अपने विचार और नजरिए में परिवर्तन लाना चाहिए। उसे मानसिक स्तर पर

शिकायत से मुक्त (complaint free) होकर खुश होना चाहिए। दुःख और शिकायतों से वह अपने जीवन में नकारात्मकता आकर्षित कर सकता है। लेकिन यदि वह सकारात्मक दृष्टिकोण रखेगा तो वह सबसे बढ़िया समाधान (result) आकर्षित करनेवाला चुंबक (magnet) बन सकता है।

सामाजिक स्तर पर उसे अपने मकान मालिक के साथ संवाद मंच (communication platform) तैयार करना चहिए।

आर्थिक (financial) स्तर पर उसे कानूनी सलाह लेने की जरूरत है और आध्यात्मिक स्तर पर उसे मकान मालिक के लिए प्रार्थना करनी चाहिए। ये सभी कदम उठाने के बाद भी उस इंसान को समाधान न मिले तो वह कोर्ट में केस दर्ज करके आगे बढ़ सकता है।

इन कदमों पर कार्य करने से पहले उस इंसान का शिकायत मुक्त होकर, खुश रहना जरूरी है। जीवन में हमारा फोकस हमेशा सत्य और इंसाफ पर हो। वरना आप बाहर का केस तो जीत जाएँगे मगर अंदरूनी केस हार जाएँगे। क्योंकि केस का समाधान प्राप्त करते वक्त अगर आपका फोकस असत्य, नाइंसाफी, दुर्बलता और दोष जैसी नकारात्मक बातों पर रहा तो आप वे ही चीजें जीवन में आकर्षित करेंगे।

ठीक इसी तरह अगर आपको अपने अंदर निरंतरता का गुण लाना है तो आपका फोकस पाँचों स्तरों पर होना चाहिए।

शारीरिक स्तर पर आप कुछ बातें निरंतरता से करना शुरू करें, जैसे सुबह जल्दी उठने या रात में जल्दी सोने का समय तय करें। हफ्ते में चार या पाँच दिन व्यायाम करने की आदत विकसित करें।

मानसिक स्तर पर आप खुद को 'सेल्फ सजेशन' दे सकते हैं, 'मैं हर कार्य निरंतरता के साथ करता/करती हूँ'... 'मैं निरंतरता से ऍक्सरसाईज करूँगा' या फिर 'मैं निरंतरता से अच्छी आदतें जारी रखूँगा।'

सामाजिक स्तर पर जिन लोगों ने निरंतरता का गुण अपने अंदर लाया है उनसे प्रेरणा पाएँ। आप जो करना चाहते हैं, उसके बारे में सबके सामने डिक्लैर कर दें। इससे पीछे भागने के सारे रास्ते बंद हो जाएँगे और आप खुद को आगे ही बढ़ता हुआ पाएँगे।

आर्थिक स्तर पर कोई कार्य निरंतरता से कर पाने के बाद खुद को गिफ्ट दें। किसी अच्छी आदत को निरंतरता से जारी रखने में असफल हुए तो खुद को छोटी सजा भी दें।

आज तो कई सारे मोबाईल ॲप्स भी हैं, जो आपको टाईम टू टाईम संकेत (reminder) दे सकते हैं। इसमें आप अपने सच्चे दोस्तों की भी मदद ले सकते हैं। आप उन्हें बता सकते हैं कि 'यदि मैंने निरंतरता से ध्यान नहीं किया या मैं निरंतरता से जिम नहीं गया तो बदले में आप मुझसे इसका फाईन लेना।' आपके दोस्त खुशी-खुशी यह काम करेंगे।

आध्यात्मिक स्तर पर आपको निरंतरता का महत्त्व समझना है और निरंतरता की शक्ति आपके जीवन में कार्य करें इसलिए प्रार्थना करनी है।

चौथी मिसिंग लिंक : जल्दी खुश हो जाना
Missing link # 4 : Fooling yourself into complacency

ज्यादातर लोग निरंतरता पर कार्य करना शुरू करते हैं और थोड़ी सफलता मिलते ही रिलॅक्स होकर कार्य करना बंद कर देते हैं। इसी कारण वे निरंतरता का गुण खो देते हैं। निरंतरता के गुण को लाने के लिए भी हमें निरंतरता से कोशिश करनी चाहिए।

पाँचवीं मिसिंग लिंक : जल्दी निराश हो जाना
Missing link # 5 : Getting disappointed too soon

निरंतरता का गुण अपने अंदर लाने की कोशिश में होनेवाली गलतियों में से एक मुख्य गलती है 'जल्दी निराश हो जाना।' लोग बहुत जल्दी हार मान जाते हैं।

'यह बहुत कठिन है... हमसे नहीं होगा' इत्यादि कहकर वे आगे कोशिश नहीं करते।

निरंतरता का गुण हासिल करते वक्त पाँचो स्तरों पर कार्य करने के बाद भी अगर आपको कभी असफलता का सामना करना पड़े तो भी हार न मानें। इसके अलावा विश्लेषण करें कि आपसे कहाँ पर गलतियाँ हुईं और अभी कौन सी बातें बदलनी चाहिए।

निरंतरता पर कार्य करते समय शुरुआत में आपका मन आना-कानी कर सकता है। इसलिए जब आपको कोई बात असंभव लगे तब असफलताओं को सफलता की सीढ़ी समझकर अपनी कार्य योजना में सही तरीके से बदलाहट लाएँ।

छठवीं मिसिंग लिंक : दमदार लक्ष्य न होना
Missing link # 6 : Not having a powerful aim

अव्यक्तिगत (impersonal) कार्य से अनेक लोगों का जीवन प्रभावित करनेवाला दमदार लक्ष्य न होना, यह निरंतरता न होने का एक मुख्य कारण है। कई लोगों को लगता है, 'निरंतरता का गुण हासिल करने के बाद मैं क्या करूँ?' मगर जिनके जीवन में दमदार लक्ष्य है उन्हें यह सवाल ही नहीं आता है। क्योंकि उनके अंदर गलत आदतों (patterns) से मुक्त होने की प्यास और तीव्रता होती है। उनका लक्ष्य ही उन्हें निरंतरता आत्मसात करने के लिए प्रेरित (motivate) करता है।

सारांश - **Summary :**

अगर आपने सभी मिसिंग लिंक्स समझी हैं तो आइए, हम छह स्टेप्स के रूप में कुछ बातें समझें।

१) प्रकाश- हमें बुद्धि (intellect) के स्तर पर निरंतरता क्यों लानी है, यह बात प्रकाश में लाएँ।

२) पहचान- मानसिक स्तर पर पैटर्न का होनेवाला असर देखें।

३) परिसर- शारीरिक स्तर पर बदलाहट लाएँ।

४) प्रेरणा- भावनात्मक और आर्थिक स्तर पर प्रेरित रहें।

५) परिवार- सामाजिक स्तर पर दूसरों से मदद लें।

६) प्रार्थना- प्रार्थना करें और प्रेम भावना से कार्य करें।

18
बेस्ट आज़ादी
Right Freedom
नो गेन विदाउट अण्डरस्टैण्डिंग पेन

ग्यारहवाँ उपाय

अधिकतर लोगों ने यह पंक्ति जरूर सुनी होगी- **नो गेन विदाउट पेन** यानी 'कष्ट किए बिना कुछ भी प्राप्त नहीं होता। किसी चीज को पाने के लिए इंसान को बहुत सी दिक्कतों का सामना करना पड़ता है तब कहीं जाकर वह चीज हाथ लगती है।' लेकिन इसके बदले यदि कहा जाए- **नो गेन विदाउट अण्डरस्टैण्डिंग पेन** तो क्या यह बात हमें समझ में आएगी? नहीं न!!! तो आइए, इस लाइन को समझते हैं। इसका अर्थ है- कष्ट (pain) को समझे बिना, ऊपर नहीं उठा जा सकता। यदि हमें यह समझ में आ जाए कि कष्ट क्या है? हमारे जीवन में यह क्यों आया है? इसे कैसे देखना है? तो समझ लीजिए हमने कष्ट (pain) को बायपास कर दिया। यदि हमारा फोकस पेन से

हट जाए तो फिर हमारे गेन को भला कौन रोक सकता है!

जीवन के कष्ट झेलते हुए भी जब इंसान अपने सिद्धांतों पर टिका रहता है तभी उसका विकास होता है। महापुरुषों के जीवन चरित्र पढ़कर, सुनकर लोग उस तरह से जीने की प्रेरणा तो पाते हैं मगर यह सोचकर रुक जाते हैं कि 'महापुरुषों के लिए यह संभव था, हमारे लिए नहीं। हमारे अंदर उनके जैसे गुण कहाँ?' परंतु जरा सोचिए उनमें वह साहस और बल कहाँ से आया, जिस वजह से वे असाधारण और असंभव कार्य कर पाए। यदि आज हम यह समझ पाए कि उनके भीतर कुछ कर गुजरने की भावना कैसे आई तो फिर सक्सेस पाना हमारे लिए भी मुमकिन है।

सोचने योग्य बात है कि यदि एक इंसान किसी काम को अंजाम दे सकता है तो दूसरा क्यों नहीं? उस इंसान में ऐसा क्या है, जो दूसरे में नहीं है? दोनों में क्या फर्क है? आओ, इस फर्क को समझते हैं।

एक इंसान अपने लक्ष्य को इसलिए सहजता से प्राप्त कर पाता है क्योंकि उसके अंदर लूप होल नहीं हैं। जबकि दूसरे इंसान के अंदर भरपूर लूप होल्स हैं। ऊपरी तौर पर लूप होल का अर्थ है- ऐसे छोटे-छोटे रास्ते, जहाँ से नियमों को तोड़ा जा सकता है और किसी को पता भी नहीं चलता। जैसे, कॉलेज में कुछ नियम बनाए जाते हैं ताकि अनुशासन (discipline) बना रहे। उदाहरण के तौर पर क्लास में स्टुडेंट की 80 प्रतिशत उपस्थिति आवश्यक है... हफ्ते के किसी विशेष दिन पर ड्रेस कोड है... क्लास रूम में मोबाईल का प्रयोग करना मना है आदि। लेकिन कई विद्यार्थी कोई न कोई युक्ति निकालकर नियम तोड़ते हैं और किसी को पता भी नहीं चलता। इसे कहते हैं लूप होल। यदि नियम बनाए हैं तो यह ध्यान रखना चाहिए कि उसमें कोई भी लूप होल न हो।

महाभारत की कथा में हमने सुना है कि कौरवों ने पांडवों के लिए चक्रव्यूह की रचना की थी। युद्ध कला में कुशल (expert) महारथी ही चक्रव्यूह बनाते थे। वह भी ऐसा कि अर्जुन जैसे योद्धा के लिए भी वह भारी पड़े, साधारण

इंसान की तो खैर बात ही नहीं। अभिमन्यु जैसा महान योद्धा भी उससे बच न पाया। अभिमन्यु को माँ के गर्भ में रहते हुए ही चक्रव्यूह भेदकर अंदर जाने का ज्ञान मिला था लेकिन बाहर आने का नहीं। इसका मतलब चक्रव्यूह बनानेवालों ने कोई लूप होल नहीं छोड़ा था इसलिए अभिमन्यु की चक्रव्यूह में फँसकर मृत्यु हुई।

यह तो हुई बाहरी बात। अब यह जानते हैं कि इंसान के अंदर के लूप होल का क्या अर्थ है? मन के अंदर भी ऐसी छोटी-छोटी जगहें हैं, जहाँ से शक्ति का रिसाव (drain) हो जाता है। एक छोटा सा उदाहरण लीजिए कि आपको परीक्षा में 90 प्रतिशत अंक मिले। आप बड़े खुश हैं पर जैसे ही आपको पता चलता है कि आपकी सहेली को आपसे अधिक अंक मिले हैं तो आपकी खुशी थोड़ी कम हो जाती है। यह है ईर्ष्या (jealousy) का लूप होल। इसी तरह इंसान क्रोध, लालच, नफरत, वासना आदि के लूप होल्स से भरा हुआ है। कभी घटनाओं के कारण लूप होल्स बढ़ जाते हैं तो कभी खत्म भी हो जाते हैं। जिसके परिणामस्वरूप इंसान ऊपर उठ जाता है, उसका विकास होता है।

इस दुनिया में दो प्रकार के लोग हैं। पहले प्रकार के लोगों में बहुत से लूप होल्स हैं। दूसरे प्रकार के लोगों में लूप होल्स समाप्त हो गए हैं। जरा सोचें, उनके जीवन में ऐसा क्या हुआ होगा, जो उनके लूप होल्स समाप्त हो गए! इसे एक उदाहरण से समझते हैं।

मान लें, आपको चावल से भरे दो गिलास दिए गए। दोनों में कच्चे चावल भरे हुए हैं। अब आपके हाथ में एक पेन या चाकू दे दिया गया और आपको कहा गया कि दोनों गिलास के चावल में चाकू डालकर वापस निकालें। पहले गिलास में आपने चाकू डाला तो वह चावल के बीच चला गया और जब उसे बाहर निकाला तो वह आसानी से बाहर आ गया। दूसरे गिलास में चाकू डालकर जब आपने उसे उठाया तो चाकू के साथ-साथ गिलास भी ऊपर उठ गया। इसका अर्थ चाकू ने अपने साथ गिलास के वजन को भी उठा लिया। यह

फर्क क्यों आया?

हम में से कुछ लोगों ने शायद यह प्रयोग देखा भी हो। आइए, अब चावल से भरा गिलास चाकू के साथ ऊपर कैसे उठ जाता है, इसका रहस्य जानते हैं।

चावल से भरे दो ग्लास में चाकू से प्रहार किया जा रहा है।

दूसरे ग्लास में बार-बार प्रहार किए जाने की वजह से लूप होल्स भर गए हैं।

लूप होल्स भर जाने की वजह से चाकू के साथ दूसरा ग्लास ऊपर उठा है।

इसके लिए दूसरे गिलास में भरे हुए चावल के ऊपर बार-बार प्रहार किया जाता है। चाकू को बार-बार चावल के अंदर डालकर निकाला जाता है। बार-बार चाकू इनसर्ट करने की वजह से चावल के बीच में जो लूप होल होते हैं, जो गैप होती है, वह सेट होने (भरने) लगती है। लूप होल्स समाप्त होने लगते हैं। सारे लूप होल्स समाप्त होते ही जब चाकू इनसर्ट की जाती है तो सारे चावल उसे जकड़ लेते हैं क्योंकि उन्हें पीछे हटने के लिए स्थान ही नहीं है। पीछे हटने के लिए गैप न होने की वजह से वे चाकू को पकड़ लेते हैं और गिलास पूरा ऊपर उठ

जाता है। इस तरह हर प्रहार के साथ चावल के दानों में छिपे लूप होल्स समाप्त होते जाते हैं।

अब समझा न... 'नो गेन विदाउट पेन'। इसी तरह 'नो गेन विदाउट अण्डरस्टैण्डिंग पेन (दुःख)'। पहले गिलास में भी चाकू इनसर्ट किया गया मगर वह ऊपर नहीं उठा क्योंकि वहाँ लूप होल्स समाप्त नहीं हुए थे। दोनों गिलासों में यही फर्क था, एक में लूप होल्स थे और दूसरे में वे खत्म हो चुके थे। यही फिलॉसफी इंसानी जीवन पर भी लागू होती है। कुछ लोगों के जीवन में इसीलिए विकास हुआ क्योंकि लूप होल्स खत्म हुए।

नीचे से ऊपर उठना यानी इंसान की नींव नाइन्टी मजबूत हुई है। एक आत्मबल तैयार हुआ है। इंसान के अंदर बार-बार दर्द (pain) के प्रहार होने से उसका आत्मबल बढ़ता है। ये प्रहार तो हर एक के जीवन में चल रहे हैं। मगर कुछ लोगों के अंदर इससे शक्ति बढ़ती है, कुछ लोगों के अंदर कड़वाहट बढ़ती है। इसका क्या कारण होगा?

हर पेन के साथ इंसान क्या समझ रखता है? हर पेन को, हर दर्द को वह कैसे देखता है? दर्द ने लूप होल को समाप्त किया या बढ़ाया? इंसान की नींव नाइन्टी मजबूत हुई या कमजोर हो गई? क्या फर्क आया और क्यों आया? हर घटना में हमारा प्रतिसाद (निर्णय) महत्वपूर्ण है। यदि हमारा प्रतिसाद सही और सकारात्मक है तो हमारी नींव नाइन्टी मजबूत होती है।

प्रॉमिस न तोड़ने का प्रॉमिस करें
Make a promise of keeping your promise

इंसान का प्रतिसाद अधिकतर सामनेवाले के रिस्पॉन्स पर निर्भर होता है। सामनेवाला ऐसा बोल रहा है तो मुझे ऐसा-ऐसा बोलना चाहिए। सामनेवाला ऐसा कर रहा है तो मुझे ऐसा करना चाहिए। उसका अपना कोई सिद्धांत (principles) नहीं होता। सामनेवाले के व्यवहार पर उसका व्यवहार निर्भर होता है। अपनी सोच

के लिए वह वचनबद्ध नहीं होता। परिस्थिति के अनुसार उसकी वचनबद्धता टूटती है। इसलिए बचपन से ही बच्चों को यह ट्रेनिंग मिलनी चाहिए कि जो तुम कहते हो, वही करो। वचनबद्ध यानी अपने शब्दों पर अटल रहना।

स्कूल, कॉलेज में यह ट्रेनिंग दी जाती है मगर बच्चों को धीरे-धीरे शॉर्टकट मिलने लगते हैं। जैसे, 'केवल बोलना होता है, करना नहीं होता... थोड़ा झूठ बोलने से बच जाएँगे... होमवर्क नहीं किया और कोई सॉलिड बहाना बना दिया तो बच जाएँगे...।' मगर उन्हें मालूम नहीं कि ऐसा करके वे अपनी सॉलिड स्टेट को खोकर, लूप होल्स बढ़ा रहे हैं, साथ ही अपनी नींव नाइन्टी भी कमजोर कर रहे हैं।

जैसे एक विद्यार्थी दूसरे से नोटस् माँगता है। दूसरा कहता है, 'तुम अगर 15 दिन मुझे अपनी बाइक पर कॉलेज छोड़ोगे तो मैं तुम्हें नोटस् दूँगा।' अब पहला विद्यार्थी उसे 15 दिन कॉलेज में छोड़ता है। लेकिन 15 दिनों बाद दूसरा विद्यार्थी नोटस् देने से मुकर जाता है। उसे डर आता है कि कहीं यह मेरे नोटस् लेकर मुझसे ज्यादा मार्कस् न ले आए।

अपना वचन तोड़कर उसने क्या नुकसान किया है, उसे मालूम नहीं है। यह सब अदृश्य (unseen) में चल रहा होता है। वचन का पालन करके हमारी नींव नाइन्टी सॉलिड होगी तभी तो गिलास ऊपर उठेगा। कुछ लोगों का जीवन इसीलिए ऊपर उठा क्योंकि जीवन की छोटी-छोटी घटनाओं में उन्होंने अपना स्टैण्ड पक्का रखा।

हम अपने जीवन में झाँककर देखें कि कितनी ही बार हम निश्चय करते हैं और फिर हमारा मन बदल जाता है। कहता है, 'अभी नहीं करते... बाद में करेंगे... कल करेंगे...।' यह जो बार-बार निर्णय बदले जा रहे हैं, इससे इंसान क्या खो रहा है, उसे पता नहीं है। हाँ, कभी यह आवश्यक हो और हमने अपना निर्णय बदला तो ठीक है। लेकिन यदि बार-बार यह हो कि मन बोलता एक है,

करता दूसरा है तो इंसान की नींव नाइन्टी कमजोर होती है।

महात्मा गाँधी की वचनबद्धता के बारे में आपने पढ़ा या सुना भी होगा। विदेश जाते समय उन्होंने अपनी माँ को वचन दिया था कि वे नॉनवेज नहीं खाएँगे और उन्होंने उसे निभाया। लोग बाहर के देश में जाते समय कई वचन देते हैं कि 'ऐसा-ऐसा नहीं करेंगे' लेकिन वे जैसे ही वहाँ पहुँचते हैं, एक अलग आज़ादी महसूस करते हैं। वे सोचते हैं, 'यहाँ हमें कौन देख रहा है... हम कुछ भी करें...।' हकीकत में छूट प्राप्त करके इंसान क्या खोता है, यह वह नहीं जानता। ऐसा करके वह आत्मिक शक्ति खो रहा है, लूप होल्स बढ़ा रहा है। जिस इंसान को यह दिखाई दे, उसके अंदर साहस आना आसान है। अगर हमें यह दिखाई दे कि 'नो गेन विदाउट अण्डरस्टैण्डिंग पेन' तो साहस करना हमारे लिए सहज होगा।

स्कूल, कॉलेज में अकसर छोटे-मोटे झूठ चलते रहते हैं। जैसे रवि ने महेश को वचन दिया कि वह उसे कल 'याददाश्त बढ़ाने के १०१ तरीके' नामक पुस्तक लाकर देगा। फिर रवि भूल जाता है। दूसरे दिन महेश रवि से पूछता है, 'तुमने फलाँ किताब लाई क्या?' तब रवि महेश से झूठ बोल देता है कि 'मेरी बहन ने वह किताब अपनी सहेली को दी इसलिए नहीं ला पाया।' हालाँकि रवि भूल गया था। इस तरह का झूठ बोलना आज-कल साधारण सी बात हो गई है।

जो बच्चा प्रॉमिस निभाने को महत्त्व देता है, वह घर जाकर पहला काम यही करेगा कि जो बुक मित्र को देनी है, उसे निकालकर अपनी बैग में डाल देगा ताकि भूलने की संभावना ही न रहे। हालाँकि स्कूल में दूसरे दिन जाना है। बीच में दस-पंद्रह घंटे हैं मगर वह भूलने की रिस्क नहीं लेना चाहेगा।

इससे समझें कि लोग हमारे व्यवहार पर गौर करते हैं। हमारी सच्चाई, ईमानदारी देखकर धीरे-धीरे लोगों में हमारे प्रति एक विश्वास जगता है कि 'यह जो बोलता है, वही करता है।' हालाँकि बोनस में तो हमें इसके बहुत फायदे होंगे ही पर सबसे महत्वपूर्ण बात है कि हमारी नींव नाइन्टी मजबूत होगी।

19

बेस्ट वनवास

Right Exile

मिनी वनवास से आज़ादी प्राप्त करें

बारहवाँ उपाय

दोस्तों, आपने भगवान राम की कहानी तो जरूर सुनी होगी या फिर टी.वी. पर रामायण सीरियल देखा होगा। उनके जीवन में अलग-अलग घटनाएँ हुई थीं, आप यह भी जानते हैं कि श्रीरामजी 14 सालों के लिए वनवास पर चले गए थे। यह घटना हमें निगेटिव और दुःखभरी लगती है लेकिन रामजी ने उस घटना को भी पॉजिटिव बना दिया। उन्हें अपने लक्ष्य को पाने के लिए यह वनवास लेना बहुत जरूरी था। आप सोचेंगे, ऐसा क्यों?' असल में वनवास के दौरान जंगलों में उन्होंने बहुत से राक्षसों को खत्म किया था, जो वहाँ पर रहनेवाले लोगों, साधुओं और तपस्वियों को परेशान करते थे, उनकी साधना में रुकावटें डालते थे। अगर रामजी राजमहल में

रहकर अपना राज-पाठ सँभालते तो वे रावण को कभी खत्म नहीं कर पाते। वन में रहकर श्रीरामजी ने अपनी सेना बनाई, रावण को मारने की तैयारी करवाई, उसके बाद वे लंका गए। वनवास में भी श्रीरामजी अपने लक्ष्य पर पूरी तरह फोकस्ड् थे। यह घटना उनके लिए किसी साहसिक कार्य (adventure) से कम नहीं थी और एडवेंचरस लाईफ किसे पसंद नहीं ?

हम भी तो इंटरनेट से एडवेंचरस टाईप के गेम्स डाऊनलोड करते हैं, क्योंकि हमें चैलेंजिंग चीजें पसंद आती हैं, 'हैं कि नहीं?' तो क्यों न हम भी एक 'मिनी वनवास' लें? 'घबराइए नहीं!' आपको अपना घर, पैरेंट्स, दोस्त या स्कूल छोड़कर सालों-साल जंगलों में भटकने नहीं जाना है। हम अपने घर पर ही बड़े आराम से रहकर यह मिनी वनवास ले सकते हैं, पूछो कैसे? वह ऐसे कि सबसे पहले तो हम अपनी पाँचों इंद्रियों (senses) - आँख, कान, नाक, जुबान, त्वचा को वनवास पर भेजें। आइए, इसे हम थोड़ा और गहराई से समझने की कोशिश करते हैं।

हमारी सेंसिज एक स्पंज की तरह कार्य करती हैं। जिस तरह स्पंज में तरल (liquid) चीजों को सोख लेने की केपेबिलिटी होती है, ठीक वैसे ही हमारी पाँचों सेंसिज बाहर से मिलनेवाली हर प्रकार की इन्फरमेशन को सोख लेती हैं। इसमें सबसे पहले आती हैं हमारी आँखें।

आँखों का वनवास - Exile for the eyes : हमारी आँखें हमारे शरीर का इनपुट डिवाइस है। हम आँखों से जो कुछ भी देखते, पढ़ते हैं, वह इन्फॉर्मेशन सीधे हमारी मेमरी में स्टोर होती है। न्यूजपेपर्स, बुक्स, इंटरनेट से हमें जो भी जानकारी मिलती है, फिल्मों, टी.वी. पर चलनेवाले इमोशनल ड्रामाज, हॉरर शोज में निगेटिव बातें ही दिखाई जाती हैं, वे डायरेक्टली हमारे सबकॉन्शियस माइंड में जाती हैं। फिर उनका अच्छा या बुरा असर हमारे जीवन पर पड़ता है। इतना ही नहीं, वैसी ही घटनाएँ हम अपने जीवन में भी आकर्षित करते हैं।

इसलिए जितना हो सके हम टी.वी. देखना या अनचाहे सीरियल्स, हॉरर शोज, न्यूज चैनल्स को कम करने की कोशिश करें। क्योंकि ये हमारे जीवन में सिर्फ और सिर्फ निगेटिविटी लाते हैं। ऐसा भी नहीं कहा जा रहा है कि एंटरटेनमेंट को पूरी तरह से बंद कर दें लेकिन टी.वी. के कुछ अनचाहे, प्रोग्राम्स को वनवास दे ही दें।

जुबान का वनवास - Exile for the tongue : जुबान इंसान की एक बहुत ही जरूरी इंद्रिय है। इसके दो पहलू यानी ऍस्पेक्ट्स हैं - 'शब्द और स्वाद' ये दोनों ही हमारे जीवन पर बहुत गहरा असर डालते हैं। इन दोनों को अगर कंट्रोल नहीं किया गया तो इंसान के लिए कई सारी समस्याएँ खड़ी हो सकती हैं।

पिज्ज़ा, बर्गर्स, पास्ता, फ्रेंच-फ्राईज़, कोक हो या चॉकलेट्स, हर तरह का जंक फूड खाना बिलकुल भी कूल नहीं है। हेल्दी फूड खाएँ। इसके लिए कहा जाता है, हम अपने लिए खाएँ, डॉक्टर्स के लिए नहीं। हम अपनी बॉडी को रिस्पेक्ट करें, अपने पेट को डस्टबिन की तरह ट्रीट न करें। हम अपनी गलत, अनचाही और जरूरत से ज्यादा खाने की आदतों को वनवास पर भेजें। कभी-कभी उपवास भी रखें। इतना भी नहीं कर सकते तो कम से कम हम अपने खाने में से एक निवाला कम करें। इससे हमारा विल पावर बढ़ेगा, इनर स्ट्रेंथ बढ़ेगी साथ ही हमारी हेल्थ भी इम्प्रूव होती जाएगी। 21 वी सदि में इंसान की असफलता के पीछे उसकी लाईफ स्टाइल सबसे ज्यादा कारणीभूत है। आज-कल लगभग सभी युवाओं का जीवन 'हरी (hurry), करी (curry) (मसालेदार फूड) और वरी (worry) (चिंता, असुरक्षा, तनाव)' से व्याप्त है।

जिन लोगों का अपने शब्दों पर कंट्रोल नहीं रहता है, वे अपनी सोशल लाईफ, रिश्तों, ऑफिस और अपने फ्रेंड सर्कल्स में नाकामयाब यानी 'लूज़र्स' माने जाते हैं क्योंकि उनके किसी के साथ भी अच्छे रिलेशन्स नहीं बन पाते। मधुर शब्द, पोलाईटनैस सभी पसंद करते हैं। यही कारण है कि 'प्लीज', 'थैंक्यू' और 'सॉरी' जैसे मैजिकल शब्द आज भी बहुत पसंद किए जाते हैं। इसलिए हम उनका

सही इस्तेमाल करना सीखें। गाली-गलौच से दूर रहने में ही हमारी भलाई है (avoid being foul mouthed) । निंदा, ताने, दूसरों का मजाक उड़ाने, चुगली, बुराई, कान भरनेवाले, झूठे शब्दों को तुरंत वनवास दे दें, स्लैंग वर्डस्, कड़वे, बुरे, क्रिटिसाईजिंग और चोट पहुँचानेवाले शब्दों को हर हाल में मिनी वनवास पर भेजते रहना है।

कानों का वनवास - Exile for the ears : आँखों की तरह कान भी जानकारी पाने का एक इनपुट डिवाइस है। लोगों की कही गई बातों का सीधा असर हमारे मन पर होता है। यह साइंटिफिकली प्रूव हो चुका है कि अच्छे, मीठे, प्रेम से कहे गए शब्द सिर्फ इंसानों को ही नहीं बल्कि पेड़-पौधों, पशु-पक्षियों पर भी बहुत अच्छा असर डालते हैं। दूसरी ओर अपने लिए किसी से सुनी गई गलत बातों से इंसान का पूरा जीवन बरबाद हो सकता है।

यदि आप दूसरों की निंदा, आलोचना सुनना पसंद करते हैं तो इस वर्ष उन्हें वनवास भेज दें या जितना हो सके इस पर नियंत्रण (control) लाने का प्रयास करें। यदि आप दिनभर में २० मिनट तक निंदा और अनावश्यक बातें सुनने में अपना समय गँवाते हैं तो अब यह समय १० मिनट कर दें।

त्वचा का वनवास - Exile for the skin : बाकी सेंसिज की तरह हम त्वचा (skin) का भी वनवास तय कर सकते हैं। इसके लिए पहले हमें यह जानना है कि हमारी त्वचा को बहुत सी चीजों की जाने-अनजाने में आदत सी हो गई है, जैसे तरह-तरह के क्रीम, लोशन, डियोडरंट का इस्तेमाल करना, हर समय मेकअप से चेहरा सजा-धजा रहना, जिस कारण चेहरे की त्वचा कभी भी खुलकर साँस नहीं ले पाती।

इतना ही नहीं आज-कल के फैशन के अनुसार टीनएजर्स के लिए नाक, कान, आइब्रो, चिन, नेवल आदि के हिस्सों को छिदवाकर रिंग्स पहनना, शरीर पर हर प्रकार के 'गुदना' यानी 'टैटू' बनवाने का क्रेज चल रहा है। आज-कल

लड़के भी जेवरों (ornaments) में बहुत दिलचस्पी दिखाते हैं। वे भी अपने हाथों की सभी उँगलियों में अंगूठियाँ, गले में चेन, हाथों में ब्रेसलेट आदि पहनते हैं।

हम मानते हैं कि ऐसा ड्रेसअप करके हम अपना स्टाइल स्टेटमेंट बनाना चाहते हैं ताकि हम भी हॉट और हॅपनिंग लगें। लेकिन यह भी सही है कि हम अपने फ्रेंड सर्कल्स में ऍक्सेप्टिड फील करने के लिए इन चीजों पर डिपेन्डंट हो चुके हैं। वनवास की इसलिए जरूरत है। हम ऍक्स्ट्रीम्स में चले जाते हैं। बेहतर होगा कि हम एक मिडिल पाथ अपनाएँ। हम सजने-सँवरने के शौक को कुछ हद तक कम कर दें। अच्छा दिखने के लिए सजने-सँवरने में कोई बुराई नहीं है। खुद को शरीर मानकर मेकअप करने से हमारे विकास में कोई हेल्प नहीं होगी। हम सुंदर क्यों दिखना चाहते हैं? जबकि हम पहले से ही बहुत सुंदर हैं। हम इस विचार पर विचार जरूर करें। बार-बार आइने में देखने की कितनी और क्यों जरूरत है? खुद को अपने असली स्वरूप के बारे में याद दिलाएँ और खुद को सजाने में जो समय व्यर्थ जाता है, उसे वनवास पर भेज दें। हम जो भी कॉस्मेटिक्स, ऍक्सेसरीज का इस्तेमाल कर रहे हैं, उन्हें थोड़ा कम करके देखें। अपनी कॉम्प्लेक्स लाईफ को थोड़ा सिम्पल बनाकर देखें... फ्री होकर बहुत अच्छा लगता है।

गॅजेट्स का वनवास - Exile for gadgets : बार-बार अपना ई-मेल चेक करना, सोशल वेबसाईट्स पर अपना समय गँवाना। अपना सेल्फ प्रोफाईल इंटरनेट पर अपलोड करने के बजाय अपने लक्ष्य पर कार्य करना ज्यादा जरूरी है। एक महीने में एक दिन के लिए अपने गॅजेट्स को छुट्टी दे दें, उन पर अपनी डिपेन्डेंसी कम करने के लिए एक दिन उनके बिना रहें। हफ्ते में या महीने में एक दिन गैजेट फ्री डे रखें यानी एक दिन गैजेट्स को पूरी तरह से वनवास दें। यदि एक दिन हम सभी गैजेट्स को एक साथ वनवास नहीं दे सकते तो एक दिन किसी एक गैजेट के लिए तय करें। वनवास के दौरान हमें इस बात का भी ध्यान रखना होगा कि यदि गैजेट जैसे फोन, एस.एम.एस. का इस्तेमाल जरूरी हो तो हम अवश्य करें।

खण्ड - ३

टॉप टेन और छिपा शून्य

What is your true essence?

अपूर्ण काम बहानों को जन्म देते हैं,
बहाने झूठ को जन्म देते हैं,
बार-बार बोले गए झूठ
गलत वृत्तियों को जन्म देते हैं
और गलत वृत्तियाँ
चरित्रहीनता को जन्म देती हैं।

20

टॉप टेन की समझ

Understanding Top Ten

टॉप टेन का दुरुपयोग न करें

'पर्सनैलिटी डेवलपमेंट' के संबंध में लोगों में कई गलत धारणाएँ जड़ जमाए बैठी हैं। लोग बाहरी रूप-रंग को ही संपूर्ण पर्सनैलिटी मान बैठे हैं। हमने लोगों को यह कहते हुए भी सुना होगा कि 'फलाँ की पर्सनैलिटी तो देखो, क्या पर्सनैलिटी है!' कुछ लोग तो बाहरी शरीर (top ten) को सजा-धजाकर प्रसिद्धि प्राप्त करने की कोशिश में लगे रहते हैं। वे सबसे अधिक ध्यान चेहरे पर देते हैं। एक भी सफेद बाल नजर आया कि हेयर डाई आ गया... फलाँ कंपनी का क्रीम, डियोडरंट, मॉईश्चराईजर, फेसपैक... इत्यादि। ऐसे में इंसान का चेहरा कम, कंपनियों का चलता-फिरता विज्ञापन अधिक लगने लगता है। कई लोग तो टॉप टेन को इतना अधिक महत्त्व देते हैं कि वे अपने चेहरे

तथा शरीर पर प्लास्टिक सर्जरी कराते हैं ताकि वे अधिक सुंदर दिख सकें। जैसे कि अपने नाक, जबड़े की सर्जरी करवाना। लिपोसक्शन सर्जरी तो आज-कल बहुत आम हो गई है। सुंदरता की चाह में इंसान क्या-क्या नहीं करता है? और वह भी अपने तन को सुंदर बनाने के लिए? ऐसे लोगों का ज्यादा से ज्यादा समय और पैसा बाहरी रंग-रूप को सजाने-सँवारने में ही चला जाता है। जाहिर है, जब इंसान पूरी तरह से टॉप टेन पर ध्यान केंद्रित कर लेता है तो नींव नाइन्टी पर ध्यान देना भूल जाता है।

टॉप टेन के अंतर्गत सिर्फ आपका तन ही नहीं, आपकी वाणी और व्यवहार भी आते हैं। यदि कोई अपना स्वार्थ सिद्ध करने के लिए अपने तन की सुंदरता से, वाणी की बनावटी मिठास से और व्यवहार की नकली मधुरता से लोगों को प्रभावित कर ठगना चाहता है तो यह खतरनाक साबित हो सकता है। हो सकता है कि शुरू में उसे सफलता मिल भी जाए मगर कुछ ही दिनों में उसका झूठ-कपट खुल जाता है और उसके चरित्र का खोखलापन सामने आ सकता है।

बाहरी व्यवहार से किसी की पर्सनैलिटी को परख पाना बहुत कठिन है क्योंकि लोग असल में होते कुछ और हैं और व्यवहार कुछ अलग करते हैं। लोगों की सच्चाई और व्यवहार में बहुत बड़ा फर्क होता है। लोग जो होते हैं, वह दिखते नहीं हैं और जो नहीं होते, वे दिखाने की कोशिश करते हैं।

कुछ लोग विध्वंसक (destructive) कार्य करके प्रसिद्धि पाना चाहते हैं। जैसे ओसामा-बिन-लादेन ने अमेरिका के वर्ल्ड ट्रेड सेंटर से हवाई जहाज टकराकर पूरे संसार में दहशत फैला दी। पहले उसे बहुत कम लोग जानते थे लेकिन कुछ दिनों में ही उसे दुनिया का बच्चा-बच्चा जानने लगा। उसकी देखा-देखी कई लोग ऐसे तरीके अपनाना शुरू कर चुके हैं। ऐसे लोगों की पुस्तक का कवर यानी बाहरी पर्सनैलिटी बहुत सुंदर होती है लेकिन ऐसे लोग अंदर से खोखले होते हैं। ऐसे लोगों से मिलकर कुछ पत्रकार बहुत प्रभावित होते हैं और कहते हैं कि 'वे

धैर्यवान हैं, बड़े विनम्र हैं, मीठा बोलते हैं' इत्यादि। लोग उनसे इसलिए प्रभावित हो जाते हैं क्योंकि उनकी नींव नाइन्टी दिखाई नहीं देती। वे केवल टॉप टेन को ही देख पाते हैं, जिसके आधार पर गलत अनुमान लगा लेते हैं।

यदि लोग हमारी बाहरी पर्सनैलिटी से प्रभावित होते हैं तो यह संभावना हो सकती है कि हम अहंकारवश आगे झूठ-कपट के रास्ते पर चल पड़ें इसलिए हमें सदा सावधान रहना होगा। यदि हम इन सभी बातों को जानकर समय रहते सजग हो पाएँ तो खुद पर हुई कृपा के लिए ईश्वर को सदा धन्यवाद देंगे।

जिनका टॉप टेन अच्छा नहीं है, उनकी बातों में लोग जल्दी रस नहीं लेते। उन लोगों से कहा जाता है, 'यह बुरी बात नहीं है कि आपका व्यक्तित्व लोगों को जल्दी प्रभावित नहीं करता। यह एक तरह की कृपा ही समझें। इससे आपमें अन्य गुण निर्माण होंगे, आप अपनी नींव नाइन्टी पर काम कर पाएँगे, उसे सदा मजबूत रख पाएँगे।'

दुनिया में कई लोग ऐसे हुए हैं, जिनका टॉप टेन तो बहुत मजबूत रहा है लेकिन उनकी नींव नाइन्टी कमजोर रही है। नींव नाइन्टी कमजोर होने का परिणाम उनके जीवन पर ऐसा हुआ कि उनकी बुलंदियों को ढहते देर नहीं लगी।

कमज़ोर नींव नाइन्टीवाला इंसान किसी भी प्रकार की निम्न हरकत करने से बाज नहीं आता। फिर चाहे वह झूठ बोलना हो, चोरी करना हो, डाका डालना हो, चरित्र रूपी दौलत गँवानी हो या रिश्वत लेनी हो। जो लोग अवगुणों से भरे हुए होते हैं, उनकी नींव नाइन्टी बनती ही नहीं तो गिरने का सवाल ही नहीं उठता। आइए, अब कुछ उदाहरणों द्वारा इस विषय को समझें।

१) रावण

रावण का टॉप टेन कैसा था, यह सबको मालूम है। लोग एक चेहरे को सजाने में जीवनभर लगे रहते हैं लेकिन रावण के तो दस चेहरे थे। वह बहुत शक्तिशाली और पराक्रमी था। रावण का टॉप टेन तो बहुत प्रभावशाली था पर

उसकी नींव नाइन्टी वैसी नहीं थी। उसने विकारों से प्रेरित होकर माता सीता का अपहरण किया इसलिए उसके पुतले को लोग आज भी जलाते हैं। कमजोर चरित्र के लोगों के अंदर नफरत, द्वेष और वासना छिपी होती है। उनका चरित्र जब संसार के सामने आता है तब उन्हें जला दिया जाता है।

२) हिटलर

हिटलर का उदाहरण सबको मालूम है। उसे बचपन से प्रेम नहीं मिला। इसके साथ ही वह जीवन के मूल्यों के बारे में भी अनजान रहा। उसके अंदर योग्यताएँ थीं, काबिलीयत थी, उसकी पर्सनैलिटी जादुई थी, उसके बाहरी रूप में करिश्मा भी था। लेकिन कमजोर नींववाले इंसान समाज को क्या दे पाएँगे? हिटलर ने क्या किया? उसने करोड़ों मासूम लोगों, बच्चों तक को गैस चेंबर में भरकर मार डाला।

कमजोर नींव नाइन्टीवाले लोगों को दूसरों को परेशान करने में बड़ा आनंद मिलता है। ऐसे लोग प्रसिद्ध तो हो जाते हैं मगर गलत तरीके से। जरा सोचें, ऐसे लोग कैसे याद किए जाते हैं? हिटलर, मुसोलिनी, तुगलक, स्टेलिन, इदी अमीन, ओसामा बिन लादेन इत्यादि जैसे लोगों से नफरत और घृणा की जाती है। आज भी सख्त अधिकारी, शिक्षक या शिक्षिका को 'हिटलर' की उपमा दी जाती है।

३) फिल्मी कलाकार

कुछ फिल्मी कलाकारों ने जल्द से जल्द प्रसिद्धि पाने के लिए बेढंग फैशन को अपनाया और कुछ समय में ही दुनिया में प्रसिद्ध हो गए। ऐसे लोग प्रसिद्धि पाने के लिए केवल बाहरी रूप को सजाकर, लोगों को उलझाकर गलत मार्ग अपनाते हैं। इनके पास धन-दौलत, ऐशो-आराम की तमाम सुविधाएँ, कामयाबी तो आ जाती हैं लेकिन अपने चरित्र को सँभालने में वे ज्यादातर नाकामयाब रहते हैं। ऐसे में नींव नाइन्टी को मजबूत करने की बात तो कोसों दूर रह जाती है।

नींव नाइन्टी कमजोर होने के कारण इंसान के अंदर बहुत सी बुरी आदतें

आ जाती हैं और उसकी चेतना (Consciousness) दिन-ब-दिन गिरती चली जाती है। अज्ञान के कारण उसे यह भी पता नहीं चलता कि वह क्या कर रहा है। इन लोगों के उदाहरणों से यह सीख मिलती है कि हमें टॉप टेन से ज्यादा नींव नाइन्टी को महत्त्व देना चाहिए।

21
छिपा हुआ भी छपा हुआ है
The hidden is also imprinted
शून्य में जीना सत्य है

कुछ लोग सोचते हैं- जो जिंदगी से भागना चाहते हैं, लड़ नहीं पाते, परेशान होते हैं, उन लोगों के लिए छिपा शून्य होता है। छिपा शून्य यानी आध्यात्मिक ज्ञान या सत्य प्राप्ति। चूँकि ये गलत धारणा है।

आप स्कूल जाते हैं, कॉलेज जाते हैं। वहाँ आप पढ़ाई के लिए 15 साल देते हैं तो क्या इसका अर्थ यह है कि आप जीवन से 15 साल भाग रहे हैं? नहीं, आप जानते हैं कि इसका अर्थ ऐसा नहीं है। स्कूल, कॉलेज जाने का लक्ष्य हमेशा यही होता है कि हमें पढ़ाई करने के बाद करियर बनाना है, डॉक्टर बनना है, इंजीनियर बनना है। यह घर से भागना नहीं है, यह तो घर वापस आने की तैयारी है। आप अपना करियर सेट

करके तैयार होकर घर वापस आते हैं। अगर कोई सोचे कि मैं कॉलेज से वापस आऊँगा ही नहीं, उधर ही बैठा रहूँगा तो वह जीवन से भागना है।

अध्यात्म अथवा छिपे शून्य का ज्ञान उन लोगों के लिए है, जो चाहते हैं कि वे सही ढंग से विश्व के लिए निमित्त बनें, सही समझ के साथ सेवा करें। क्योंकि वे चाहते हैं कि जो भी चीज वे इस्तेमाल करें, उसका एक बेहतर तरीका उन्हें मालूम हो। वे नया, तेज, ताजा जीवन जीने का तरीका सीखने के लिए अध्यात्म में जाते हैं। बुद्ध के मन में जब यह विचार आया कि सब दुःख ही दुःख है तब वे छिपे शून्य को पाने घर से निकल पड़े। वह दुःख बुद्ध के लिए प्रेरणा बना, वे अपने दुःख को दूर कर पाए, साथ-ही-साथ औरों के लिए भी प्रेरणा बने।

कुछ लोगों को ईश्वर से प्रेम हो जाता है इसलिए वे शून्य होने को तैयार होते हैं। वे सदा ईश्वर द्वारा बनाए गए संसार की तारीफ करना चाहते हैं। कई लोग दूसरों की मदद करना चाहते हैं। उनमें सेवा के भाव होते हैं। सेवा उनसे प्रेम की वजह से होती है इसलिए वे लोग छिपे शून्य का ज्ञान सीखने जाते हैं। इससे उनका अपना फायदा तो होता ही है मगर ईश्वर का मकसद भी पूरा होता है।

छिपा शून्य अनुभव स्थायी है। वह न अंदर है और न ही बाहर है। वह अंदर-बाहर के बाहर है। छिपे शून्य को जानना यानी अपने आपको जानना है। जो कहीं बाहर नहीं मिलेगा बल्कि वह तो हमारे अंदर छिपा है। शून्य अनुभव यानी आपका होना, सत्य, ईश्वर, स्वसाक्षी, परम आनंद।

छिपे शून्य अनुभव की पहचान जब तक नहीं होती, तब तक मन में इस तरह के सवाल उठते हैं कि क्या यह अनुभव शरीर के बाहर होता है या अंदर होता है? क्या शरीर की वजह से छिपे शून्य अनुभव का एहसास होता है या शरीर पर यह अनुभव महसूस होता है? इसे समझने के लिए केवल उदाहरण दिए जा सकते हैं।

इसे इस प्रश्न से समझें। बताएँ कि 'रसगुल्ले के अंदर रस होता है या उसके बाहर भी रस होता है?' आप कहेंगे, 'रसगुल्ला रस में ही रहता है, जिसके अंदर भी रस होता है और बाहर भी रस होता है।' उसी तरह छिपा शून्य अनुभव अंदर भी है और बाहर भी है।

शरीर और शून्य अनुभव का संबंध मछली और पानी की तरह है। मछली पानी के अंदर ही रहती है और उसके चारों तरफ पानी होता है। उसी पानी में वह जीती है। चाहे वह पानी को ढूँढ़ती रहे कि पानी कहाँ है ...क्योंकि पानी उसकी आँखों के इतना नजदीक, चिपका हुआ होता है कि उसे पता ही नहीं चलता कि वह पानी में है। इसी तरह शून्य अनुभव भी हमारे इतने करीब है कि पता ही नहीं चलता कि शून्य अनुभव के अंदर हम हैं या हमारे अंदर अनुभव है। जबकि छिपा शून्य अनुभव हमारे चारों तरफ है।

छिपे शून्य अनुभव की पहचान मन से नहीं होती। मन के सामने शून्य अनुभव आ भी जाए तो हम उसे नहीं पहचानेंगे क्योंकि मन अनुभव की कल्पना में कुछ और देखना चाहता है। उदाहरण के तौर पर आपने खाने के लिए इडली का ऑर्डर दिया है और कोई आपके सामने चौकोर, लाल इडली रखकर जाए तो आप उसे देखकर भी नहीं देखेंगे क्योंकि चौकोर, लाल इडली कभी आपने देखी नहीं। जब भी आपको इडली मिली तो गोल ही मिली है, अलग आकार में कभी आई ही नहीं। आप यह सोचकर बैठे रहेंगे कि गोल इडली का मेरा ऑर्डर कब आएगा तब आपको कहा जाएगा कि आपका ऑर्डर तो कबका आ चुका है!

इसी तरह छिपा शून्य अनुभव सदा आपके साथ ही है, सिर्फ उसे जानने की समझ प्राप्त करनी है। बुद्धि से शून्य अनुभव को समझना पहला कदम है। बुद्धि से समझ जाने के बाद आप स्वअनुभव से भी जान जाएँगे। कोई ए.बी.सी.डी. कहता जाए और वह कहे कि 'मुझे ए.बी.सी.डी. आ गई है मगर शब्द बनाने नहीं आते' तो आप उससे कहेंगे, 'ए.बी.सी.डी. आ गई है तो शब्द बनाने भी आ जाएँगे।'

छिपे शून्य अनुभव को पूरी प्रखरता से जानने के लिए अपनी पूछताछ समझदारी के साथ जारी रखें। हर घटना में अपनी पूछताछ करें। जब भी क्रोध आए, नफरत जगे, बोरडम सताए, डर डराए, अहंकार भटकाए, लोभ नचाए तब अपने आपसे पूछें कि 'यह क्रोध किसे आया है और क्रोध में मेरे साथ निश्चित क्या हो रहा है?... मैं कब बोर होता हूँ और मेरे शरीर को क्यों उत्तेजना चाहिए?... मेरे डर के पीछे कौन सी मान्यता काम कर रही है, लालच मुझे किस तरह की संतुष्टि दे रहा है?...अहंकार आखिर होता किसे है?...'मैं कौन हूँ?'

छिपे शून्य अनुभव में स्थापित होने के लिए हर दिन प्रार्थना करें, मौन में बैठें और अपने आपसे पूछें कि 'मैं कौन हूँ?' यह सवाल आपको आंतरिक गहराइयों में ले जाएगा, जिससे आप अपना वास्तविक होना जान पाएँगे। बुद्धि से पहले शून्य अनुभव समझ में आ गया तो वह जीवन में उतरने लग जाएगा। तब आप हर घटना में अपने आपसे पूछेंगे कि 'इस घटना में मैं अपने आपको क्या मानकर जी रहा हूँ?...यह निर्णय मैं क्या मानकर ले रहा हूँ?... क्या मैं अपने आपको शरीर मानकर सोच रहा हूँ?' ये सवाल जब आपको बार-बार याद आएँगे तब शून्य का आनंद आपके अनुभव पर भी उतरने लग जाएगा!

■ ■ ■

यह पुस्तक पढ़ने के बाद अपना अभिप्राय (विचार सेवा) इस पते पर भेज सकते हैं :

Tej Gyan Foundation, Pimpri Colony Post office, P.O. Box 25,
Pune - 411 017. Maharashtra (India).

नींव दमदार, जीवन शानदार

जड़ें होंगी जितनी गहरी
उड़ान होगी उतनी ऊँची।

हिटलर हो या सिकंदर,
जानते हैं सब उनका मुकद्‌दर।

दूसरी ओर हैं विवेकानंद और मदर तेरेसा
या फिर सचिन तेंदुलकर और नेल्सन मंडेला...

चरित्र उनका इतना सुंदर,
विश्वास जगाए सबके अंदर।

मन जिनका अकंप, निर्मल, प्रेम से ओतप्रोत
वही तो होते हैं प्रेरणा के स्रोत।

चरित्र और गुण है असली सुंदरता,
उसी से आती और टिकती है सफलता।

चीटिंग, ड्रिंकिंग, स्मोकिंग और ड्रग्स को 'ना' कहें
अपने आपको सबसे बड़ी सौगात दें।

दोस्त हैं आपके महँगे या सस्ते
कहीं बेन्टेक्स फ्रेंडस् में तो नहीं अटकते?

सच्चे और तेज मित्रों का साथ रहेगा
तो जिंदगी का सफर आसान बनेगा।

टॉप टेन का उपयोग सही हो पाए
छिपे शून्य का तेज प्रकट हो जाए।

चलो बनाएँ नींव दमदार
जिससे होगा जीवन शानदार।

परिशिष्ट

तेजज्ञान ग्लोबल फाउण्डेशन द्वारा प्रकाशित युवाओं के लिए पुस्तकें

विचार नियम
द पॉवर ऑफ हॅपी थॉट्स

Pages - 200
Price - 150/-
(WithVCD)

Also available in English, Marathi, Gujarati & Odia

जीवन में सफल तो हर इंसान होना चाहता है लेकिन बड़ा सवाल यह है कि इस दिशा में उसका प्रयास सफल कैसे हो? यहीं पर एक महत्वपूर्ण बात समझनी है कि 'समस्या बाहर नहीं, इंसान के मस्तिष्क में जीती है और इसलिए उसका समाधान भी वहीं है।' विचारों के इस आयाम को समझने के बाद जीवन महाजीवन बन जाता है और दिव्य विचारों के विकास की इसी प्रक्रिया पर प्रकाश डालती है तेजज्ञान ग्लोबल फाउण्डेशन द्वारा प्रकाशित सरश्री की पुस्तक 'विचार नियम - द पॉवर ऑफ हॅपी थॉट्स।' विचारों के यह क्रांतिकारी रहस्य आप जितनी जल्दी समझ जाएँगे, उतनी जल्दी आप नकारात्मक विचारों और दुःखों से छुटकारा पा सकेंगे। यदि आप पहले से ही आशावादी नजरिया रखते हैं तो यह पुस्तक आपके लिए परम संतुष्टि प्राप्त करने का कारण बनेगी। अगर आपमें आस्था, आशा और इस पुस्तक का ज्ञान है तो एक चमकदार जीवन का चमत्कार वाकई संभव है।

यह पुस्तक अनेक भ्रमों को तोड़कर एक महान रहस्य उजागर करती है कि - आपके जीवन की लगाम किसी और के हाथ में नहीं बल्कि आपके विचारों के हाथ में है। आपके अपने विचार ही आपके जीवन की दिशा और दशा निर्धारित करते हैं। आपके जीवन में जो भी आ रहा है, वह विचार नियम अनुसार ही आ रहा है और आप जो पाना चाहते हैं, वह भी विचार नियम से पा सकते हैं।

दो खण्डों में विभक्त इस पुस्तक के पहले खण्ड 'विचार सूत्र' में बड़ी ही सरल और सहज भाषा में ऐसे ७ महत्वपूर्ण विचार सूत्र दिए गए हैं जिन्हें समझकर और जीवन में उतारकर आप सकारात्मक नजरिया, लंबा-स्वस्थ जीवन, शुभचिंतक, सौहार्दपूर्ण मधुर रिश्ते, अच्छी नौकरी, कैरियर, उच्च शिक्षा, अच्छा जीवनसाथी, सुख, समृद्धि, प्रेम, आनंद, सफलता और मानव जीवन का उच्चतम लक्ष्य भी पा सकते हैं।

पुस्तक के दूसरे खण्ड 'मौन मंत्र' में सात मौन मंत्र संकलित हैं, जो आपको शरीर, बुद्धि और विचारों से भी परे के क्षेत्र 'मौन' में ले जाते हैं, जहाँ आप हर विचार से मुक्त होकर निर्विचार अवस्था (मौन) प्राप्त करते हैं। फिर आप वही बनकर जीते हैं, जो आप वास्तव में हैं (स्वबोध अवस्था)।

निर्णय और जिम्मेदारी

वचनबद्ध निर्णय और जिम्मेदारी कैसे लें

Total Pages - 224

Price - 160/-

Also available in Marathi

जिम्मेदार होना इंसान की महत्वपूर्ण जरूरत है। यद्यपि हर इंसान की अलग-अलग जिम्मेदारियाँ होती है लेकिन उसकी सबसे अहम जिम्मेदारी 'उच्चतम विकसित समाज' के निर्माण की होती है। यह इंसान की इसलिए भी महत्वपूर्ण जिम्मेदारी है क्योंकि उसका पृथ्वी लक्ष्य उस उद्देश्य को प्राप्त किए बिना सफल नहीं माना जा सकता। यह जिम्मेदारी न तो कठिन है और न ही असंभव। सिर्फ इसे निभाने का दमदार लक्ष्य होना चाहिए। चूँकि यह कार्य दृढ़ आत्मविश्वास पर केंद्रित होता है इसलिए इस चुनौती को पूरा कर पाना असंभव भी नहीं है।

शक्तिशाली लक्ष्य बनाकर वचनबद्ध निर्णय के बल पर कैसे जिम्मेदारी की चुनौती स्वीकार की जा सकती है- पुस्तक इसी विषय पर आइना दिखाती है। पुस्तक ३ खण्डों में विभक्त है, जिसका प्रथम खण्ड निर्णय लेने की कला सिखाता है। दूसरा खण्ड जिम्मेदारी लेने की योग्यता और तीसरा खण्ड वचन पर कायम रहने का निश्चय बताता है।

पुस्तक यह सिखाती है कि जिम्मेदारी बोझ नहीं बल्कि यह हमारे गुणों को विकसित करने की एक कला है। पक्के इरादे वादे निभाने की शक्ति देते हैं और मन पर नियंत्रण पाकर हम अपने जिम्मेदारी की चुनौती को पूरा कर सकते हैं।

सरश्री की यह रचना जिम्मेदार बनाने की दिशा में मील का पत्थर है। सरल भाषा, सारगर्भित शब्दों के प्रयोग और प्रभावोत्पादक उदाहरणों से पुस्तक आकर्षक एवं रोचक हो गई है। पुस्तक पाठकों की सुप्त ऊर्जा को जगाकर उन्हें जिम्मेदार नागरिक बनाने की दिशा में एक सफल और स्वीकार्य रचना है।

स्वसंवाद का जादू

अपना रिमोट कंट्रोल कैसे प्राप्त करें

Pages - 200
Price - 150/-
Also available in Marathi & English

स्वसंवाद यानी स्वयं से बातचीत करना। जिसे एकांत में, मन में या ग्रुप में दोहराने से अप्रत्याशित परिवर्तन का आभास हो सकता है। यह तभी कारगर होता है जब व्यक्ति जीवन के रिमोट कंट्रोल द्वारा अपने मन, शरीर, बुद्धि, चेतना और लक्ष्य पर नियंत्रण रखता है। इसी विषय पर सरश्री द्वारा लिखी गई पुस्तक 'स्वसंवाद का जादू' स्वसंवाद के माध्यम से उत्तम जीवन पाने के रहस्य से परिचित कराती है।

मूलतः ५ खण्डों में विभक्त इस पुस्तक के हर एक खण्ड में अनेक रोचक कहानियों द्वारा इसके महत्त्व को गहराई से समझाया गया है। स्वसंवाद के द्वारा पाठक सुख-दुःख के रहस्य, विचारों की दिशा, स्वसंवाद संदेश, रोग निवारण, सेल्फ रिमोट कंट्रोल, कार्य की पूर्णता, नफरत से मुक्ति, उत्तम स्वसंवाद और नए विचारों को प्राप्त करने के उपाय जान सकते हैं। सरश्री कहते हैं - सकारात्मक स्वसंवाद पर विश्वास रखने से ही उत्तम जीवन जीने का पथ प्रशस्त हो सकता है। भावनाओं में भक्ति और शक्ति की युक्ति द्वारा कुदरत से सीधा संवाद स्थापित किया जा सकता है।

कुल मिलाकर यह पुस्तक स्वसंवाद की महत्ता को रेखांकित करते हुए पाठकों को नई दिशा देती है। पुस्तक में अधिकतम सरल शब्दों का ही प्रयोग हुआ है, जिससे पाठकों का हर वर्ग आसानी से शब्दों के सार ग्रहण कर लेता है। वहीं कहानियों और उदाहरणों का अनूठा प्रयोग पाठकों को आकर्षित भी करता है।

पंचलाइन -

यदि आप सुखद, आनंदित, उत्तम और रोगमुक्त जीवन जीने की लालसा रखते हैं तो यह पुस्तक 'स्वसंवाद का जादू' आपके लिए सहायक होगी। आप अपने मन, शरीर, बुद्धि, चेतना और लक्ष्य पर स्वयं का रिमोट कंट्रोल कैसे रखें ताकि आप उत्तम एवं आनंदित जीवन जी सकें, इसका सरल उपाय इस पुस्तक से प्राप्त कर सकते हैं। पुस्तक स्वसंवाद की कला सिखाती है, जिसके प्रयोग द्वारा जीवन में कई सकारात्मक बदलाव आप पा सकते हैं और स्वयं दूसरों के लिए प्रेरणास्रोत बन सकते हैं।

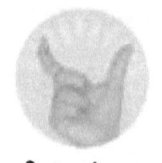

स्वीकार मंत्र मुद्रा

सरश्री - अल्प परिचय

सरश्री की आध्यात्मिक खोज का सफर उनके बचपन से प्रारंभ हो गया था। इस खोज के दौरान उन्होंने अनेक प्रकार की पुस्तकों का अध्ययन किया। इसके साथ ही अपने आध्यात्मिक अनुसंधान के दौरान अनेक ध्यान पद्धतियों का अभ्यास किया। उनकी इसी खोज ने उन्हें कई वैचारिक और शैक्षणिक संस्थानों की ओर बढ़ाया। इसके बावजूद भी वे अंतिम सत्य से दूर रहे।

उन्होंने अपने तत्कालीन अध्यापन कार्य को भी विराम लगाया ताकि वे अपना अधिक से अधिक समय सत्य की खोज में लगा सकें। जीवन का रहस्य समझने के लिए उन्होंने एक लंबी अवधि तक मनन करते हुए अपनी खोज जारी रखी। जिसके अंत में उन्हें आत्मबोध प्राप्त हुआ। आत्मसाक्षात्कार के बाद उन्होंने जाना कि अध्यात्म का हर मार्ग जिस कड़ी से जुड़ा है वह है - समझ (अण्डरस्टैण्डिंग)।

सरश्री कहते हैं कि 'सत्य के सभी मार्गों की शुरुआत अलग-अलग प्रकार से होती है लेकिन सभी के अंत में एक ही समझ प्राप्त होती है। 'समझ' ही सब कुछ है और यह 'समझ' अपने आपमें पूर्ण है। आध्यात्मिक ज्ञान प्राप्ति के लिए इस 'समझ' का श्रवण ही पर्याप्त है।'

सरश्री ने दो हजार से अधिक प्रवचन दिए हैं और सत्तर से अधिक पुस्तकों की रचना की है। ये पुस्तकें दस से अधिक भाषाओं में अनुवादित की जा चुकी हैं और प्रमुख प्रकाशकों द्वारा प्रकाशित की गई हैं, जैसे पेंगुइन बुक्स, हे हाऊस पब्लिशर्स, जैको बुक्स, हिंद पॉकेट बुक्स, मंजुल पब्लिशिंग हाऊस, प्रभात प्रकाशन, राजपाल ॲण्ड सन्स इत्यादि।

तेजज्ञान फाउण्डेशन - परिचय

तेजज्ञान फाउण्डेशन आत्मविकास से आत्मसाक्षात्कार प्राप्त करने का एक रास्ता है। इसके लिए सरश्री द्वारा एक अनूठी बोध पद्धति (System for Wisdom) का सृजन हुआ है। इस पद्धति को अन्तर्राष्ट्रीय मानक ISO 9001:2008 के आवश्यकताओं एवं निर्देशों के अनुरूप ढालकर सरल, व्यावहारिक एवं प्रभावी बनाया गया है।

इस संस्था की बोध पद्धति के विभिन्न पहलुओं (शिक्षण, निरीक्षण व गुणवत्ता) को स्वतंत्र गुणवत्ता परीक्षकों (Quality Auditors) द्वारा क्रमबद्ध तरीके से जाँचा गया। जिसके बाद इन पहलुओं को ISO 9001:2008 के अनुरूप पाकर, इस बोध पद्धति को प्रमाणित किया गया है।

फाउण्डेशन का लक्ष्य आपको नकारात्मक विचार से सकारात्मक विचार की ओर बढ़ाना है। सकारात्मक विचार से शुभ विचार यानी हॅपी थॉट्स (विधायक आनंदपूर्ण विचार) और शुभ विचार से निर्विचार की ओर बढ़ा जा सकता है। निर्विचार से ही आत्मसाक्षात्कार संभव है। शुभ विचार (Happy Thoughts) यानी यह विचार कि 'मैं हर विचार से मुक्त हो जाऊँ।' शुभ इच्छा यानी यह इच्छा कि 'मैं हर इच्छा से मुक्त हो जाऊँ।'

ज्ञान का अर्थ है सामान्य ज्ञान लेकिन तेजज्ञान यानी वह ज्ञान जो ज्ञान व अज्ञान के परे है। कई लोग सामान्य ज्ञान की जानकारी को ही ज्ञान समझ लेते हैं लेकिन असली ज्ञान और जानकारी में बहुत अंतर है। आज लोग सामान्य ज्ञान के जवाबों को ज्यादा महत्त्व देते हैं। उदाहरण के तौर परह्व कर्म और भाग्य, योग और प्राणायाम, स्वर्ग और नर्क इत्यादि। आज के युग में सामान्य ज्ञान प्रदान करनेवाले लोग और शिक्षक कई मिल जाएँगे मगर इस ज्ञान को पाकर जीवन में कोई बड़ा परिवर्तन नहीं होता। यह ज्ञान या तो केवल बुद्धि विलास है या फिर अध्यात्म के नाम पर बुद्धि का व्यायाम है।

सभी समस्याओं का समाधान है तेजज्ञान। भय से मुक्ति, चिंतारहित व क्रोध

से आज़ाद जीवन है तेजज्ञान। शारीरिक, मानसिक, सामाजिक, आर्थिक और आध्यात्मिक उन्नति के लिए है तेजज्ञान। तेजज्ञान आपके अंदर है, आएँ और इसे पाएँ।

यदि आप ऐसा ज्ञान चाहते हैं, जो सामान्य ज्ञान के परे हो, जो हर समस्या का समाधान हो, जो सभी मान्यताओं से आपको मुक्त करे, जो आपको ईश्वर का साक्षात्कार कराए, जो आपको सत्य पर स्थापित करे तो समय आ गया है तेजज्ञान को जानने का। समय आ गया है शब्दोंवाले सामान्य ज्ञान से उठकर तेजज्ञान का अनुभव करने का।

अब तक अध्यात्म के अनेक मार्ग बताए गए हैं। जैसे जप, तप, मंत्र, तंत्र, कर्म, भाग्य, ध्यान, ज्ञान, योग और भक्ति आदि। इन मार्गों के अंत में जो समझ, जो बोध प्राप्त होता है, वह एक ही है। सत्य के हर खोजी को अंत में एक ही समझ मिलती है और इस समझ को सुनकर भी प्राप्त किया जा सकता है। उसी समझ को सुनना यानी तेजज्ञान प्राप्त करना है। तेजज्ञान के श्रवण से सत्य का साक्षात्कार होता है, ईश्वर का अनुभव होता है। यही तेजज्ञान सरश्री महाआसमानी शिविर में प्रदान करते हैं।

महाआसमानी शिविर

यदि आपके पास सत्य प्राप्त करने की आकांक्षा अथवा इच्छा है तो महाआसमानी शिविर में आपका स्वागत है, जहाँ इस समझ में आपको सहभागी बनाया जाएगा। इस शिविर में भाग लेने के लिए आपको कुछ खास माँगें पूरी करनी हैं। जैसे -

१) आपको सत्य-स्थापना शिविर में भाग लेना होगा, जहाँ आप सीखेंगे - वर्तमान के हर पल को कैसे जीया जाए और निर्विचार दशा में कैसे प्रवेश पाएँ।

२) आपको कुछ प्राथमिक प्रवचनों में उपस्थित होना है, जहाँ आप उस समझ को आत्मसात करते हैं, जो आपने सत्य-स्थापना शिविर में प्राप्त की है और तब आप महाआसमानी शिविर के लिए तैयार होते हैं।

महाआसमानी शिविर में असली अध्यात्म और सीधा सत्य तीन भागों में बताया जाता है - १) हर वर्तमान पल को जीना, वर्तमान यानी न भूत का बोझ, न भविष्य की चिंता २) 'मैं कौन हूँ', यह अपने ही अनुभवों से जानना ३) स्वबोध की अवस्था में स्थापित होना। यह शिविर सरश्री की शिक्षाओं पर आधारित है।

स्वबोध यानी **'जो आप वास्तव में हैं'** को जानने के लिए आए हुए सभी लक्षार्थियों के लिए यह महाआसमानी शिविर है। यह शिविर साल में तीन या चार बार आयोजित होता है, जिसका लाभ हजारों खोजी उठाते हैं।

यह शिविर चेतना की दौलत बढ़ाने के लिए तथा अंतिम सफलता पाने के लिए सत्य के हर खोजी के लिए अनिवार्य है। महाआसमानी शिविर में ईश्वरीय ज्ञान प्राप्ति (सेल्फ रियलाइजेशन) के बाद आप वह नहीं रह जाएँगे, जो आज आप हैं। आप नकली आनंद से दूर, असली आनंद के मार्ग पर चलने लगेंगे।

महाआसमानी ज्ञान पाने की तैयारी हर खोजी अपने नजदीक के तेजस्थान पर कर सकता है। आप महाआसमानी शिविर की तैयारी फाउण्डेशन में उपलब्ध पुस्तकों, सी.डी. और कैसेट को सुनकर भी कर सकते हैं। इसके अलावा आप टी.वी. और

रेडियो पर सरश्री के प्रवचनों का लाभ भी ले सकते हैं मगर याद रहे, ये पुस्तकें, कैसेट, टी.वी. व रेडियो के प्रवचन शिविर का परिचय मात्र है, तेजज्ञान नहीं। आप महाआसमानी शिविर में भाग लेकर तेजज्ञान का आनंद ले सकते हैं।

मैं कौन हूँ? मैं यहाँ क्यों हूँ? मोक्ष का अर्थ क्या है? क्या इसी जन्म में मोक्ष प्राप्ति संभव है? यदि ये सवाल आपके अंदर हैं तो यह शिविर उसका जवाब है।

महाआसमानी शिविर आपके जीवन का लक्ष्य है क्योंकि यह शिविर आपको भयमुक्त और तनावमुक्त जीवन देता है, दुःख से मुक्त और दुःखी से भी मुक्ति देता है, सभी समस्याओं का समाधान करता है, आपको नकारात्मक विचारों से निकालकर आत्मसाक्षात्कार कराता है तथा सीधा, सरल, शक्तिशाली और समृद्ध जीवन देता है।

महाआसमानी शिविर की तैयारी नीचे दिए गए स्थानों पर कराई जाती है। पुणे, मुंबई, दिल्ली, सांगली, कोपरगांव, बार्शी, सातारा, जलगांव, अहमदाबाद, कोल्हापुर, नासिक, अहमदनगर, औरंगाबाद, सूरत, बरोड़ा, बारामती, मालेगांव, नागपुर, हैदराबाद, भोपाल, रायपुर, चेन्नई।

इस महाआसमानी शिविर में भाग लेकर आप अपनी सत्य की खोज पूर्ण कर सकते हैं। इस शिविर के लिए भोजन और रहने की व्यवस्था की जाती है।

यदि आपको कोई शारीरिक बीमारी है और आप नियमित रूप से उसके लिए दवाई ले रहे हों तो कृपया अपनी दवाइयाँ साथ में लेकर आएँ। वातावरण अनुसार गरम कपड़े, स्वेटर, ब्लैंकेट आदि भी लाएँ।

महाआसमानी शिविर में भाग लेने के लिए संपर्क स्थान

पुणे सेंटर : विक्रांत कॉम्प्लेक्स, तपोवन मंदिर के नजदीक, पिंपरी, पुणे-४११ ०१७.

आगामी महाआसमानी शिविर में अपना स्थान आरक्षित करने के लिए संपर्क करें :

020-67097700/ 09921008060/75, 9011013208

महाआसमानी शिविर स्थान

महाआसमानी महानिवासी शिविर 'मनन आश्रम' पर आयोजित किया जाता है। यह आश्रम पुणे शहर के बाहरी क्षेत्र में पहाड़ों और निसर्ग के असीम सौंदर्य के बीच बसा हुआ है। इस आश्रम में पुरुषों और महिलाओं के लिए अलग-अलग, कुल मिलाकर ६०० लोगों के रहने की व्यवस्था है। यह आश्रम पुणे शहर से १७ किलो मीटर की दूरी पर है। हवाई अड्डा, हाइवे और रेल्वे से पुणे आसानी से आ-जा सकते हैं।

मनन आश्रम, पुणे, सर्वे नं. ४३, सनस नगर, नांदोशी गांव, किरकट वाडी फाटा, तहसील - हवेली, जिला : पुणे - ४११०२४. फोन : 09921008060

Pages - 240
Price - 125/-

रचनात्मक विचार सूत्र : जीवन में न्यूटर्न-यूटर्न लाने की युक्ति

नया वह है, जिसमें परिवर्तन की ऊर्जा है। यह ऊर्जा जिसे भी छूती है, उसे पूर्णता तक पहुँचा देती है।

हर चीज़ संभावना से भरी हुई है। जो चीज़ अपनी पूरी संभावना तक पहुँच चुकी है, उसे ही पूर्ण कहा जा सकता है। जो चीज़ पूर्णता लाती है, वह नई है।

केवल चीज़ों को नहीं बल्कि स्वयं को भी, स्वयं में रचनात्मकता का गुण लाकर पूर्ण बनाएँ। यह गुण रचनात्मक योद्धा बनकर पाएँ। रचनात्मक योद्धा 'सन ऑफ हॅपी थॉट्स' यानी खुश विचारों का सूरज है।

रचनात्मक योद्धा कैसा है? कहाँ रहता है? कहाँ से आता है? इत्यादि सवालों के जवाब तो आपको यह पुस्तक पढ़कर ही मिलेंगे। तो नया बनने का शुभारंभ करें, यूटर्न-न्यूटर्न लेकर।

Pages - 256
Price - 125/-

सन ऑफ बुद्धा : जाग्रति का सूरज

यह पुस्तक 'स्पिरिचुअल वॉरियर' की कहानी है। जिसमें एक बालक समय के साथ उच्च प्रशिक्षण हासिल करता है और आध्यात्मिक योद्धा बनने का प्रयास करता है। वह इस लक्ष्य की तैयारी कैसे करता है... क्या वह अपने लक्ष्य तक पहुँच पाता है... उसके माता-पिता उसे किस तरह सहायता करते हैं...? इन सवालों का जवाब पाएँ इस पुस्तक में।

टीचर्स व अभिभावक तो यह पुस्तक ज़रूर पढ़ें। साथ ही वे भी पढ़ें जो कुँवारे हैं, नौजवान हैं। वे इस पुस्तक द्वारा अपनी ट्रेनिंग होने दें। गलत आदतों को समाप्त करने तथा अपने अंदर सद्‌गुणों का विकास करने की अत्यावश्यकता का निर्माण भी इस पुस्तक का एक उद्‌देश्य है।

यह पुस्तक आपको कर्मों और विचारों की गुलामी छोड़कर, उनके मालिक बनना सिखाती है।

Pages - 248
Price - 175/-
Also available in Marathi, English & Gujarati

संपूर्ण लक्ष्य : संपूर्ण विकास कैसे करें

अपने जीवन के हर पहलू का संपूर्ण विकास करना ही मानव जीवन का संपूर्ण लक्ष्य है। सरश्री द्वारा रचित यह पुस्तक इसी लक्ष्य को पूरा करने में आपकी मदद करेगी। इससे आप अपने शारीरिक, मानसिक, आर्थिक, सामाजिक और आध्यात्मिक पहलुओं के संपूर्ण विकास का मार्गदर्शन प्राप्त करेंगे। पुस्तक मुख्यत: ६ खण्डों में विभक्त है। प्रथम खण्ड विद्यार्थियों तथा सफलता चाहनेवाले लोगों के लिए प्रेरणा स्रोत है। अगले चार खण्डों में शारीरिक, मानसिक, आर्थिक, सामाजिक पहलुओं के विकास के बारे में विस्तार से प्रकाश डाला गया है। छठे खण्ड में संपूर्ण आध्यात्मिक विकास करने की कला को बहुत ही रोचक और सरल तरीके से समझाया गया है।

Total Pages - 224
Price - 175/-
Also available in Marathi & English

संपूर्ण सफलता का लक्ष्य : संपूर्ण इंसान कैसे बनें

इस पुस्तक से मूल सफलता के सत्रह रहस्य, मौलिक सफलता के पाँच रहस्य तथा महा सफलता के आठ कदम, जो मिलकर तीस संदेश बनते हैं, जानकर अपनी संपूर्ण सफलता का ऐलान करें। इन तीस संदेशों पर अमल की आदत आपको सफलता के नये शिखर पर पहुँचा देगी, जहाँ पर होती है 'संपूर्ण लक्ष्य की अपूर्व सफलता, महा सफलता।'

कुदरत के नियमों को समझनेवाले संपूर्ण सफलता का लक्ष्य पाते हैं। यदि आप भी इस पुस्तक द्वारा कुदरत के नियमों, सफलता के रहस्यों और मन को खाली समय में खाली रखने की कला को सीख जाएँगे तो असफलता से मुक्ति का आनंद ले पाएँगे।

पुस्तकें प्राप्त करने के लिए नीचे दिए गए पते पर मनीऑर्डर द्वारा पुस्तक का मूल्य भेज सकते हैं। पुस्तकें रजिस्टर्ड, कुरियर अथवा वी.पी.पी. द्वारा भेजी जाती हैं। इसके लिए नीचे दिए गए पते पर संपर्क करें।

तेजज्ञान ग्लोबल फाउण्डेशन, पिंपरी कॉलनी, पोस्ट ऑफिस बॉक्स 25, पिंपरी-पुणे - 411017 (महाराष्ट्र) मो.: 09011013210.

आप ऑन-लाइन शॉपिंग द्वारा भी पुस्तकों का ऑर्डर दे सकते हैं। लॉग इन करें - www.tgfonlinestore.com

पुस्तकें मँगवाने पर डाक-व्यय की छूट है और
४ से अधिक पुस्तकें मँगवाने पर डाक-व्यय के साथ १०% की भी छूट है।

तेजज्ञान फाउण्डेशन - संपर्क स्थान

पुणे (रजिस्टर्ड ऑफिस) : विक्रांत कॉम्प्लेक्स, तपोवन मंदिर के नज़दीक, पिंपरी, पुणे-४११ ०१७. फोन : ०२०-२७४११२४०, २७४१२५७६

मनन आश्रम : सर्वे नं. ४३, सनस नगर, नांदोशी गांव, किरकट वाडी फाटा, तहसील- हवेली, जिला - पुणे - ४११ ०२४. फोन : ०९९२१००८०६०

तेजज्ञान इंटरनेट रेडियो

* २४ घंटे और ३६५ दिन सरश्री के प्रवचन और भजनों का लाभ लें, तेजज्ञान इंटरनेट रेडियो द्वारा। देखें लिंक - http://www.tejgyan.org/internetradio.aspx

---

e-book	: 'The Source', 'Complete Meditation', 'Self Encounter', 'Inner Magic', 'Beyond Life', 'Ultimate Purpose of Life','The Five Supreme Secrets of Life' & 'Tumhe Jo Lage Accha Wahi Meri Iccha' ebooks available on Kindle
Free apps	: U R Meditation & Tejgyan Internet Radio on all platforms like Android, iPhone, iPad and Amazon
e-magazine	: 'Yogya Aarogya' & 'Drushtilakshya'(Marathi) emagazines available on www.magzter.com
e-mail	: mail@tejgyan.com
website	: www.tejgyan.org, www.gethappythoughts.org

विश्व शांति के लिए लाखों लोग प्रतिदिन सुबह और रात ९:०९ मिनट पर प्रार्थना करते हैं। कृपया आप भी इसमें शामिल हो जाएँ।

सरश्री को देखें व सुनें
संस्कार चैनल पर
सोमवार से शनिवार शाम ६.३५ से ६.५५ और
हर रविवार शाम ८.१० से ८.३०

* हर मंगलवार सुबह ९.१५ रेडियो विविध भारती, एफ. एम. पुणे पर प्रवचन
* शुक्रवार, शनिवार, रविवार सुबह ९.१५ पर 'तेजविकास मंत्र' रेडियो विविध भारती, एफ. एम. पुणे
* हर शनिवार सुबह ८.५५ रेडियो एम. डब्ल्यू. पुणे, तेजज्ञान इनर पीस ॲण्ड ब्यूटी कार्यक्रम

नोट : उपरोक्त कार्यक्रमों के समय बदल सकते हैं इसलिए समय पुष्टि करें।

www.ingramcontent.com/pod-product-compliance
Lightning Source LLC
LaVergne TN
LVHW040143080526
838202LV00042B/3000
* 9 7 8 8 1 8 4 1 5 3 7 9 8 *